フラバル・コレクション

十一月の嵐

Listopadový uragán

Bohumil Hrabal

ボフミル・フラバル

石川達夫 訳

BOHUMIL HRABAL

松籟社

目次

十一月の嵐

魔笛

起きて意識を取り戻すと、私は時々部屋全体が、自分のむさ苦しい部屋全体が痛いんです、窓からの眺めが痛いんです。子供たちは学校に行き、人々は買い物に行き、誰もがどこへ行くべきか知っているのに、私だけが、どこへ行ったら良いのか分からない。私はのっそりと服を着て、よろよろし、ズボンをはくときに片足で飛び跳ねます。歩いて行って、電気カミソリで髭を剃りますが、もう何年も、髭を剃るときには鏡の中の自分を見ないようにして、暗がりか隅っこで髭を剃っています。私は狭い廊下の椅子に座っていて、プラグは浴室の中にあります。もう自分を見るのがいやで、浴室の中の自分の目つきにも、ぎょっとしてしまうんです。自分の目つきも痛くて、目の中に昨日の酔いが見えます。もう朝ご飯もとらず、とるとしてもちょっとコーヒーだけ飲んで煙草を吹かし、テーブルのところに座っています。時々両手がだらんと垂れて、私は自分に何度か繰り返すんです――フラバルよ、フラバルよ、ボフミル・フラバルよ、それでお前は自分に打ち勝ったのだ、無為の極致に到達したのだ、と。わが老子が教えたもうたように、私は無為の極致に到達したのに、何もかもが痛いんです。バスへの道も痛いし、そのバス全体も痛い。私は後ろめたくて目を伏せ、人の目を見るのが怖いんです。時々私は両方の手を組んで、手首を前に差し出します――人々が私を捕まえて警察に引き渡すために、両手を差し出すんです。というのも、私のあの、もはや騒がしくない孤独[1]にも罪悪感を覚えるからです。私を下の地獄へと連れて行くエスカレーターが痛いだけでなく、上に昇っていく人々の眼差しも痛いからです。誰にでも行くべき所があるというのに、私は無為の極致に到達したのに、どこへ行けば良いのか分からないんです。そうです、でも結局あの私の子供たち、森の中で私を待っている猫たちが、私を救ってくれます。あれは私の子供たちです。だから私は地下鉄に乗って行くんですが、その地下鉄が痛いんです。上に昇っていく人たちがいる一方で下に降りていく人たちがいて、私は彼らと一緒にその場に立ったままエスカレーターで降りていき、それからまた階段を上ります。そこのフロレンツ駅[2]のビュッフェでローストチキンを四つ、後ろめたく買って、後ろめたくお金を払うと、私の両手が震えているのが見えます。だって、アフリカのどこかでは子供たちが飢えているのに、私は猫たちにチキンを買っているからです。私はフロレンツ駅のそのビュッフェも痛いし、賑やかな通りも痛い。トラックや乗用車が行き交い、運転している人たちはみな、どこへ行くべきか分かっているのに、私だけが分からないんです。私の最後の希望、私の最後の生きる理由である猫たちが、向こうの森の中のどこかで怖くて震えながら待っているとしても……。もし私が行かなかったら、猫たちはどうなるでしょうか、誰が餌をやるんでしょうか、誰が撫でてやるんでしょうか？　あの猫たちは、私のことが好きなんです。ところが私の方は、もうあの私の寝室が痛いだけでなく、暮らしている町全体が痛いし、世界全体が痛いんです。というのも、明け方になると私のところに、見知らぬ者たちではないどころか、ゆっくりとだけれども確実に私の魂のエスカレーターを上って来る者たちが、やって来るからです。肖像画のように、映画のように、かつて私がどれほど気も狂わんばかりに愛したか、けれどもまた私がどれほど幻滅させたかということについてのドキュメンタリー映画のように、彼らの顔だけでなく、幾つかの恐ろしい出来事もはっきりと見えてくるんです。こうしてその内的独白は続きますが、いや、私はもう自分自身と話しているんではなく、まるで取り調べをする裁判官の前で尋問を受けているかのように話します。私がかつて言ったことのすべて、かつてしたことのすべて、すべてがずっと私に対立していて、あれ以来私が考えるように強いられたことのすべてが私に対立しているんです。そうして私は何度も赤信号で渡り、何度も車の流れを横切って歩きますが、物思いに耽っていても、私は守護天使に、私の親愛なる守護天使に導かれます。というのも、私のその天使は、私がまだこの世にいることを望み、私が自分のどん底にまで行き着くことを望み、呵責の最後のどん底がある、もう一階下へと下りることを望んでいるからです。だから私は世界全体が痛く、その私の天使も痛い。何度私は六階から、どの部屋も痛いあの私の住ま

（1）フラバルの代表作『あまりにも騒がしい孤独』を踏まえた表現。
（2）プラハの地下鉄の駅とバス・ターミナル。

いから、飛び下りようと思ったことでしょうか？　けれども、いつも最後の瞬間に、私の天使が私を守ってくれて、私を引っ張るんです――私のフランツ・カフカ博士が、旧市街広場側に入口のあるメゾン・オッペルトの六階から飛び下りようとしたときのように……。でも、博士はパリ通り[3]の角に落ちたことでしょう。彼もまた世界が痛く、自分の人生が痛かったんでしょう。マルテ・ラウリス・ブリッゲ[4]がやはり六階から飛び下りようとしたように……。彼もまた、パリにいて世界が痛かったんでしょう。ブリッゲも世界全体が痛かったし、ライナー・マリア・リルケもそうだったんでしょう。

　私は自分に打ち勝って、無為の極致に到達しました。今、自分のしでかしたことがあります、ここにあります。コンスタンチン・ビーブル[5]は窓から飛び下りましたが、彼はあらかじめ――それよりだいぶ前にですが――ページをめくるように窓から逆さまに落ちていく男の絵を、シュティルスキー[6]に描かせていました。そうなんです。そしてアルトゥル・ショーペンハウアーの父も、自殺しました。セネカも、サラマンカで自殺しました。でも、私はもう、窓から飛び下りたりはしないでしょう。私の守護天使がそれをやめるように説得したわけではなく、私にこう囁いたんです――お前に無為の極致を与えたあの男が、そんなふうにお前があまりにも簡単に逝ってしまうのでは物足りない、と言っていたよ……。私は世界全体の痛さを、中国の最後の皇帝のように、改めて経験しなければならないんです。あの皇帝は処刑されずに、自分がしたことのすべてを認識するように、無為の極致に到達するためではなく、他の人々と同じように買い物に行く普通の人間になるように、人間的になるように、十二年間洗脳されました。私は毎日バスに乗って行きますが、それは私の移動懺悔室で、私は一旦行ってからその日のうちに戻ってきます。ちょうど路面電車や列車や飛行機が、一旦行ってから戻って来るのと同じように……。

そうして私はバスに座り、丸パンを一つ、もぐもぐと食べ、それからもう一つ食べ、膝からパンのかけらを払って考えます、飲み屋のことを考えます。そこでは酔っ払いたちが、自分たちの文のかけらを私にくれるんです——まるで私のために生きているかのように、私に言うことを私だけのために貯めてくれるかのように、私を喜ばせるために、さもなければ私を傷つけるために……。彼らは、私が頭の中にメモ帳を持っていることを良く知っています。調子はどう？と私が聞くと、彼らはまるで私のためにあの自分の詩を、あの自分の人生の信条を覚えてきたかのように答えます——どうかって？ 朝は自殺、午前は仕事、昼は食堂で昼飯、午後はまた一仕事、その後はもう「銀梅花」や「緑の実験室」の酒場にいて、ビールをひっきりなしに飲んで、最後の一杯まで飲んで、そんなふうにして晩まで過ごすのさ……。クリスマス・イヴ……朝は自殺……等々……。なぜ彼は私にそう言うんでしょうか、私に言うためにだけ私を待っているあの酔っ払いは——今日はまるで空襲にあった後み

（3）旧市街広場に繋がる大通り。
（4）リルケ『マルテの手記』の主人公。
（5）チェコのシュールレアリスト詩人（一八九八～一九五一）。
（6）インドジフ・シュティルスキー。チェコのシュールレアリスト画家・詩人（一八九九～一九四二）。

たいな気分だけど、空襲なんてなかった……また別の時は……頭の代わりに圧力鍋が付いてるみたいだ……。ボージョ、ボホウシェク、ボジェク[7]……彼は、私が彼の言うことを聞いて永久に覚えておくように言います……。そして、腕を組んだまま座り続け、冬用のコートを決して脱がずに、傷ついた鳩みたいに座っているんです……。ああそうだ、私は、アスファルトの上に殺された鳩が横たわっていたのを思い出します。タイヤか何かに轢《ひ》かれてしまうまではずっと、死んでとてもきれいに横たわっていました――まるで私に見られるために身繕いしたかのように、「セーヌ川の身元不明少女」[8]のように……。こうして私はあの自分の移動懺悔室に座り、私を訪れるイメージのこと、その語るところを聞いたイメージのことを考え抜かなければならないんです――一気に、私の寝ているあの部屋がもっと痛くなるように、世界全体が痛くなるように……。遠いドイツのどこかの町の湖畔で、毎晩、燃える白鳥が飛び上がり、焼け死んでは水面に落ちるということがありました。町の人たちはぞっとして、それから見張りを立たせて、若い男を捕まえました。その男は更に一羽の白鳥をパンでおびき寄せ、瓶に入れたガソリンをかけて火を点け、夜に飛び上がった燃える白鳥を見て喜んでいたんです……。そしてその男を捕まえてみると、それは若者で、自己弁護の言い訳をしました――僕はサルヴァドール・ダリに触発されたんだ、僕は夜、ダリが描いた燃えるキリンに怖くなって、燃えるキリンや、サルヴァドール・ダリの妄想症的・批判的な手法を夢に見る部屋が痛くなり、動物園でキリンにガソリンをかけてその鬣《たてがみ》が燃えるところを見たかったんだけど、そんなに高い所にまで届かなかったので、人懐っこい白鳥を呼び寄せたんだ、そして燃える白鳥が飛び上がって、落ちる直前の頂点で、僕にはサルヴァドール・ダリの燃えるキリンが見えたんだ、それで世界が痛いのがやんだんだ、と……。その若者は知るよしもなかったでしょう――そのイメージは、かつて美しかったその白鳥が体を冷やすように飛びながら落ちていった池の水面を波立てたように、私の心を波立てたということを……。こうして私はバスに座っていますが、バスの経路はそらで覚えているので、今どこなのか、目を閉じていても分かるし、体で感じるし、舗装とアスファルトの感触で分かります。運転手がギア・チェンジをすればもう、どのカーブに入るか当てられるし、ブレーキを踏めばもう、私のバスに道中でどんな危険が迫っているのか分かるんです……。それで私は、頭の中のあの小部屋も痛い。私はその白鳥の話を聞きましたが、その燃えるキリンと妄想症的・批判的な手法について考え抜いてはいません。私が欲するというわけではなく、勝手に飛んで来るような考えがあるんです。私が聞いたこと、そのすべてをもってしても私には不十分で、私はそれを考え抜かなければなりません。だって、それは私の仕事の一部だからです。自分で選んだわけではなく強いられた仕事、かつて私が強かった間は楽しむことのできた仕事です。私は、それによって自分が敬われていたものに、その真剣な遊戯に、喜びを見出すことができました。けれども今は、それが怖い――昔、酒がおいし

(7) いずれもフラバルの名ボフミルの愛称。
(8) セーヌ川できれいな溺死体として発見された身元不明の美少女で、リルケやチェコの詩人ネズヴァルなどの作品にも出て来る。

くなくても飲むことを自慢していたように、私がエセーニン[9]みたいならず者だったことを、彼が若くして死んだことを、よく考えないままに自慢していたように……。けれども、私はもう七十五歳になりますが……今、独りで自分に対立しています。というのも、私は騒がしい孤独に、無為に到達したときに、自分に打ち勝って困憊《こんぱい》したからです……。その無為には、世界のあらゆる痛みが反映し反響するんです。私はしばしば、エセーニンの詩にかけて誓っているのに……「そして再び僕は父の家に帰るだろう／他人の喜びに慰めを得るだろう／緑の夕べに窓の下で／自分の袖で首を吊るだろう」……。けれどもセリョージャ[10]がこう書いてから十年後、彼は自分に勝利したという確信のために首を吊り、銃で自らを撃ったんです……。「青い夜に、月夜に／僕はかつて美しくて若かった／／とどめ難く、繰り返し難く／すべては過ぎ去った……」。

神々はこの国を見捨て、古代の英雄たち、ヘラクレスもプロメテウスも去りました……。私の妻もむしろ喜んで逝ったし、ブラチスラヴァ[11]のラビの娘で、私のことが好きで、妻のピプシに似ていたので私も好きだったペルラも同じでした。この前の日曜日、私はプラハに血まみれの陽が落ちる夕暮れを経験しました。日没前のシナモン色の雲が、暴風になる前兆を示していました。旧市街広場は、「警察」と書かれ、大きな格子の付いた、複数の黄色い車で封鎖され、カプロヴァ通りでは高圧放水砲が水を噴き出して通行人たちを車の下へ押し流していました。少し前に殴られた人たちが壁《へき》龕《がん》のところで我に返り、きれいな杖をついた八十歳のお婆さんが叫んでいました——私の素敵な毛皮のコート、びしょ濡れになっちゃって、誰が弁償してくれるのよ？　工芸大学の前には民兵のメンバーの一群が立っていて、中に入れるように要求していました。工芸大学の窓には明かりがついていて、学生たちの姿がちらほら見えていました。というのも、年に二度、二日間、学期末のお祝いをしているんですが、一度は前期末の今で、もう一度は年度末だったからです……。鍵を持った若い男がやって来ると、民兵たちは入口を開けるように要求しました。けれども、若い助手の男は、ここは学問の府だから誰も入ってはならない、と言いました。一人の民兵が、民兵全員をここに通さなければならない、なぜなら、さっき、目出し帽をかぶった三人の男が入り込んだからだ、と言いました。けれども若い助手は、自分が大学の中を見て来て、その結果を伝えると言い、中に入って鍵を閉めました。一方、地下鉄の地下通路では人々が感動からではなく、催涙ガスのせいで涙を流していました。あちこちの通りでは、警察が濡れ鼠になった人々を捕らえていました。私は「銀梅花」の酒場には行きませんでした、そこは「技術的な理由」で閉まっていたからです。そこで私は「ウ・オットゥー」の酒場に行って座りました。隣のテーブルに緑色のセーターを着た若い男が座り、その後三人やって来て、私の後ろや私たちのテーブルの後ろに次々と座りました。それはやはりジャケットとカラフルなセーターを着て変装し、そうして職務を遂行している若い警官たちでしたが、サッカー選手のよう

（9）セルゲイ・アレクサンドロヴィッチ・エセーニン（一八九五～一九二五）。ロシアの詩人。
（10）エセーニンの名セルゲイの愛称。
（11）スロヴァキアの首都。

に見えました。目つきで私たちは互いを探りましたが、私は怖くなり、まばたきしない目で静寂と無言の中心を見つめていました。神々がこの世界とこの町を見捨てたから、この日曜の晩に私はあの本当の騒がしい孤独と無為の極致に到達し、キルケゴールとフリードリッヒ・ニーチェが到達した最終的な不安に到達したんです。私は何度も、自分が住んでいる六階の窓から飛び降りたいと思いましたが、それはそのためではなく、ペルラに良く似ていた私の妻ピプシが死んでいくところを、長い間見ていたからです。けれども、旧市街広場の下に約七十万本の高価なワインを貯蔵していたワイン卸売店メゾン・オッペルトはカフカが住んでいた建物ですが、その六階からカフカが飛び降りたがっていたということを読んだとき、マルテ・ラウリス・ブリッゲもパリで六階に住んでいたことを読んだとき、私がそれらの六階について知ったとき、窓からの飛び降りを先延ばしにしました。そしてもしも私に力があったなら、石油缶を買って自分に火を点けるでしょうが、でも私は怖い。私は勇気のある人間ではなく、ムキウス・スカエウォラ[12]のような人間ではありません。スカエウォラは、敵どもの驚いた目の前で自分の左手を焼き、「私のような人間はローマに千人はいるぞ」と言った、あの若者です。けれども私は怖い、結局のところ私は怖がるのが好きなんです――キルケゴールのように、ニーチェのように、最終的な不安に満ちて……。自分の目で催涙ガスを体験し、自分の体で高圧放水砲の奔流を体験した人たちのように、他の人たちが体と心で体験したことを、空想と自分の触覚的な経験のおかげで体験し、目に涙を一杯溜めてずぶ濡れになった私は……。けれども、この日曜日に私は、二十年前、[13]私の読者たちがサインを求めて私の本を差し出したとき、なぜ自分が「黄金の虎」の酒場か「イン・ガリツィエン」ホテルかの二つの場所を交互に書きつけたのかも理解しました。その二十年前に既に私は、ベルズ(14)のラビの息子たちや一般にユダヤ人たちがよくそうするように、人々が少し目を逸らすようになり始めたのに気づいていたんです……。月曜日に私がケルスコ(15)からプラハにやって来て、三時十五分に「博物館」駅で地下鉄を降りたとき、鎧に身を固めた脅しのように聳《そび》える聖ヴァーツラフ像が見えました。その周りでは、聖ヴァーツラフの乗る馬に背を向けて、警官たちが警戒しながら歩いていました。それは、胸がより突き出るようにコートをぴんと立てて背中に強く皺を寄せた若者たちでした。歩道の縁石に立って、人々が花束を置こうとしている向こうの場所を見つめている者たち、そしてそのそばを進んで行く人々が見えました。そこに花束を置くことは禁じられていないのに、許されませんでした。反対側の歩道からはピューという指笛の音が響きました。歩道と

(12) ガイウス・ムキウス・スカエウォラ。古代ローマの伝説的英雄。ローマを包囲したエトルリア王の暗殺に失敗して捕らえられたが、右手を自ら火中に入れて勇気を示したため、王は驚嘆してローマと和睦したという。
(13) 一九六九年一月、カレル大学哲学部の学生ヤン・パラフが、「プラハの春」の改革運動に対するワルシャワ条約機構軍による介入と人々の受動性に対して、プラハのヴァーツラフ広場で抗議の焼身自殺を遂げた。
(14) ウクライナの町。
(15) フラバルの別荘がある、中央ボヘミア地方の村。

縁石の上に、聖ヴァーツラフに望まれてもいない保護と助力を与えようとするような警官たちが立っているのが見えました。一人の警官が、その指笛を吹いた男を、群集の中を通ってパサージュの中へと連れ去るのが見えました……。けれども、私にはもう催涙ガスは必要ありませんでした。恐らく本当に神々はこの世界を見捨ててしまったんです。ヘラクレスが去り、プロメテウスも去り、その上で世界が回っていた力が去り、最後の英雄としてここに残ったのは、燃える、燃える、燃える低木ではなくて、燃える若い学生で、その火あぶりの瞬間に、彼がまさにそうなった者だったということに、私は静かに涙を流していました。私は、もしもその瞬間に彼と一緒にいたなら、跪《ひざまず》いて彼にお願いしたことでしょう——彼が燃えてくれるように、でも別のやり方で、言葉で燃えてくれるように、体になれるような言葉で、まだあの燃えていない人たちを助けるような言葉で燃えてくれるように、そして燃えるというなら、燃える精神によって、精神の中で燃えてくれるように、と……。けれども、それは起こってしまいました。主よ、できることなら、私からこの杯を取り除いてください……キリストだって十字架に打ち付けられたくはなかったんです。けれども、結局それは、起こった通りに起こってしまいました。それと同じようにプラハで、子供の火遊びや煙草に火を点けるマッチ、そのマッチが、人間にある死すべきものすべてに火を点け、この国に外国の軍隊がいることに今でも抗議する人々に火を点ける記憶だけを残したんです。そうして頭を垂れて歩んでいると、突然私はまた、華奢《きゃしゃ》なヒメオオギズイセンとカーネーションの花束を指の中で壊してしまわないように、両手を合わせて上に挙げている少女たちの手に出くわしたことに気づきました。そしてその花束の上に、聖餐かバッハのミサ曲のコンサートにでも行くように見開いた、若い女性たちの目があるのが見えました。私はその花束の一つと一緒に帰りましたが、その花束は聖ヴァーツラフ像のそばの歩道に佇み、見ている者たちの目に追われて路面電車の線路を渡り、暫くためらい、立ち止まりさえしました。けれども、若い警官が緩やかな手の動きで彼女を向こう側の歩道に渡らせました。それは三時半のことでした。その後、広場の下の方のコルナ会館のそばにパンクロッカーのグループが座っていて、ちょうど同じ年くらいの若い警官が震える手で、彼らのうちの一人の身分証明書のページをめくっていました。彼らはパンクロッカーでしたが、ケースに入った楽器を階段の踊り場に置いていて、彼らの目からは笑みと落ち着きが輝き出ていました。そして、私は恥ずかしくなりました――自分が無為の極致と騒がしい孤独に到達したこと、自分が「最終的な不安」に到達したこと、自分はもう何の役にも立たないこと、もしも何かの文学賞を受賞したり、文学に対して何かの表彰を受けたりしたなら、もし私が気骨のある人間だったなら、せめて、自分が今何者でないかを証明しているその紙を燃やしてしまうだろうと思って、恥ずかしくなったんです。だって、もしも私が、自分でそう見なしている者であり、私の読者たちが私をそう見なしている者であったなら、私は向こうの通りの上で、あの少女の手から、あの震える花束を優しく取って、それを聖ヴァーツラフの馬の蹄の下に置いていたでしょうから……。けれども、私には分かっているんです――私にはその力がないということが、私は功績に応じて、高圧放水砲に背骨を打ち砕かれ、運命に打ちのめされたオイディプス王が眼窩《がんか》から目玉を抉り出したように催涙ガスの鋭い針に目玉を抉り出されるという誤った報いを受けるだろうということが……。でも、それはなんて安っちいんだ、フラバルさんよ、ハイデガーみたいに、神々はこの世界を見捨てた、ヘラクレスもプロメテウスも去ったなんて言うのは。耳触りはいいけれど、フラバルさんよ、そんな文句の中身は、はした金で買えるトラチェンカ(16)だぜ。だって、若い哲学の学生が、ハイデガーさんよ、古い神々はたぶん死んでしまったんだということ、けれども新しい神々が生まれているんだということを証明したからだ。彼らは、例えば神話を必要としなかったけれど自分の作品で目に見える世界を透き通ったものにしたヴィンセント・ヴァン・ゴッホの切り取られた耳のようにだけでも、報いを受けなければならないんだ……。そもそも、この二日間にこの町のここで一体何が起こったんでしょうか？　思うに、自分たちの聖人の神話を創り出した若者たちの問題に、武装した警察と民兵が乱暴なやり方で介入したんです。火器も石も棍棒も使わず、言葉と二本指の指笛しか持ち合わせない人々、力ある人々がオデュッセウスをトロイヤ戦争に参加させようとして彼の息子を畝間に置いたのとは訳が違い、乳母車に子供を乗せて連れていた人々に対して、軍隊が正当防衛の範囲を越える権利をわが物にしたんです……。でも、それがどうしたというんでしょう？　目は涙で洗われるし、目薬は催涙ガスより効果があります。服は乾かすか、新しいのを買うかして、拘束された若者たちは結局家に帰り、生活は再びどっと古い軌道に戻っていくでしょう……。けれどもフラバルさんよ、本当に古い軌道に、だろうか？　とんでもない！　実際に、あるいは精神によって、精神において、参加したあの若者たち、それはもう確かなアンガージュマンだ。あの確かな連帯の行為とあの確かな善への確かな賛同は、ついには未来において報われるに違いない……。

そうして私は「黄金の虎」の酒場に座り、いつものように、もしも私が神々に好かれているなら、ビールのジョッキを手にして死ねるだろう、と思いを巡らせました。私は座ったまま、その「大月曜日」と「大日曜日」の詳細に耳を傾けていましたが、燃えるような日で語られるその知らせは私に、ゆっくりとですが確実に、もう取り除くことも燃やすこともできない大きな絨毯を作り出しました。なぜなら、その絨毯は、その中身が実際に起こって現実によって刺繍されていて、ひとたび起こったことはもう無しにはできないからです。そうして私は、「黄金の虎」の酒場で自分の死について夢見ました。その私の何杯かのビール——今日は六杯飲みましたが——、そして私が聞き、耳を傾けたことのすべて、すべてはそのビールの樽の栓から出たものです。私はもう人の話だけを聞いていて、それはもう私にとって意味をなさなかったので、支払いをし、その後でもう一杯ビールをごちそうになり、それから夜の中に出て、頭を上げて、いつものように空を、向こうの聖イリイー教会の上の空を見ました。寒い夜になって星が出るでしょう。私は今晩、自分の家の六階の窓から、そんなふうに斜めに三日月を見るでしょう。そうして私が歩いて行くと、パリ大通りはもうひっそりとしていて、警察の車が通り、静かに止まり、警官が降りてきて、そこここの車のワイパーに、駐車禁止の場所に停めていた人たちへの呼出状をそっと挟んでいきました。それから静かにヘッドライトの光が、

(16) 煮こごり状ソーセージ。

フランツ・カフカが一度六階から飛び降りようとしたメゾン・オッペルトの方へ曲がりました。それから私は、誰も歩いていない旧市街広場に独りで立ち、最初のベンチに腰かけて夢を見始めました……。正面にヤン・フス師の記念像が聳えていましたが、フスは火刑に処せられたとき、もっと良く燃えるように、老婆によって柴木をくべられたんです。その記念碑は広場の真ん中の闇の中にあり、一方、キンスキー宮殿とその壁と広場の東側の壁全体がナトリウム灯の強い光を浴びて輝き、宮殿や家々の薔薇色やベージュ色の壁が、記念碑の黒いシルエットを浮かび上がらせていました。私が独りで座っていると、一人の若者がベンチの上に跳び乗り、一つのベンチから次のベンチへと跳び移って行きました。すると、旧市街広場の中心から静かなフルートの音《ね》が、静かだけれども心に迫るフルートの音が響き、それはまるで孤独の中から、牧場の中から、淋しい湖の中から、響いてくるようでした。そのフルートの音はそれ自体心を打つものでしたが、更に、数時間前にここから、催涙ガスと高圧放水砲を乗せた最後の車、あの美しいドイツ・シェパード犬たちを乗せた最後の車が去ったということでも、心を打つものでした。あの犬たちは、今はもうきっと、大変な日曜日と月曜日の後で、自分たちの犬舎にいることでしょう……。けれども、旧市街広場でも、記念碑の中心からフルートの音が響いてきて、ついに私は驚いて立ち上がり、片手を挙げ、頭を巡らしました……。そう、ヤン・フス師が聳えているあの小さな茂みの中から、冬でも萎れないあの針葉樹の中から、あのフルートの音は上に昇って広場の周り中に広がっていきました。フルートの音が上に昇り、何人かの通行人が通って行き、彼らの声ががらんとした広場に強く響きましたが、誰も立ち止まらず、足音は斜めにジェレズナー通りからパリ通りへ、ドロウハー通りからメラントリフ通りへと移って行きました。それからフルートの音はやみ、張り詰めた弦のように、弾けそうなほど静まり返りました。その後、ヤン・フスの周りの縁石の所の枝が広がって、反対側で明かりに照らされた壁が光っている舗道に誰かが飛び出すのが見えました。それから、黒い記念碑からもう一人の人影が分かれて、自分の前に乳母車を置いているのが見えました。記念碑の黒い影の中から今度は、「ユニコーンの館」のかつての薬局のそばの強い光の中へ若い女性が若い男性と一緒に現れて乳母車を押しましたが、恐らくその乳母車にあの魔笛が置いてあるんでしょう。私は文士なので、かつての薬屋の二階の窓を見つめ、ここにかつてベルタ・ファンタ夫人(17)がサロンを構えていて、オーストリア時代にそこでフランツ・カフカやアルベルト・アインシュタインやルドルフ・シュタイナーやマックス・ブロートやポーランドの詩人たちが談話に参加していたことを思い出しました……。そして魔法の乳母車は「王の道」(18)の方へと曲がって行き、パリ通りからはタクシーが曲がって来ました。私は手を挙げて、その光の点いたヘッドバンドを止めました……。そして私がタクシーに乗り込んで座ると、あの魔笛は、ちょうど記念碑の垂直の

---

(17) ベルタ・ファンタ(一八六五~一九一八)。プラハのドイツ人女性で、チェコにおける女性運動の先駆者。そのサロンには、プラハのインテリたちが集まった。

(18) チェコ王の戴冠式の際に通る道筋。

メッセージが広がる所から響いてきたことに気づきました――「我信ず、人民よ、汝の事柄の統治は再び汝の手の中に戻るだろうと……」。そして私は、六階の窓から月を眺めるためにソコルニーキ[19]に行きました。タクシーの運転手はまだ若い男で、自分が目撃者となった出来事のためにまだ涙を溜めていましたが、私が彼に、フスの記念碑の中心から響く魔笛の音を聞いたことを話すと、彼は微笑んで、こう言ったんです――で、そこには乳母車もあったでしょ？　で、そこには男と女もいたでしょ？　私は言います――その通りだよ……。彼は私に言いました――それは僕の知り合いでしてね、あなたが聞いたと言ったら、彼らは喜ぶでしょう。二週間前と月曜日にも彼らはあの茂みの中にいて、人々はそこからあのフルートの音を聞いたんです。でも、その後、警官が彼らを調べて、あのフルートと一緒に帰らせたんです……。フラバルさん、あなたが彼らに耳を傾けたということ、彼らの音を聞いたということを私が教えてあげたら、喜ぶでしょう……。

P・S・

そして私は家で、T・S・エリオットの『荒地』の第三章の結びの部分をめくり、それを六階から月に読み聞かせました……。「燃える　燃える　燃える　燃える　／　おお　主よ　あなたはわたしを引き出し給う　／　おお　主よ　あなたは引き出し給う　／／　燃える」[20]

そして私は、このテクストは、仏陀が編んだ「火の説教」から取られたものであることを見つけました……。アーメン。

ケルスコ、一九八九年一月十七日、火曜日。

(19) フラバルのプラハの住居があった団地。
(20) T・S・エリオット『荒地』岩崎宗治訳（岩波文庫、二〇一一年）、一〇六頁。

フラバルさん、フラバルさん、それはもうだいぶ前のことだと思いますが、でも、私がそれを思い出せないほど――いいえ、思い出すんではなく、それを忘れられるほど――前のことではありません。実のところ、それは、私がもうそんなに若くないということを確かめた最初の時でした。それはブダペストでのことでしたが、ブダペスト以外の一体どこでそんなことが起こりえるでしょう。ブダペストは、誇り高くて美しい町です。私は、マルギット島に泳ぎに行きました。プールにはロッカールームから入り、小さな門からじかに温水の中に入るんですが、それは快適です。それがプラハにないのは、残念です。マルギット島、そのプールは、ヴィノフラディ[1]の市場のような建物で、私は裸でヴィノフラディ劇場に入って行くかのようでした。その温泉はそんなふうに外にあって、私はそこで

(1) プラハの地区。

泳ぎました。その熱いお湯で私は快活になり、秋だったのでお湯からは湯気が上がり、私はそのドナウ川の岸辺で、あのヴィノフラディの野菜市場を夢見ました。その後で私は気づいたんですが、そもそもブダペストのドナウ川は、人々にとって、プラハのヴルタヴァ川のようなものです。ドナウ川両岸には階段が続いていて、正午や午後から夜まで人々はそこに座って体を温めています。ドナウ川——それはヴルタヴァ川がプラハっ子のものであるように、彼らのものなんです。プラハもブダペストも川の周りに造られているので、建物の建つ両岸が川面に映るようになっていますが、ウィーンは何だかドナウ川の脇の方にありますよね……。私はそれを夢見ましたが、私がブダペストの遊園地に行ってぶらぶらしたのは、もう大分前のことです。魔法のお城で、私は群集に押し潰されそうになりました。それから私が落ちた樽の中は、ひどいものでした。私が起き上がると、また落ちてしまい、遊園地の他の客たちも私の上に落ちてきました。それから魔法のお城を出て、勇気を奮い起こそうとしましたが、見ると周りには誰もいなくて、私はそこで一人っきりでした。何だか男の人たちももう、私を見ることをやめていました。私は、ウォーターシュートのボートに乗って、すごく高い所から大きなプールに落ちて行き、そこに着水して、他の人たちのようにボートが水面にばちゃーんといくのを味わいたいと思いました。それで私は、誰か私と一緒に乗るだろうかと待ちましたが、そんな人は誰もいませんでした。その客たちはカップルで、もう夕方で、あらゆる方向から人々がやって来て、回る輪がボートの中の人々を上に持ち上げ、ブダペストの夜景をまるで山から見下ろすほど高くなって、それからボートが回り始めます……。私が物思いに耽っていると、突然、私はその着水する湖の近くに来ていて、ボートが轟音を上げ、その音が高まり、ボートはウォーターシュートで飛び、落ちて、湖に着水し、ボートの前に盛り上がった水面を押し出し、その水面が強い水しぶきによって、その時だけより遠くへと乗り越えて行き、私は、もう冷たい水で頭から足までずぶ濡れになり、びっくりして立っていました。何人かの人たちが私の手を取って、近くの売店に連れて行きました。そこでは、白い上衣を着た男の人が綿飴の串を回していて、それを、笑いながら買い物をしている若い人たちに勧めていましたが、周りを見回すと、そこに警官がいて、彼は帽子のひさしを変なふうに上げて被っていました。編んだ黒い髪の房が額に垂れ、帽子をうなじまで下げて、酔っ払っているように見えましたが、私に近づいて来て、お力になりましょう、だか何だか言いましたが、私は、分かりません、と首を振りました。すると彼はドイツ語と、その後スロヴァキア語で尋ねたので、私が頷くと、彼は私に手を差し出しました。私が震えていると、ここに誰かお知り合いはいますか、と尋ねたので、私は言いました――いいえ、プラハから四日間の予定で来たんです、でも、だからそれを言いたくなかったんです。手短に言えば、その若い男の人は、私のことを気の毒に思ってくれたんです。本当に私のことを気の毒がっているのが見て取れました。乾かさなければいけません、さもないと風邪をひいてしまいますよ、と彼は言いました。両親はスロヴァキア人だと言い、私の冷たい手を自分の両手で暖めてくれました。それから自分の制服のコートを私に差し出し、濡れたジーンズ地のジャケットを脱ぐように頼みました。それから私たちはお城の方へ上がって行きましたが、上がって行くうちに彼は私の方へ少し身を屈め、私は彼にぴったりと身を寄せました。彼は私を見下ろしていましたが、背が高くて、その髪の房が制帽のひさしの下で額に垂れていました。小さな口髭を生やしていて、私は、フラバルさん、できることならその警官と一緒にプラハまででも行きたいと思い、もう寒くありませんでした。彼は無言で、ただ私の手を取り、もう一方の手を私の腰の所に当てていました。そして私もいきなり、そうしてみました。それから、私は勇気を出しました——一体ここで誰かが私を女として意識したかしら？　一体私はそんなに年を取っているかしら？　それで私は、彼の腰に手を当てたんです。私たちは無言で、人々と車がそばを通り過ぎて行きました。私たちはもう、お城のメインストリートを歩いていました。前には、横からも下からも照らし出された聖イシュトヴァーン大聖堂が聳《そび》えていました。私たちが脇の扉のそばに立つと、突然真っ暗になりました。祝祭的な照明が消えて、私たちは暗闇の中にいたんです。けれどもなおさら下では、輝くブダペストの町、大聖堂に続く道、明かりの点いたレストランやお店が光り、微かなジプシー音楽の音が鳴り、ブダペストの夜の訪問客たちはメインストリートをぞろ歩き、お店に入っていました。私の付添人は手を離し、制服のポケットから鍵の束を取り出して、脇の礼拝堂に入る門を開けました。それから私に手を差し出し、私は導かれるままに進みました。彼は螺旋階段の明かりを点けては後ろを消し、最後に金属の枠の付いた扉の裏のスイッチを入れて、ゴシック様式のヴォールトのある大きな博物館の部屋に私を引き入れました。そして、そこで私の肩からコートを取って、それを衣裳戸棚に架け、それから私の前に立ちました。私はびっくりして周りを見回しました。博物館の中にいましたが、そこでは壁の周囲のショーウィンドーの中、ガラス戸棚の中に、何十もの刺繍をほどこした司祭の法衣が――大司教、司教、高位聖職者の法衣が――あり、法衣は私に背中を向けていて、私は体の向きを変えました。私の救い手は脇の小部屋に姿を消し、周り中、背中を向けた司祭の法衣だらけで、まるでみんな首を切られたかのように見えました。それらの法衣のそばには、司教冠が気をつけの姿勢で、まるで忠犬のように立っていました。私は本当に、それらの法衣はカトリックの高位聖職者たちの胴体に付いているという印象を受けました――彼らは少し前までここに立っていて、祈りへの深い恭順の中で顎を胸に付け、それで、私に背を向けた彼らの頭が消えてしまったんです。それとも、少し前に彼らは一気に首を切られ、それらの首は司教冠と一緒にずっと彼らの足元にあるんです……。そして、それらの恐ろしいショーウィンドーは、刺繍の金属と留め金と黄金の十字架で光っていました。一体誰が、金や銀の糸で刺繍をほどこしたのかしら……。それらのショーウィンドーと、並び立つ法衣たちは、上から、青緑色のネオンランプの光を注がれていました。私は今になって、蠟人形館にいるのだという、恐ろしい感覚に襲われました。でもそれは今にも生き始め、頭たちが胴たちの上に跳び乗り、それらすべての法衣が私の方を向いて、私は教会裁判の前に立たされるでしょう……。あの私の救い手が入ってきて、もう制帽を脱ぎ、髪は顔の周りで跳ね上がり、紅茶を入れた熱いカップを震える手で運んで来て、この博物館の訪問者たちが記帳する、開いたノートが載っているテーブルにお盆を置きました。そして、スミレ色のフラシ天で飾られた、教会の肘掛け椅子を持って来て、正方形に並んだ法衣の中央で私の片手を取り、それからもう一方の手を取って、ゆっくりと儀式的に私を座らせました。それから、隣の部屋で戸棚の開く音が聞こえ、彼は長くて白い司祭の礼服と、袖と膝にも刺繍のほどこされた白い長シャツを持って来ました。そして、その私の真面目な美丈夫は、私がその司祭の礼服やシャツに着替えて、ゆっくりと寛ぐように頼んだんです――そうすればあなたは気分が良くなるでしょう、ここにあなたは好きなだけ居て良いのですよ、僕はここの宝石の見張りなので、ここに朝までいます……。私はもう元気になって、自分のその幸運を肯定し、自分の服を脱いで、燐の匂いのするそのシャツを頭から被って、腰かけました。けれども、腰かけるや否や、肘掛け椅子の後ろで急に大きなショーウィンドーの明かりが点いたことにびっくりしました。そこの赤いクッションの上に二つの王冠があり、その下では、交差した王笏やブリリアントカット・ダイヤモンドやルビーやあらゆる宝石が、私だけのために、今日誰にも注目されなかった女だけのために、照らされていたんです。私は今日、魔法のお城にも、ウォーターシュートにも、観覧車にさえも、無理矢理入り込もうとしたんですけれど、誰一人、私と一緒に行こうとはしませんでした。その観覧車では白鳥の形のブランコが回って、上の静止点に行くとブダペストが見えるだけでなく、反対側にはお城も見えました。その時私は、見えるものに感激したけれど、実のところ、私がここに滞在している丸二日間というもの、もう誰も私に注目しなかったことに悲しくなっていたんです。私は男の視線を知っていたけれど、ブダペストまで行ってやっと、自分がもう老い始めていること、年を取っているということを、確信しました。けれども今、私はここで女王のよう、何かの祝祭の儀式に参加している皇妃のようです。あの若い男性、制服を着たスロヴァキア人の警官が、私に関心を持ち、私に出会ったのを喜んでいることを、確信しました。私たちは血液型が同じだということ、実のところ、私にこの瞬間が恵まれたのだとすれば私は無駄に生きていたわけではないということを、感じました。私は多分その瞬間のために生きていたはずだけれど、もうその瞬間を待っていなかったし、私の王子様がブダペストの警官の制服を着てやって来るなんて、信じていませんでした……。それで私は、司祭のシャツを着て座っていましたが、それだけではありませんでした。私の警官は紫色の暖かい法衣を持って来てくれ、私が両手を伸ばすと、彼は私がその式服を着るのを手伝ってくれたんです。それは暖かくて、羽毛でできているかのようでした。それから彼は私にお盆を差し出し、椅子に座って私を見ていました——見上げていました。というのも私は、彼の言うところでは大司教の椅子に座っていたからです……。それから彼は腕時計を見て、私は、彼の足音が遠ざかって行き、どこかで器具がちゃりんと鳴るのを聞きました。それからまた彼の足音が近づいて来て、また彼が入って来て、手帳に書き込みました。きっと、博物館と展示室を全部一回りしたという証拠に、タイムカードを入れたんでしょう。私はまた自分のすべての年を走り抜け、自分が現にそうであるところの女であること、もうオールドミスになり始めていることを意識しました。そのオールドミスときたら、三回婚約したものの結局独身でいることになったんです。私は、自分は結婚したくないんだ、恋もしたくないんだといって、自分を騙し続けてきたんです……。私の救い手は悲しげで、肩をすくめ、私がお茶を何口かで飲み干すと、銀のお盆を片づけました。そして、私の足元の椅子に座って、片方の膝の下で両手を合わせ、私に背を向けていました。私は初め、ためらっていたけれど、そのあと勇気を出して、彼の髪を優しく撫で、そしてまた撫でました。けれども彼は、膝の下で両手を合わせていた方の片足を曲げていて、まるで私が彼のお母さんで彼を撫でているかのように、軽く揺れ、目を閉じていました……。そこはひっそりとしていて、博物館の部屋から部屋へと遠ざかって行く時計が鳴り、外を車が通り過ぎ、近づいたり遠ざかったりする人々の話し声も聞こえました。私は博物館の中に座っていて、私の正面や周りで、ガラス張りの陳列棚の中から法衣が輝いていました。それらの法衣は頭を反らせて厳かに立ち、教会の高位聖職者たちが私のために祈り、私には、合わせた両手が反対側から見えました。それらの手は指輪で飾られ、私のためにではなく、あの警官のためにでもなく、私たちがここに座っているその瞬間のために祈っているのでした。彼らは、顔を反らせてそれぞれ別の方を見ていて、それぞれが自分の運命を、自分の運命の底を、見ていました。もしかすると私たちは、この瞬間に自分の第二の底も、深淵の底にある司教の真珠も、見ることができるかもしれない……。それから若い警官は、自分に任された部屋と修道院の回廊を再び回り、時計が鳴ったときにタイムカードを記録しました。勤務用の靴を履いた彼の歩みが重たげに、けれども容赦なく戻って来ると、彼は再び私を優しく見て、私の肩を撫で、まるで自分の目の底で私の重さを量るかのように、目を軽く閉じて頭を揺らしました。それから彼は、椅子に座って片方の足を曲げ、膝の下で指を合わせている方の足の上にもう片方の足を載せ、頭を反らせて私の膝の上に置きました。私はその頭を優しく撫でていましたが、その後、私の片手も動かなくなり、私は手の平に彼の髪と頭蓋骨を感じて、目を閉じました。それから私たちは二人とも、眠りが続くだけ長く動かず、寝込んでしまい、二人は同時に目覚めました。けれども私は、彼が眠っていないこと、ずっと勤務を続けていること、博物館に隣接する修道院長館のすべての部屋だけでなく、大聖堂全体に耳を澄ませていることを、知っていました。恐らく大聖堂は、瞼を閉じているときが一番良く見張れるのでしょう……。そして、彼はいきなり、私に語り始めました――そもそも両親は、タトラ山(2)麓出身のツィプル・ドイツ人でした。お爺さんは八百屋をしていて、タトラ山のホテルに野菜を納めていました。女中までいて、それはたいていスロヴァキア人でしたが、毎年違う女中がいました。というのも、毎年、女中の一人が妊娠して、お婆さんが家に送り返したからです。お母さんは、一人の女中がオティーリエ・ヴランスカーという名前だったこと、彼女も妊娠してある日姿を消したことを、まだ覚えています。けれども、当時まだ三十五歳と若かったお爺さんも、姿を消してしまったんです。お爺さんには金歯が一本ありましたが、それは必要だったからではなく、当時犬歯を抜いてもらって、その代わりに、ひけらかすように金歯を入れてもらっていたからでした……。金歯をはめた金髪男です――と、制服を着た宝物の番人は言い、椅子に座り続け、悲しげに語りました……。それから起き上がり、重そうに立って、暫く私を見つめました。私は、彼が見た目よりも年配であることに気づきました。私は彼のその目に少し驚き、特に、彼が全く上の空であること、彼の目がずれてさえいることに、ぎょっとしました。彼の髪は黒い巻き毛でしたが、片方の目

(2) スロヴァキアからポーランドにまたがる山脈。

は、モドラ(3)の青い水差しのかけらのような青目でした……。彼はまた下りて行き、タイムレコーダーの音が聞こえ、それが今、不吉にかちゃんと鳴り、大聖堂の塔の時計がゆっくりと十二の時を打ちました——一つの時間の後にまた一つの時間というように……。そして、大聖堂からは、遅れて時計のこだまが鈍く響いてきました。私が辺りを見渡すと、陳列棚は今や更に祝祭的になっていて、それらの法衣の内部は、遥か昔に死んだ肉体によって更に満たされていました。私は、教会裁判の場に、判決を下す異端審問の場に、自分が立たされているような気がしました……。私はもう消え入りそうになっていて、突然帰りたくなりましたが、私たちが博物館の中に入ったときに、私の番人が私の後ろで扉に鍵をしたのを、私ははっきりと聞いていました……。それから彼の足音が近づいて来て、再び私の前に立ち、あのタイムカードの奇妙な鍵を手に持ち、私を見て、私のことを推し量っていたんです。私には、彼が私の目の底ではなく、もっと深い所を見ていることが分かりました。私は小声で言いました——多分、もう帰らないと……。いやいや、まだですよ——と彼は言って鍵を取り、王冠の入っている陳列棚を開けて王妃の冠を取り出し、厳かにそれを持って来て、私がその美しさを見飽きるまで見られるようにしました。彼の手は震え、装飾を結んで冠のてっぺんに巻きついていた鎖が、がちがちと震えました。そして、宝物の番人がその冠を持ち上げると、私はもう、陳列棚の中の法衣が向きを変えたような気がしました。私の方を見て頷く、司教や大司教たちの顔が見えたんです。そして私の番人は、私の赤毛の髪にその冠を載せてから、少し後ろに下がり、私を見て微笑みました。けれども、私には、その微笑みが顔のない微笑みのように見え、まるで彼の顔が落ちてしまって、人間の目の付いた頭蓋骨だけが残っているかのように見えました……。それから彼は椅子を取り、彼から私が見えるようにそれを回転させて、私に更に語り続けました——僕が言ったように、お母さんは僕にそう話して、そのことを誰にも言わないように言いました。けれども、その女中のオティーリエ・ヴランスカーが姿を消すと、お爺さんも姿を消してしまったんです。それから一週間して、新聞に写真入りのニュースが出たんですが、そのニュースは、コシツェ(4)の急行列車の中でカバンが見つかり、誰もその持ち主だという人が現れなかったために、それを開けて見ると、そこに女性の両手両足が見つかった、と伝えていました。ブラチスラヴァの駅でも急行列車の中でカバンが見つかりましたが、持ち主が現れなかったためにそれを開けて見ると、その中に女性の、若い女の、裸の胴体と切断された頭部が見つかったというんです。それからそこには、その両方のカバンの中身はシーツに包まれていた、と書いてありました……。更に新聞には——と彼は言って、軍人用コートから、折りたたんだ古い新聞を取り出し、それを慎重に広げて、話し続けました——これは、お母さんが僕にくれたんです、あなたは僕がこのことを話した最初の人です、あなたは僕がこれを話した最初の女性なんですよ。ずっと昔に起こったことが、ずっと僕を脅《おびや》かし続けているんです……。つまり、後

(3) 陶器生産で知られるスロヴァキアの町。
(4) スロヴァキアの町。

になって新聞に出たんですが――彼は封筒を取り出して、何重かに折りたたまれた、黄ばんだ新聞を引き出しました――この新聞には、その殺された女は本当にオティーリエ・ヴランスカーで、最後に目撃されたのはセルフサービスの食堂で、金歯をはめた金髪の男と一緒にいるところだった、と書いてあります――彼はそう言って、慎重に新聞をたたみ、それを封筒に入れて、コートのポケットのボタンをはめました……。ありがとう、僕の言うことを聞いてくれてありがとう、つまり僕も金歯を一本はめているんだよ、と彼は言って、指で唇を広げて見せました。髭の付いた唇の下で本当に彼の犬歯がぱっと輝き、その私の番人が指を離すと再び消えました……。彼は付け加えました――あのね、僕の家ではドイツ語とスロヴァキア語、そして主にハンガリー語を話していたんです。僕たちがお爺さんの所にお祝いを言いに行くとき、僕たち子供がハンガリー語でお祝いを言わないと、鞭で打たれたものでした……。私は、その肘掛け椅子から手の平で立ち上がろうとしましたが、足が麻痺していました。もう一度試みて身を屈めると、私の番人は、それを待っていたかのように、手を差し出して王妃の冠を軽く取り、それを再び陳列棚のクッションの上にしまいました。そして、その棚に鍵をして、鍵を元の場所にしまいました……。私が彼を見て、帰りたいわ、ホテルに帰りたいわ、と言うと、彼は小声で言いました――後でね、後でね、あなたは僕が秘密を打ち明けた、たった一人の人なんですよ。僕は、プラハのあなたの所に行きますから……。ホテルに帰りたいわ、もう帰りたいわ、と私は囁きました……。僕に住所を教えてくれたら、プラハのあなたの所に行きますから……。私のハンドバッグを取ってください……。私は立てませんでした。彼は私にハンドバッグを渡し、私はその中を捜しましたが、手がひどく震えて、口紅と小さなナイフと手紙を、膝の上に投げ出してしまいました……。彼は小声で言いました――宿泊場所を言ってくれれば十分ですよ、僕はあなたの所に行きますからね、約束してください、さもないとあなたを放しませんよ、僕をプラハに招くと誓ってください、そして一緒にプラハ城に行きましょう、誓ってください……。私は、周りの陳列棚の中に、死んだ司教や枢機卿たちの法衣が立っていることを知っていました。私の後ろには皇帝と国王の二つの冠があることを知っていました……。私は指を上げて言いました――あなたを招くと誓うわ。そして、宿泊場所の住所を口頭で伝えました……。私の番人は、それを自分の手帳に書き留め、それから二本の指で、私の開いたハンドバッグから私のパスポートを取り出し、それを広げて、ああそうですね、と頷いて、再びパスポートを、郵便箱にでも入れるかのように押し込みました……。でも私はもうホテルに帰りたい、でももう帰りたい、と私は囁き、早口で呟きました。すると彼は、言いました――あなたに知っておいてもらいたいんですが、僕はあなたを信じています。そのご自分の服を着てください、もう乾きましたよ。僕はそれをラジエーターの上に置いておきましたから、もう乾いています……。そして彼は、振り返りました。私は彼に暖かい紫色の法衣を渡し、それから司祭の白い長衣を、そのシャツを、引き脱ぎました……。彼は振り向きもせずにそれを受け取り、私のブラウスとジーンズと靴下、更に濡れたアディダスの靴を手渡しました。私は服を着ようと苦労し、引きちぎるようにして体にまといましたが、ファスナーを閉めることができませんでした。ようやく私は息をついて、ファスナーをブラウスもろとも引っ張りました……。私の番人が鍵を取って私を見たとき、私は驚きました。だって彼は、私たちが大聖堂にやって来たときのように見え、再び恋する男のように見えたからです。彼は制服の帽子を被り、私に、帽子の下の髪を整えてくれるように頼みました。そして私はまた元の自分に戻り、私の足は、私たちがここの博物館に入って来たときのように私を運んでくれました。彼は微笑んで、私に言いました――ああそうですね、約束したように、僕は明日、仕事が休みなんです。あなたはカールトン・ホテルに泊まっているんですよね、あなたを迎えに行きますから、一緒にマルギット島に行きましょう。あるいはカフェ・ハンガリアに行きましょう。だって、僕はあなたが好きだからです、あなたに恋したからです。僕は恋したから、あなたの道を照らしてあげましょう……。彼がボックスの鍵を開けてレバーを摑み、強く下へ引くと、スイッチが入って閃光が出て、大聖堂全体が、私たちが入って来たときのように、突然、塔の先まで照らし出されました。私たちは螺旋階段を走るように下り、それから彼は鍵を開けて、私に軽くキスし、私は自分の舌で彼のあの金歯に触れました……。それから私は進みましたが、大聖堂は、向こうの上の博物館の中のあの王と皇帝の二つの冠のように、全体が照らし出されていました。私が進んで行くと、会社から出てきた人たちや、ブダペストの光景を見ようとしてまだ城壁塔に行ったり来たりする人たちが頭を上げて、驚いていました。フラバルさん、私だけは驚きませんでした。それは宝物の番人が私に敬意を表して照らしたものだということを、知っていたからです、彼が私の道を照らしたからです……。

私はバスに乗って行くところです、猫たちのもとへ行くところです。私は自分に語られたことを語っています。今、請け合いますが、語り方を遅くして、話をタイプライターで運転手席の窓にタイプしているのが見えるようにすることもできます。それは私の書いた物で、私には自分の言っていることが見えるんです。もうどこの面にでもゆっくりと書かれたのが見えます。更に、私は今バスの中で思い出しますが、横になっても眠れないとき、あるいは目を覚まして、もう朝まで全く眠らないとき、かなり大きな面に書かれているのが闇の中に見えます。ちょうど、以前、大都市で、最新のニュースの掲示板で文字から文字へと帯がかちかち鳴っていたように……。それで私には、自分の言っていることが、闇の中に沈んだ大きなタイプライターの上で輝くキーが跳ねているように見えます。更に、私は今バスの中で思い出していますが、別の時には、私が言っていることや私に言われたことを記録し直すとき、遅くなった書き物のリズムで、指の腹をその正しい文字に置くんです。更に、その私のテクストを、二十五版の大きさの畳んだ白い紙のある脳の中に、指でじかに取り入れるんです……。それは、奇妙なものばかりです。それはちょうど、私は朝から、いろんなものが次々と痛くなるのと同じです――自分のむさ苦しい部屋が痛く、それからバスが痛く、それから地下鉄が痛く、ついには、私を取り囲んでいる、目に見える世界全体が痛い……。もちろん私は、もう自分で自分のものを盗んでいます。この事件について、私はある婦人からほんの少しのことを聞いただけでした――オティーリエ・ヴランスカーの事件と、金歯をはめていて、オティーリエと同じように家から永久に消えてしまったその婦人の父についての、ほとんど短信のようなものだけです。私はもちろん、あのブダペストの濡れた婦人の話と、どのように博物館で番人が彼女を乾かし、どのように夜に祝祭の照明を実際に点けたのかということも、聞きました。けれども、その他のことはもう私の作り話、私の遊び半分のたぶらかし、私の娯楽、私の真剣な遊びです。あの私の偏執狂的・批判的方法、サルヴァドール・ダリの芸術を、私は気が狂いもせずに、狂ったように見るんです……。オティーリエ・ヴランスカーの切断は、恐らく外科医か食肉解体処理作業員によって専門的に行われたと、新聞に、『国民政治』紙に、書いてあったことを覚えています……。燃えるキリン、燃える白鳥……明かりの灯った夜の大聖堂……。ゲーテは自分の代わりに、書簡体小説の中で若きウェルテルに拳銃自殺をさせました。語る「私《イッヒ》」はこの世に残り、そして私は生きて残った――話しても無駄ですが……。あなたは私のために、闇に沈んだプラハ大聖堂に明かりを点けることができるでしょうか？ 祝祭の明かりを？ 「Ohne eiakulatio gewordene Mensch（射精のなくなった男）」。私は治療された節制家で、調子の良い時はピトラロン[5]の代わりにクルボアジェ[6]をつけます……。ドイツには奇妙なことわざがあります――「若い医者には三つの墓地が必要だ……」。

P・S・

「黄金の虎」の酒場では、営業日にはほぼ毎日、ポケットに手を入れた五十年配の禿げ男が、テーブルの間を通って行きます。彼は真剣な顔つきでテーブルのそばに立ち止まり、こう言うんです――諸君は全員、逮捕された……ツァルダ中将、雑貨屋のハンズリーク、コシージェ・スパルタ[7]

……。別の時にはこう言います――諸君は拘置所にいたんじゃなかったのか？　見たところ、そうじゃないな。で、拘置所に入れられたら、それをスポーツマンのように勇敢に受けとめなさい……。別の時にはこう言います――諸君はついてるなあ、ツァルダ中将は多分、訓練があるんだよ……。暖かい下着は着ないように……ソーリー……雑貨屋のハンズリーク、コシージェは……。別の時には――諸君、中将は散歩の指令を出したぞ……。そうしてポケットに手を入れて調理場へ行き、また戻って来て、片手を出し、空《くう》にダッシュを書いて、言うんです――ソーリー……。

（5）ドイツ製のシェービング・ローション。
（6）フランス製のコニャック。
（7）プラハのサッカー・クラブ。

親愛なる卯月《うづき》さん

あのアメリカ「満足国《スポコイエネー》」の旅、あなたがお馬鹿さんのお人好しのように私のために考えてくれた旅、多分ただ私たちがまた会うためにだけ計画してくれた旅から帰ってから、私はおかしくなってしまいました——それは私の母に起きたのと同じことなんですが、母の死亡通知には脳軟化症で死亡したと書かれていました。でも、それで私は本物の無為の極致に到達しました。けれども私はこんなにも、こんなにも孤独で、実のところ独房に監禁されて両手両足を縛られているようで、もう時間の中に生きているのではなく、ただただ空間の中に生きていて、その空間に驚き怯えています……。

ある若いイタリア人が結婚してプラハにやって来たんですが、彼はそのスラヴ人の親族だけでなく、根っからの共産主義者であることによっても、ここの一員になりました。そのイタリア人は礼拝堂の修理をしている男なんですが、彼はブデチ(1)で目にしたものを私にも見せようとして、私を招いたんです。ブデチは、聖ヴァーツラフが、後に首巻きで絞め殺されることになる祖母ルドミラを、馬に乗って訪ねていた所です。そこにあるドームの内部を開けて見ると、内部には、朽ちた、また朽ちつつある、数百世代の鳩の骨が堆積していたと言うんです。その鳩たちは、自分の命脈が尽きるのを予感すると、そのドームの中に死にに飛んで来るんです。そこには数世紀間の鳩の死骸があって、下の方はもう腐植土と鳥糞石だけになり、その丸いドームの内部は、鳩の諸世代の大過去から半過去を経て、去年の鳩の羽と骨までが層を成している……。こうして私は今ここにいますが、私はとても年を取ったので、自分の子供の頃の思い出を食べて生きています。何だかその私の諸層は、ブデチのあの鳩の墓の諸層が逆様になったようで、目を閉じるだけで、あそこまで、私が生まれたジデニツェ(2)にまで、遡ります。そこでは、私が生まれたベッドで、後にお爺ちゃんが死にました。そのベッドがあった部屋は、私にとってはすべてでした。私が目を開けたときから、部屋にはいつも日の光があり、日の光でなければ明かりがあったからです。我が家のあったバルビーン通りは丘の上へと続き、二つの窓の下には歩道がありました。そして、人の頭が上へ昇ったり下へ降りたりして、その二つの窓枠が人の首を切るように見えました……。それがあの私の明かり、ジデニツェのバルビーン通りのあの小さな家であり、その家で私のお母さんが未婚のまま私を産み落とし、お婆ちゃんとお爺ちゃんが私を育てたんです。そしてそれが、低くて小さな家々のある、あの私の通りとあの太陽であり、天気の良い日には朝から照っていた太陽は、午後には小さな庭と台所と小さな中庭へと移りました――私が生まれたあの部屋の窓を通って……。私は自分の小部屋をいつも小さな教会か城館の部屋のように思っていましたが、そこにはガラスの覆いの中に聖母マリア様がいて、聖像画がありました。そして大きなクサスギカズラと、プラッシュに覆われたテーブルがあり、その上にはプラッシュが貼られて金の留め金の付いた大きな本がありました。その大きな家族のアルバムは聖書のように見え、私はその中を見るのを怖がっていました。その部屋の窓を通して、私はトウモロコシ畑や果樹園と、上りの斜面を見ていましたが、そこには葡萄畑が広がり、お婆ちゃんが畑を持っていました。時が来ると私をそこへ連れて行き、お婆ちゃんはジャガイモと豆を掘り、スグリとアカスグリの実をもぎました。また時が来ると、お婆ちゃんは木に登ってプラムとアンズを摘みました。私はと言うと、座って見ていました――どこを見ていたか？　どこも……。私はいつも日の光を浴びて、お婆ちゃんと一緒にいました、雨がぱらつき始めても……。

卯月さん、私がお婆ちゃんと一緒に暮らしたその最初の三年のように、今、あなたのことも思い出しています。あなたはとても遠くにいるので、あなたが光の中に見え、あなたは光をまとい、後光さえ備えています。卯月さん、私は四歳の時にポルナー[3]へ、そこのビール醸造所へ連れて行かれること

（1）プラハ北西の町。この町で、聖ヴァーツラフが子供の頃に祖母のルドミラにキリスト教徒として教育されたとされる。
（2）チェコのモラヴィア地方の村。
（3）チェコのボヘミア地方の町。

になり、そこには日の光が入ることはありませんでした。私は、息子によそよそしかったお母さんと、新しいお父さんと一緒に暮らしました。そのビール醸造所の住まいの中では、昼でも明かりを点けなければならず、日の光が恋しければ中庭か町中に出なければなりませんでした……。それで私は小さな放浪者になり、家には寝に帰るだけでした……。今それと同じで、卯月さん、ちょうどそんなふうにあなたを思い出す時だけ太陽が出ます――雨の日だろうとね。あなたが背中に小さなリュックをしょって「黄金の虎」の酒場に初めてやって来たときの姿が、目に浮かびます。私は、そこの奥の方の小さな鹿の角《つの》の下の、明かりを点けなければならない場所に座っていて、あなたは、私の名前に合致する顔を探していました。それからあなたは、チェコ文学研究者のエイプリル・ギフォードですと自己紹介をしてから言いました――こんなふうにいきなり押しかけて来て、あなたはきっとお怒りになるでしょうね……。けれども私はすぐに、あなたの目の中には私の未来があることが分かって活気づき、私の友人たちも活気づきました。あなたは小さな鹿の角の下に座って私たちと一緒にビールを飲み、マリスコさんが言いました――エイプリルですって？　四月っ子？　私たちはあなたを卯月《ドゥベンカ》さんと呼びましょう……。そしてその時から、あなたは卯月さんになったんです……。それから、あなたが小雨に濡れたコートを脱いだとき、誰かが訊きました――外は雨が降っているんですか？　すると、あなたは言いました――そうです、皆さん、フラバルさん、外は小雨が降っています、チェコ人の言う……今日は「ちびってる」です！　それを聞いたビヤホールの客たちがみんな笑い出して、まるであなたに撫でられでもしたかのように、あなたを見ました……。そして、「で、あなたはどこから来たんですか？」という問いに対して、あなたは何度か繰り返しました——アメリカ満足国《スポコイエネー》からです……。それから、「で、そちらのスラヴ研究講座では何を教わっているんですか？　そこでほかにどんな素敵なことを聞きましたか？」という元領事の問いに対して、あなたが無邪気にこう答えたとき、ビヤホールの客たちは一番喜びました——ほかに聞いたのは……「だが我が国には煮ても焼いても食えない党がある」……。元領事はそれを聞くと、有頂天になって言いました——あの子にはここに通ってもらわなきゃ、可愛い子だな……。卯月さん、あなたはこんなふうにして「黄金の虎」の酒場に顔見せをしましたね。そして私は今また、ロマネスク様式の教会の開いた丸屋根を私に見せた、あの若い考古学者のことを考えています。あそこには死んだ雄鳩と雌鳩の層が積み重なっていて、脇の方を深く探査すると数世紀過去まで見え、そこでは骨と羽はもうただの鳥糞石と腐植土になっていました。一方、その上の方には、死んだ鳩たちが横たわっていました。鳩たちは死ぬ前に自分の翼を扇のように、いとも優雅に広げ、鳩の死神によって、鳩の小死神によって、死に装束を着せられるかのように、その小さな頭をくるむんです……。「鳩《コルムバ》よ、鳩《コルムバ》よ、我が小鳩よ……」と、レースにくるまれた小さなコルムバが眠っている聖ウルスラ会教会に記されていますが、聖コルムバの骨を祖国の父カレル四世がプラハに持って来たんです……。好かない男に嫁ぐくらいなら死んだ方がましだったコルムバは、プラハ近郊のブデチのロマネスク様式のロトンダの丸屋根の中で層を成す小鳩たちのように、今は聖ウルスラ会教会で眠っています……。

親愛なる卯月さん、あなたにこの手紙を書いている首都の町では、かつて、あちこちの広場に雄鳩と雌鳩の群れがひょこひょこ歩いてくうくう鳴き、人々がその鳩と一緒に写真を撮ったり鳩に餌をやったりするのが習わしでした……。そればかりか、そういう広場は、私たちが鳩のように温和な性質を持っているということの証拠のようなものでした……。けれども今はもうそうではなく、暫く前に私は、動物園の用務員の制服のような仕事着を着ている男たちに時々出くわすのに気づきました。彼らは医療施設の寄宿者か小鬼のようにさえ見え、全員が、多分見分けられないように——誰が彼らを見分けられるというんでしょうか——眼鏡まで——二つの牛乳瓶みたいなレンズの入った、大きくて不自然な眼鏡まで——かけていました。そして彼らは、早朝にあちこちの広場や通りを歩き回っては、恐らく毒の入った穀粒をばらまいたり、鳩を網で捕まえたりしていたんです——私たちが子供の頃に蝶を捕るのに使っていたような網でです。実際、私はしばしば、もう獲物を持っているその人非人たちに出くわしましたが、彼らは魚獲り用の網を持っていて、どの網も、裏返しになった鳩の翼で一杯で、網からは小さくて無防備な赤い足が突き出て、ばたばたしていました。それから、すべての網目には少なくとも一対の、時として二対の、怯えた鳩の目が、あの美しい目が、覗いていたんです……。そして誰もそれを阻止しようとはせず、その獲物を、何百という罪のない鳩の目を、網に入れて運び去るその人非人たちに、誰もがぞっとしていました……。それにもかかわらず、メーデーが来るたびに、祝典が行われるたびに、広場や公園や休息文化公園で子供の娯楽があるたびに、至る所で青旗がはためき、子供の手には小旗が、パヴロ・ピカソが平和運動のために描いたような白い鳩の飛ぶ青い小旗が、ひらめいていました……。けれども今、私は確かにもう二年以上、広場と通りの鳩に対する、そして鳩一般に対する、掃討作戦が行われている町に暮らしていて、鳩たちはどんどん消えていきます。そこここで一匹の鳩が、あるいは小さな鳩の群れが、軽やかに歩いていて、誰かが鳩に何かを投げてやると、それをついばみます……。が、注意してください、新聞や雑誌によると、それはもう禁止されているんです。というのも、鳩は人間の健康にとって有害だから……そして鳩に餌をやることは好ましくないから、ほとんど犯罪だからです……。そのあまりにも信じやすい小鳩たちを人々が蹴散らすところさえ、私は目にしました。誰かがその私たちの鳩のような性質の生き物に、その美しくて罪のない小鳩たちに、餌をやるのを見ると、大声を上げて、通報しますよと脅す人々もいるんです……。

卯月さん、私たちの所ではすべてが変わりつつあるし、変わっていくでしょう。白鳥も本当は有害だという声が、もう上がって来ています。猟師たちもそう言い始めていますが、白鳥はその美しい黒く大きな嘴《くちばし》で子鴨を殺すことができるというのは、恐らく本当なんでしょう。子鴨はか弱く、プラハに飛んで来た数千羽の白鳥たちに脅《おびや》かされているからです。白鳥たちは、ここに自らの静かで安全な安息地を見出し、物乞いで暮らし、そのお返しに人間たちに自らの優美さを提供しています。それは私たちの「ガールズ」で、私たちの白いファッション・モデルであり、プラハは数キロメートルに渡って流れる「白鳥の湖」、バレエなんです……。けれども、それはもう、猟師たちだけでなく、私のような人間たちにとっても、厄介なものにもなり始めています。私ももう、子鴨たちが消えていって、ヴルタヴァ川の川面には親鴨たちだけが残っているのを、目にしているからです……。もちろん、どうするべきでしょうか？　イギリスでは白鳥はすべて女王のもので、白鳥を傷つけたり殺したりする者は告発されます。イギリスでは白鳥を傷つけたり殺したりするのは不敬罪に当たるということは、まだしもです……。

　卯月さん、私が思うに、幸福というのは、その脇でいつも不幸が待ち伏せしているものです。私がユネスコの招きでモスクワを訪れたとき、私たちはロシア正教の記念日を祝い、うずたかく積もる雪の中で修道院の扉を開けました。その修道院は、雪の中で空そのものから吊り下がっているように見え、その壁は青く、柱は白でした……。そして、あの天上的な歌声！　ルスランとリュドミラ[4]は、数千年前にどこか地中海の近くをさ迷ったとき、ついにコンスタンティノープルで正教のミサの目撃者となり、そしてあまりにも感激したので、その後でお互いに尋ね合いました――「私たちはまだ地上にいるのだろうか、それとも、もう天にいるのだろうか？」と。そして彼らはすぐに、ロシア人にとっては正教が一番だろうと悟ったんです……。それで私は、他の人たちと一緒にピーメン総主教のところに呼ばれました。そこで私の番が来たとき、私は、さほど遠くないカリーニングラードでイマヌエル・カントが書いた『永久平和のために』という小冊子の内容について水晶宮で講演をしたことがあります、と総主教に言いました。カリーニングラードは、かつてケーニヒスベルク、更にその前はクラーロヴェッツという名前で、チェコ王プシェミスル・オタカル二世が創設した町です……。そして私は総主教に、内容をかいつまんで話し終えた後で、こう尋ねました――すみません、イマヌエル（インマヌエル）がヘブライ語で「神の子」を意味することをご存じだと思いますが、すみません、神の子というのは、悪い子もそうなのでしょうか、それとも良い子だけなのでしょうか？　すると総主教は、人を金縛りにするような目を私に凝らして、炭のように黒い瞳の中で私を優しく測ってから、慎重に言いました――神の子というのは……悪い子もそうなのです……。私は彼にお辞儀をして、雪で輝く中庭に出ました。その時、塔の中に修道僧たちが立っていて、自分の大きな手を、アイスホッケーのキーパーが着けているようなグローブを、力強く打ち、鐘を揺らし始めました。すると、鐘と鐘が協和して、その音は雪が二メートル積もった土地を通り、モスクワを通り、きっともっと遠くにまで伝わって行きました。塔には、ロマネスク様式の開いた窓の所に釣り鐘があり、そこで修道僧たちの姿が、アイスホッケーのキーパーが着けているようなグローブの打撃に応じて、リズミカルで対位法的に動いていました……。中庭を輔祭が歩いて行くと、女たちが跪《ひざまず》き、輔祭が彼女たちを祝福して、十字架に接吻させました……。そして私が跪き、彼が私を祝福して、冷たい銀の十字架に接吻させたとき、彼は私のコートの折り襟に付いている名前を読み、私がチェコスロヴァキアから来たことを知って、小声で私に言いました――「私とチェコ語で話してもいいですよ。私の神学校はプレショフ[5]にあるんです……」

（4）ロシアの詩人プーシキンの物語詩『ルスランとリュドミラ』などの作品で、キエフ大公の娘リュドミラと騎士ルスランとされる架空の人物。

（5）スロヴァキア東部の町。

卯月さん、悪い子も神の子なんです、彼らも私たちもみんな、インマヌエルなんです。私たちのためにカントはあの小冊子を……『永久平和のために』を書きました……。卯月さん、あれは、十七歳のドイツ人学生が夏に飛行機でやって来たモスクワで起こった美しい瞬間で、「ソ連の空の防衛者たちの日」のことでした……。彼は小さな飛行機で、小さな狼のように地上すれすれを這うようにしてやって来たんです……。モスクワの通りを飛んで抜け、更にその自分の飛行機を川に架かる橋の上に向けて、トロリーバスの架線の下を飛びました……。クレムリンのそばで交通整理をしていた警官が完璧に交通を統制していたので、小さな飛行機を誘導し、飛行機は着陸してクレムリンの赤い壁に軽く頭突きをしました……。そして飛行機から若者が飛び下りると、レーニン廟の墓に供えるために花束を運んでいた二人の女性が、飛行士に扮したその少年を見て、花束を彼に贈りました。というのも、それは「ソ連の空の防衛者たちの日」のイベントの一部だと思ったからでした……。卯月さん、その女性たちも、その交通整理の警官も、その少年も、みんな神の子なんです……。卯月さん、それと同じように、あの一九六八年八月に友好国の軍隊が共和国を占領したことに対する抗議の方法をほかに知らなかったためだけに焼身自殺をした、あの神の子パラフにちなんだ出来事が今年の一月にプラハであったとき……あそこのムーステク[6]の下の所で、私も催涙ガスの分け前にあずかりました。その上、ラジオのレポーターたちもその辺を歩いていて、「向こうのヴァーツラフ広場などで行われている、あのならず者的な挑発をどう思いますか?」という質問をされるという名誉にもあずかったんです。それで私は、その神の子のレポーターにこう言いました――ちょうどいい人間に質問したもんですね、だって私の詩学と私の人生の基本は、三人のならず者なんですから……セルゲイ・エセーニンと、シュクシン氏[7]と、ヴラジーミル・ヴィソツキー[8]です！　一体どんなならず者たちでしょうか！　卯月さん、私はそのラジオ局の神の子にそう言いました。すると、彼らはむしろ、マイクを次の神の子に向けました……。

卯月さん、私はやはり、結局のところ、良い人間が死ぬと、天で功績が称えられるように、その人の魂が鳩に変わるんだと思います。だって、聖母マリアの受胎告知は鳩としてやって来たんだし、聖霊のお告げもメッセージも、小鳩として使徒たちの所にやって来たからです。私は、ブデチのロトンダであの何千羽もの死んだ雄鳩と雌鳩を目にしたとき、一羽の雌鳩は、死ぬのに長くかかった私の妻のピプシであること、妻はついに聖女になったんだということが分かりました。今思い出していますが、その三日前に、妻は私に、ブロフカの病院[9]に連れて行くように言ったんです。まだケルスコにいるとき、妻は私に、私たちの信号扱い所としての上のベランダから、『世界文学』誌を持って来るように言いました。あそこにあるでしょう、と妻は言いました……。私は驚きました――どこで探

(6)プラハ中心部の地区。
(7)ワシーリー・シュクシン（一九二九〜七四）。ソ連の作家・映画監督・俳優。
(8)ヴラジーミル・ヴィソツキー（一九三八〜八〇）。ソ連の詩人・シンガーソングライター・俳優。
(9)プラハ・リベニ地区にある大病院。

すって？　妻は小声で言いました――あそこにあるわよ、私は昨日そこで読んだんだから……。カバーに載ってるのは板と台ばかりよ、まるで最初のページに処刑台を準備しているみたいに……。でも……ゲーリー・クーパーは癌で死ぬ三日前に、銀の十字架だけを注文したのよ……彼に平安あれ……。病院に行きましょう、あそこの下には死体安置所もあるわ……。卯月さん、三日目に私のピプシは亡くなりました。彼女の人生のあの最後の三日間に、彼女が私を二回だけ見たとき、あれほど美しくて、あれほど若々しくて、あれほど天上的なものに満ちた彼女を見たことがありませんでした……。そしてあの時、彼女は私に二回、多分私たちの人生で二回だけ、小声で美しく言ったんです――ボホウシェク、ありがとう……ボホウシェク、ありがとう……。私の小鳩は岩から飛び立ちました……。卯月さん、今、私には分かるんです――妻はソコルニーキを越えて飛んで行き、それから川を越えてまっすぐに、数世紀にわたって鳩たちが死にに飛んで来る所へ、ロトンダの丸屋根の中へ、飛んで行ったということが……。そこを通ってヴァーツラフは、後に長い首巻きで絞め殺されることになった祖母ルドミラのもとへ通っていました。卯月さん、誰に分かるでしょうか、今年の八月二十一日[10]がどうなるか……。私は思い出しますが、あなたがケルスコに来たとき、そして私たちが恋に落ちて愛し合ったとき、あなたは私の妻に敬意を表することを望みました……。それで私たちは、私の白いフォードに乗ってフラヂシュチコ[11]に出かけましたね――私たちの墓碑、私たちの家族の墓碑のある、村の向こうの森の方まで……。私たちは、ヌィムブルク[12]の墓から家族を掘り出して、ポルナーのビール醸造所の崩れてゆく樫のビール箱の中に全員を埋葬していましたが、私たちが墓地に出ると、そこにその墓碑がありました。それはムーディの様式で作られ、ヒエロニムス・ボス(13)が夢見たような、丸い穴の開いた粗い石でした。その絵が——死者たちがそこを通って強烈な光の中へと飛んで行く巨大なトンネルの絵が——ベネツィアにあります。そこに、そのトンネルの下に、私はあなたを置いて、ポンプの所に水を汲みに行きました……。そして、私がピクルスの瓶の中に、きらめく水を汲み上げて振り向いたとき、その場に立ち尽くさざるをえませんでした……。卯月さん、あなたは墓の前に跪いて身を屈め、両手を肘の所まで土に突っ込んでいて、額を小石に付けていました。というのも、その私たちの墓全体の上に、小石が撒かれていたからです。それは私の妻が、私たちが海水浴に行って幸せだったすべての海から持って来たものでした。私の妻は海水浴が好きで、私は彼女に「私の小さなラッコちゃん」と言っていたものです……。そして卯月さん、私があなたの所に来たとき、あなたは黙ったままずっとずっと、腕を肘まで土に入れ、膝を小石に付け、額を海の小石に押しつけて赤くし、私の妻の死すべきだったもの、骨壺の中から放射されるもの、他の者たちの骨壺

(10) 一九六八年八月二十日夜から二十一日にかけて、ソ連を中心とするワルシャワ条約機構軍がチェコスロヴァキアに侵攻した。
(11) チェコの中央ボヘミア地方の村。
(12) フラバルが長く過ごした、チェコの中央ボヘミア地方の町。
(13) ネーデルラントの画家(一四五〇頃～一五一六)。

からも放射されるものと、一体化していました。一方、私の妻の魂の方は、一年以上も、ブデチに、ポドモラーニの上のロトンダの丸屋根の中にいました——羽と小さな骨の形の天に……。

親愛なる卯月さん、雪が降ったら、一緒にモスクワに行きましょう。モスクワは、胸まで雪が積もっているときには、それはきれいですよ！　そして、あのドレヴィーコフ修道院はまた空から吊り下がるでしょう。何万トンもの石材が、ちりめん紙のように見えるでしょう！　その周囲を歩いてから、また戻りましょう、クレムリンの周りを、ぐるぐる回りましょう！　あのピョートル大帝も、あのイワン雷帝も、彼らもまた神の子、イマヌエルだったんです。でも、私たちはドレヴィーコフ修道院に行って、花束を四つ買いましょう。もうそこの墓地[14]の入口の所に若者たちが並んでいて、もうそこで悲しみの表情をしています。そして私たちが中に入ると、もうそこにいるんです！　そこの門のそばに、ギターを背負ったヴラジーミル・ヴィソツキーがいて、彼の上には馬が後ろ足立ちになっている。そしてその足元にある数千本の花は、うずたかい雪の中で実に美しい！　悲しく死者を悼む者たち！　あの彼の子供たち、あの彼のイマヌエルたち、彼を愛し彼に感謝している者たち、雪の中に小石を使って組み立てている者たち——君が生きて、僕たちと共に永遠に生きることに対して、君に感謝する……。卯月さん、私は泣きだしました……。私はまた、セルゲイ・エセーニン氏の大理石の墓碑を見たときに、もう一度泣きました……。あの腕一杯の花、青みがかったロシアと縮れ毛の小さな頭を見守っていた、大きな青猫……。そして、「青い夜に、月夜に／僕はかつて美しくて若かった／／とどめ難く、繰り返し難く／すべては過ぎ去った」……。卯月さん、私たちはそこに行きましょう、私は、月についての彼のすべての詩と、桜と白樺についての彼のすべての詩と、彼のあの不幸な富農の娘アンナ・スネーギナについての詩を、あなたに朗読しましょう……。それから私たちは頭を垂れに行って、死すべきものに花束を贈りましょう。けれども、シュクシン氏は、花が風邪を引かないように、ビニールの蓋の下に横たわっています。私たちは蓋を開けて、そこの花の暖かさの中にさっと入りましょう。そして、他の者たちと同じように天才的だった大酒飲みの写真を見ましょう。彼の頭の所に見張りに立っている、赤いガマズミの名残りに頭を垂れましょう……。彼が不幸な死を遂げたとき……モスクワでガマズミが花咲き、彼の棺には赤いガマズミの花がうずたかく撒かれたそうです……。というのも、ロシア人にとって詩人とは預言者であり、吟遊詩人だからです……。それから私たちは、半径十メートルの鏡の面のように膨らんだ黒大理石の墓碑の所に、巨大な墓碑の所に、一番新しい花束を持って行きましょう……。卯月さん、それが何だか分かりますか？ そこの左側には、黄金でできた……イカロスの墜落があり……その右側には、黄金の顔があります。あなたは、「あれはレーニンではないかしら？」と言うかもしれません。いいえ、違います、それはジェット機の設計者にして製作者だったトゥーポレフ氏[15]の墓碑です……。でも、その花束は半分だけ彼に上

(14) モスクワのヴァガニコヴォ墓地。「ドレヴィーコフ修道院」は不明。
(15) アンドレイ・トゥーポレフ（一八八八〜一九七二）。ソビエトの航空機設計者で航空機製造会社ツポレフの創業者。

げましょう……もう半分は彼の兄弟のものになるでしょう。その兄弟とは、「荒野の七人」のうちの一人であるユル・ブリンナーにほかなりません。二人とも、カムチャツカ出身の両親の子供です……彼らがモスクワで互いの家を訪ねたとき、すごい饗宴を開いたので、それは今でも語り草になっているくらいです……。卯月さん、私たちはそんなふうにドレヴィーコフ修道院を訪ねて、ヴィソツキー氏に頭を垂れましょう。彼の妻のヴラディ夫人(16)が彼をハリウッドに連れて行ったとき、映画クラブでは「夫に付き添われたヴラディ」と紹介されましたが、彼らが帰ろうとしていたときに、帰る二時間前のことですが、ヴィソツキーはギターを借りて演奏して歌いました。そうして彼は、「妻に付き添われたヴィソツキー」としてハリウッドのレストランとホールを去ったんです……。エセーニンに頭を垂れましょう、自分を撃ち、念のため更にアングレテール・ホテルで首を吊ったエセーニンに……。卯月さん、私は自分が聞いたことをあなたに話しましょう――第二次大戦中、ドイツ軍の砲撃下でアングレテール・ホテルも燃え始めたとき、ロシア人は真っ先にその聖なるホテルの火を消しに駆けつけ、その後で行政施設の火を消しに行ったんです……。卯月さん、ロシア人はそれくらい自分たちのラプソディーを、自分たちの詩人たちを、愛しているんです。そんな彼らは、私を祝賀パーティーに連れて行きましたが、無言で外の広い土地に出て、そこの丘の上の家々の間で、私のロシア人の接待者たちは帽子を脱ぎ、手を合わせました。私は言いました――どうしたんですか？　すると彼らは私に、感動を込めて言いました――ここでプーシキンが橇《そり》に乗っていたんですよ……。卯月さん、結局のところ、人間は神の子ばかりなんです……。でも、あの八月二十一日に私たちがどうなるか、誰に分かるでしょうか？　バルテルミのタイルの天使たちは、どうするでしょうか？

　卯月さん、確かハナ・ビェロフラツカー[17]がこんなふうに嘆いていたと思います——そうして、ありがたいアントニーン・ノヴォトニー[18]の時代が私たちのそばを通り過ぎた、芸術と……そして映画のヌーヴェル・ヴァーグ、文学の新しい波、概して新しい思潮の花咲いた時代が……。でも私たちは、そのことに気づきもしなかった。それはノヴォトニー父さんの時代で、私たちはその時代に満足しておらず、別のものを欲していた……。そして卯月さん、私たちは今、その別のものを持っています。気持ちの良い、素敵な若い人たちばかりが亡命したのは、とても悲しいことです……。クンデラも亡命者になりました。彼はプレイボーイで、書くことと話すことが上手で、彼がナーロドニー大通りを歩いていると、女の子たちだけでなく、チェコ文学愛好者はみんな、彼の方を振り返って見たもんです……。そして、プラハの飾りであったフォアマン氏[19]も去りました。彼の『火事だよ！　カワイ子ちゃん』は今、プラハの映画館で上映されていて、若い観客たちは声を上げて笑い、スクリーン

---

(16)　マリナ・ヴラディ（一九三八〜）。フランス出身の女優。
(17)　チェコの作家・脚本家（一九二九〜二〇〇五）。
(18)　チェコスロヴァキアの政治家（一九〇四〜七五）。一九五三〜六八年チェコスロヴァキア共産党第一書記、一九五七〜六八年大統領。
(19)　ミロス・フォアマン（一九三二〜二〇一八）。映画監督。チェコ語ではミロシュ・フォルマン。

で見るものに満足しています。まるで、そのフォアマンの映画が去年、彼らだけのために撮影されたかのようです。卯月さん、あの時代はどこへ行ってしまったんでしょうか？　『遅れたレポート』や『権力の味』の著者である気持ちの良いスロヴァキア人[20]が、きれいな女の子に付き添ってカレル橋を渡り、彼女のために薔薇の花束を持っていた時代は？　彼は身嗜みが良く、いつも趣味の良いネクタイをしていて、女の子の肘に軽く触れていました。人々は振り返り、そのほとんど恋人どうしのようなペアの光景に与《あずか》りました。そして、「美男子のエドー（der schöne Edó）」と言われ、カフカ博士の崇拝者だったゴルトシュテュッカー氏[21]も、ついにどこへ行ってしまったんでしょうか？　彼はブダペストとウィーンの流行の服を着ていて、縮れ毛の髪はいつもポマードでてかてかしていました。女流詩人で、プラハの詩人たちの女神であり、金髪のヴィオラ・フィシェロヴァー[22]も、ついにどこへ行ってしまったんでしょうか？　彼女が暗色の髪のホストフスカー[23]と一緒に歩いているとき、彼らの前と後ろで男たちの感嘆の眼差しが開かれたり閉じられたりしたもんです。彼女はどこへ行ってしまったんでしょうか？　私たちは知っています――『平日の亡霊』という本を書いた男、あのとてつもない詩人カレル・ミハル[24]は、どこでしょうか？　彼も亡命してヴィオラと結婚し、亡命を乗り越えられずに、ベッドの上の自分のヴィオラの隣で拳銃自殺したんです。卯月さん、こうしてこのすべては、ノヴォトニー父さんの時代が私たちのそばを通り過ぎたけれども、ハナ・ビェロフラツカーが嘆いたように、私たちはそれを重んじることができなかったということなんです。そして、あの内的な亡命者で、いまだに素敵な人間で、「美男子のサシャ（le beau Saša）」と言われていたサシャ、つまりアレクサンドル・クリメント[25]はどこでしょうか？　彼は時々、三ヶ月に一度くらい、「ブルチャールカ」の酒場にやって来ます。彼は遠慮会釈のない男でしたが、その勇気は追い払われてしまいました。詩人で劇作家のトポル[26]と、『プシェストジェチ』を書き、今はパリにいて日本語で詩を書き続けている女流詩人リンハルトヴァー[27]の、美しいペアもそうです。そして、あらゆる公開の懇談会と講演会の華《はな》であったパヴェル・コホウト[28]は、どこでしょうか？　彼は、一九五〇年代にアンガージュマンを行った共産党員たちの詩人であり、メーデーには、プラハに入って来てナチスの占領に終止符を

---

(20) 作家・ジャーナリスト、ラヂスラフ・ムニャチコ（一九一九～九四）のこと。
(21) エドゥアルト・ゴルトシュテュッカー（一九一三～二〇〇〇）。チェコスロヴァキア出身のユダヤ系ドイツ文学者。
(22) チェコスロヴァキア出身の詩人・翻訳家（一九三五～二〇一〇）。
(23) オルガ・ホストフスカー（一九三六～）。フィシェロヴァーの友人で翻訳家。
(24) チェコ出身の作家・脚本家（一九三二～八四）。
(25) チェコの作家（一九二九～二〇一七）。
(26) ヨゼフ・トポル（一九三五～二〇一五）。チェコの詩人・劇作家。
(27) ヴィエラ・リンハルトヴァー（一九三八～）。チェコ出身の作家・詩人・芸術史家。
(28) チェコの詩人・作家（一九二八～）。

打ったソビエトの最初の戦車のそばに立っていました。シャルル・ボワイエ[29]のような目をしていた、あの素敵な人は、一体どこでしょうか？　彼も、ありがたいアントニーン・ノヴォトニーの時代が気に食わず、亡命しました。手をコートに突っ込んで物思いに耽る、芝居がかった姿の彼は、キンスキー庭園[30]の下に置かれている戦車のそばに立っていました。そして、私たちの最初のジャーナリストであるラヂスラフ・ムニャチコは、スロヴァキア出身のかつてのプラハの腕白者は、今どこでしょうか？　彼は今、オーストリアに住んでいて、自分の住居の窓から望遠鏡で、出国許可なしにブラチスラヴァの城をしばしば見ています。そして、あの美人のヴィエラ・リンハルトヴァー、当時、ありがたいアントニーン・ノヴォトニーの時代に、南ボヘミア地方の聖母マリアに良く似ていた彼女は、もうずっとずっと前に、亡命の悲しみからお酒を飲むのをやめてしまいました……。そしてパリで、かつてのビート族のように、太平洋的な日本的意識に沈潜して、今やサムライとゲイシャの言葉で詩を書いているんです……。そして、四半世紀以上にわたって、昼の時間に詩と美術世界のすべての潮流についてのあらゆる情報を友人たちに提供していた詩人のイジー・コラーシュ[31]、あのイジー・コラーシュが、自分の椅子とテーブルをプラハのカフェ・スラヴィアからパリに移さざるをえなくなったことに対して、誰が責任を取るんでしょうか？　あの素敵な人間がヨーロッパの中央から消えてしまったことに対して、誰が責任を取るんでしょうか？　「ボヘミアンの友」の創立メンバーの一人であり、サッカー・チームのスラーヴィエの試合に通い、いつも時計の下のゴールの後ろにいて、いつもスポーツ・ウェアを着ていたコラーシュが？　指物師の修業をしたことを誇りにしていて、それにもかかわらず博識家として通用していたコラーシュが？

親愛なる卯月さん、アレクサンドル・クリメントと共に、ありがたいアントニーン・ノヴォトニーの時代の「恐るべき子供たち（enfants terribles）」の一人だったハヴェル氏(32)のこと、ノヴォトニー父さんの時代の素敵な若い男たちの一人だったハヴェル氏のこと、彼については、「満足国」への私の旅のことを話し始めるときに話しましょう。今、私はまだずっと、ハナ・ビェロフラツカーが言ったこと、一つの時代が私たちのそばを通り過ぎた、そして私たちはそれにほとんど気づかなかった、ということについて考えています……。そして、それからあの八月が、一九六八年八月二十一日がやって来て、そしてあの亡命が、素敵な若い人たちの喪失が生じました。「僕は故郷で生きることに疲れた／蕎麦の広がりへの郷愁の中で／僕は自分のあばらやを捨て／放浪者と泥棒となって去るだろう。／僕は、日の白い巻き毛に沿って行くだろう／みすぼらしい住まいを探しに。／そして突然、愛しい友が僕に向かって／長靴の裏のナイフをとぐだろう。／／野原の春と太陽によって／黄色い道が巻かれている／僕がその名前を大切にしまっている女が／僕を敷居から追い払うだろう……。」卯月さん、

(29) フランス出身の俳優（一八九九〜一九七八）。
(30) プラハのペトシーンの丘に広がる公園。
(31) チェコ出身の詩人・画家（一九一四〜二〇〇二）。
(32) ヴァーツラフ・ハヴェル（一九三六〜二〇一一）。チェコの劇作家・詩人・反体制活動家、後に大統領。

こうして私は、モスクワの作家クラブで朗読したときと同じように、私のセルゲイ・エセーニンの詩を、間違いと共にあなたに朗読します。そこは、暗色の木材やバルコニーと、暗色の木製の手摺りや階段で一杯の、フリーメーソン支部のように見えるレストランでした。そこへセルゲイ・エセーニンが通って来て座っていたと、教えてもらいました。彼が喧嘩をして二階の回廊から手摺りを越え、ダンス用平土間に逆様に落ちた場所を、教えてもらいました。けれども彼は立ち上がり、みんなは身が竦みましたが、セルゲイは喧嘩を続けに行ったんです。階段を駆け上がり、ならず者のように喧嘩を続けたんです……。そして私はその後で、プラハから頭の中に入れて持って来たもの、一九三〇年代の彼の作品の中から翻訳で私が知っているもの、「青いロシア」という詩を朗読しました……。「たとえ君が他の男に飲まれたのだとしても／僕には残った、僕には残った／君の髪のガラスのような煙と／君の目の秋のような疲れが」……。それから…「青い夜に、月夜に／僕はかつて美しくて若かった／／とどめ難く、繰り返し難く／すべては過ぎ去った」……。それから、彼の青春のあの長い詩を……。「赤紫色の茂みの中をさ迷い／ハマアカザを踏みつけて、君の足跡を探すことはしない……」。私が知ったところでは、あの彼のイサドラ・ダンカン[33]が――彼らには三人の子供がいたんですが――海水浴をしているときに、彼女の車が動き出すのが海の中から見えて、中にいた子供たちもろとも海の中に滑り落ち、そこで子供たちは彼女の目の前で溺れ死んでしまったんです……何ということでしょう！　私が知ったところでは、彼も亡命者、内なる亡命者だったんです、彼の詩は朗読したり読んだりしてはならず、彼の青いロシアの詩は図書館から消えたんです……。私が知ったところでは、二年間モスクワで、『あさっては戦争だ』という映画が撮られていました。スターリン時代にセルゲイ・エセーニンの禁止された詩を朗読していた少女が、教師たちにあまりにも悩まされたので、自殺してしまったという映画です……。何ということでしょう！　私には分かりません、正教会の総主教の言うことが正しいのかどうか――すべての人たちは神の子だ、私たちはみなイマヌエルだ、私たちはみんな神の子だ、あの邪悪な者たちも神の子だ、スターリン父さんも、という……。もしかすると、そうかもしれません、恐らく……でも誰に分かるでしょうか？　もちろん、「対立するものの一致（coincidentia oppositorum）」です……「極端なものは出会う（les extrêmes se touchent）」ということです……。ああ！　何ということでしょう！

卯月さん、私たちの国であの年の八月に何が起こったのかを、私はずっとあなたに話し始められないでいます。気をつけていてください、水曜日から木曜日にかけて月食が起こるでしょう。そして私は驚くべき出会いを信じているので、あなたのために、私たちが愛し合って互いに大切なことを言ったケルスコの上にまで二つの極の上の穴が来るときに、何が起こるのかについて、コラージュを貼り付けてみましょう……。つまり、アンドレ・ブルトンがやったように、私は新聞を開いて、ショッキングな記事の切り抜きをあなたに送ります。それは、もしも私たちが神の子であるなら大丈夫でしょう。つまり、神は古代の悲劇のようなもの、抒情詩の本質のようなものですが、それは……ショッキ

（33）アメリカ出身のダンサー（一八七七〜一九二七）。

ングです。

妻をコンクリートで埋める

プラハ――今年五月、ウースチー・ナド・ラベム市地方裁判所は、五十六歳の倉庫管理人イジー・Kを殺人罪で、第二矯正グループでの十二年の自由剝奪刑に処した。彼はチェコスロヴァキア国家に――リトムニェジツェの地区国民委員会に――二万コルナの罰金を支払う義務がある。被告は一九五八年にズデンカ・Wと結婚し、後に二人の子供が生まれた。しかし、彼らの夫婦生活は最初からぎくしゃくしたものであり、特に最近は彼らの間にしばしば衝突が起きていた。そのためにリトムニェジツェの郡裁判所は昨年、二人を離婚させた。しかしながら、その後も彼らは同じ住居に住み続け、それまでの争いに、分割されていない共有財産の処分をめぐる争いが加わった。昨年十一月、息子が両親の家を訪ね、母と夕食を共にした。息子が帰ってから、ズデンカ・Kはリビングルームに行って、戸棚からテーブルクロスを取り、それを持って寝室に行った。しかし、彼女の動きを見ていた元夫は、畳んだテーブルクロスの中に金属製のハンマーがあることに気づいた。彼はすぐに肘掛け椅子から飛び下り、彼女の手からハンマーを取り上げ、それで妻の頭頂の右半分を数回叩いた。それから、動かなくなった彼女の頭と上半身に、ビニールとジュートの袋を被せてから、袋を縛った。襲われたズデンカ・Kは、こうして窒息死した。殺人者はそれから死体を自家用車に運び入れ、自分の一戸建ての家の建築現場へと運び去って、そこでコンクリートに埋めた。被告のイジー・Kは、地方裁判所の判決に対してチェコスロヴァキア共和国最高裁判所に上告した。しかし、最高裁判所は上告を根拠なきものとして却下し、判決が確定した。

妻を「圧殺」する

プラハ（某）――ウースチー・ナド・ラベム市地方裁判所は、今年五月、四十二歳の板金工ボフミル・Mに、暴行未遂のかどで、第二矯正グループにおける十一年の自由剝奪刑、財産没収、二万コルナの罰金刑の有罪判決を下した。今年五月の初めに、被告は一歳年上の妻と共にレストラン「ハロウプカ」を訪れ、そこで大酒を飲んだ。その後、家で、夜にテレビを見ながらこの享楽を続けた。番組が終わってから、二人は寝に行ったが、その際ボフミルは性交を強要しようとし始めた。妻は逆らった。しかし夫は、妻のボフスラヴァ・Mが息をしなくなった後も、押さえつけていた。夫は、十五分経ってから、妻が死んでいることに気づいた。犯人は犯罪を認め、自分の行為を率直に悔やんだ。地方裁判所の判決に対してチェコスロヴァキア共和国最高裁判所に上告したが、公判の前に自分の上告を取り下げた。それによって判決が確定した。

獄中のドラマ

マニラ――マニラの南東約千キロにあるフィリピンの町ダヴァオの刑務所内で起きた暴動は、大量虐殺に終わり、十九人が死亡した。主に殺人とその他の重罪で有罪判決を受けた十五人の囚人のグループが看守を襲い、刑務所の中庭での礼拝の際に十四人の人質を取った。礼拝は国際キリスト教協会が催したもので、そのため、人質の中には、オーストラリアの女性宣教師J・ハミルを含む九人の女性がいた。彼らは、人質を連れ去ることができるバスと、追跡されないという保証を要求した。月曜日丸一日続いた交渉が失敗した後、反乱者たちは昨日の朝、看守たちから奪った武器を撃ちまくりながら刑務所から脱出しようとした。その際、暴動の主謀者が――女性のうちの一人の体の陰に隠れていたにもかかわらず――軍隊の射撃兵によって射殺され、更に三人の反乱者たちが射殺された。その後、残った反乱者たちは、ハミルと、更に九歳の少年を含む三人の人質を、残忍にも殺害した。人質が殺害された後、軍隊は刑務所に突入して、残りの十人の人質を解放した。この作戦で、残る反乱者たちは全員射殺された。

恋人を窓から突き落とす

月曜日、ウースチー・ナド・ラベム市において、前科二犯の二十五歳のJ．P．が殺人罪で逮捕された。彼はその日の二時頃、自分の恋人で二十三歳のJ．J．を襲い、ロウドニツェ・ナド・ラベム市の七階の自分の住居の窓から突き落とした。彼女は落下の結果、その場で負傷した。

そちらで太平洋の近くにいる卯月さん、これが、私が二日間で我が国の新聞からあなたのために切り抜いたものです。つまりこれが、神が端をほどいた巨大なテーブルクロスの中身です。そこに、一般読者向けのこれらのニュースが入るはずだったんです。これを私たちの社会は、神がそうできたように、消費しなければならないんです。それから私は、アンディ・ウォーホル氏[34]の展覧会で見たものを、あなたにお話ししましょう。あなた、卯月さん、エイプリル・ギフォードさんが、私を招いたその美しい消費社会に、生まれから言うとルシン人[35]ですがアメリカで教育を受けたウォーホル氏が、何を、どんな鏡を差し出すことができたか……。私たちはその鏡を自国に持っていますし、あなた方はそこに、私がシカゴの町外れで感激したものを持っています。お父さんが五人の子供のもとを去ると、子供たちは結託して、後払いでブローニング銃を買い、バンとぶっ放しました。お父さんは撃ち殺され、お母さんは五人の子供から解放されました。お父さんは、あの世行きです。モスクワ総主教のピーメン氏が、あの悪い者たちも神の子だと言ったからです。卯月さん、あるご婦人が私にこう書いています……。

「ある日、あなたも、私の親戚も、ケルスコにいないはずの平日に、私はそこへ出かけます、あなたがとてもお好きな場所へ、秘密の遠足をするんです。そして、あなたの猫たちだと思う猫たちに会って、その子たちを撫でます。あなたはその猫たちのことを素敵に描いていて、私は、あなたが本当に

(34) アメリカのアーティスト（一九二八〜八七）。
(35) ウクライナ語に近い言語を話す、東欧の少数民族。

『優しい野蛮人』[36]だと信じています。一言で言えば、あなたは私の『美しい悲しみ』[37]なのです。」

こんなふうに、老婦人が、多分私より二十歳くらい年下のお婆さんが、私に書いています。こんなふうに書いているんです。そして、その人もまた神の子で、日刊紙も読んでいて、彼女もまた自分にこう言うんです——これはまた何てことをあのならず者たちはしでかすのかしら、あの反体制派たちは何を仕組んでいるのかしら、あの「幾つかのセンテンス」[38]の著者たちは何を準備しているのかしら……。私たちの年金や、共産党によって導かれている私たちの美しい祖国を、脅かすようなことを……。そして私は、彼女に同意します。私はそのお人好したちを知っているからです、彼らと一緒に座っていたりしたからです。卯月さん、私は好んで警察の協力者たちみんなと、よく一緒に座っていたもんです。なぜか？　なぜなら、モスクワでピーメン総主教が私にはっきりと言ったように、彼らも神の子、カントと同じイマヌエル（インマヌエル）だからです。なぜなら、私のお婆ちゃんも、あのブルノ方言で、私について、子供の私について、ボフーシェクについて、ボベツについて、私はカントだと、どこでも断言していたからです……。けれども卯月さん、私は、あなたが私の恋人だったということ、あなたと一緒の時だけ一晩中眠ることができたということについては、語りたくありません。私は自分の妻と、自分の愛する妻と一緒の時でさえ、朝まで眠り続けられたことは一度もありませんでした。人生の末期になって、あなたと一緒の時にだけ朝まで眠れました。そして、私が男だったか男でなかったかということ、それを知っているのはあなただけです。そして、それが何だというのでしょう？　重要なのは、私が突然話すことができたということ、そしてあなたは私に耳を傾けることができたし、それを厭わなかったということ、そうして私たちは男と女だったということです。そのほかのことは、それは秘密ですけれども、人々が重要だと見なすすべてのことは、私たちには必要ありませんでした。だって、それはあったんです。一体どんなセックスでしょうか？　肝心なのは、私たちが互いに近かったということ、私たちにとってはすべてが明らかだったということです。私はそもそも、起こったこと、モスクワでピーメン総主教が言ったものに私たちを成したこと――そのことを待っていたんだということです。つまり、私たちは偶然のおかげで神の子になり、そして、互いに探し求めたかのように、二つの半身どうしが互いを見つけたんです……。

卯月さん、あなたはきっと、なぜ私がこんなに好んでロシア人の言葉を引用するのか、なぜ私が自分を、ほとんどソ連の共和国の一つになっている国に住んでいるだけではない人間とも見なしているのか、尋ねるでしょう。私はつまり、現状を認めているんです……私の国における政治状況は変えられないと、つまり、ここで起きたことはすべて、なしにはできないと、つまり、今また死者たちの中から起き上がっている不幸な一九六八年八月二十一日の後に言われたように、主権を制限された国に住んでいるのだと、認めているんです。けれども、私はそのことにただ戦《おのの》き、驚き、怖れます。私

(36) フラバルの作品名。
(37) フラバルの作品名。
(38) 一一五ページ、注(22)参照。

は、ここで何かが起きて欲しくないんです。タイル張りの建物から来た武装天使たちが介入する理由を持つことを、望まないんです。自分で言っているように、私はいつも「status quo（現状）」の人間でした。けれども同時に、自分なりの「modus vivendi（生き方・一時的妥協）」を望む人間でもあり、文学の本質であるもの、自分のグラスノスチを、自分の意見を、言えることを望んでいました。ただし、それに対して代償を、あらゆる代償を払ったりするのではなく、ハシェク[39]が私に教えたように、私は「穏健な進歩の党」[40]の人間なんです。それがこの中欧における、二十世紀のあの最初の四十年間の文学的実験室における、私の「modus vivendi（生き方・一時的妥協）」なんです。そこで私は、自分がヤロスラフ・ハシェクだけでなく、フランツ・カフカ博士の継承者だとも感じています。ラヂスラフ・クリーマ[41]が宣言して書いたことの継承者、リハルト・ヴァイネルと[42]ヴェルフェル[43]、ライナー・マリア・リルケたちが書いたことと彼らのプラハとの関係の継承者だとも感じています。人の神経を逆撫でするようなことを書くことのできた芸術家たちです……。卯月さん、私が共に生きている人々の関係には、まだたくさん書くべきことがあります。そして、いまだに意識と下意識にずっと隠れたままでいる、たくさんのものがあります。ジークムント・フロイト氏が『あの幻影の未来』や自分の笑いと逸話の王国の理論において私たちに明らかにしたもの、典型的に中欧的であり、とりわけプラハ的でさえあるものが、たくさんあるんです……。だから卯月さん、あなたに知ってもらうように言うと、これが私の「modus vivendi（生き方・一時的妥協）」であり、「status quo（現状）」の心であり、これが私の考え方と、特に書き方なんです。だって私は作家だからで、その使命がちょっと恥ずかしい。自分で自分について言っていますし、改めて繰り返しますが、私はむしろ記録者、むしろ文学的なルポライターであり、煙に巻くのも好きで、それが私のお喋り《パーベニー》であり、政治に対する私の防御であり、実のところ私の政治であり、私の書き方なんです……。それは、十九世紀だけでなく、二十世紀前半におけるあの私たちの美しい時代も語っていた、ある種の文化なんです……。その頃、あの物書きたちがプラハのカフェ・デミーンカやカフェ・アルコに集っていました——ちょうど私が、「黄金の虎」の酒場や、「ブルチャールカ」の酒場や、ヤロスラフ・ハシェクとその「穏健な進歩の党」の精神が支配して「status quo（現状）」でも「modus vivendi（生き方・一時的妥協）」でも生きることのできる所ではどこでも、友人たちと集《つど》っていたのと同じように……。私はこの手紙を、皆既月食のせいで眠れなかった、恐ろしい夜の後で書いています。私は一晩中、シーツを体に巻き付けたりほどいたりしながら、新聞で読んだこと、あの八月二十一日に準備されている脅威について読んだことで、

(39) ヤロスラフ・ハシェク（一八八三〜一九二三）。チェコの作家。
(40) 「法律の範囲内での穏健な進歩の党」。ハシェクが一九一一年に創設した風刺的な政党。
(41) チェコの作家・詩人・哲学者（一八七八〜一九二八）。
(42) チェコの詩人・作家（一八八四〜一九三七）。
(43) フランツ・ヴェルフェル（一八九〇〜四五）。プラハ生まれのユダヤ系ドイツ語作家・詩人・劇作家。

汗もかいていました……。私は「サン・バルテルミの夜」[44]も「長いナイフの夜」[45]も望みません……。だから私は、ロシアのストリチナヤのウォッカを飲み、そのために、もう縮れ毛のないこの頭が痺れています……。私は、ならず者です。

親愛なる卯月さん、今日は木曜日で、それで私は何となく町に出かけました。人々はもう何だか仕事から帰っていました。金曜日の——実際には今日はもう金曜日です——十二時に、正午に、もう家に帰って、火曜日の朝になってから戻るようにと言われた、今は時代が悪くて、仕事に来たらもっと悪くなるかもしれないと言われた、というんです。今日は木曜日で、いやもう金曜日で、私ももう神経質になっています。「自由ヨーロッパ」のラジオなんかを聴いている私の近所の女性たちは、そうして、神経がやられないように、キュウリの端を額に当てています。そして主に、この聖木曜日は私の近所の女性たちにとっては、実のところ聖金曜日（受難日）なんです。彼女たちは正気をなくし、今は復活祭で、復活祭の月曜日が来るだろう、つまり復活祭の鞭打ち[46]の日になるだろう、と思っているからです。

こうして私は、その木曜日——実際にはもう金曜日ですが——「ムゼウム」駅を出たときに、聖ヴァーツラフ像のもとに、再び若者たちが座っていることに気がつきました。暑くて、イタリアのように見え、相変わらずあの四十人が日向にいました。肝心なのは、そこで道路清掃夫たち、オレンジ色のベストを着た清掃夫たちが、掃除をしていたことです。聖ヴァーツラフ像の蹄の周りの鎖に座っている若者たちの足の下を、掃除していたんです。人々は彼らに感嘆し、これは素晴らしい、こんなに丁寧で若い清掃夫たちを、プラハではもう長いこと見ていなかった、と言っていました……。その後、私が「ブルチャールカ」の酒場に座ってビールを飲んでいると、編集部からやって来た人たちが、自分たちも家に帰らなければならない、なぜなら木曜日——実際には金曜日——だから、そして火曜日の朝になってから来なければならない、と冗談めかして嘆きました。私たちは酒場に座ってビールを飲み、気分は神経症的になっていました。笑いは消え、視線は少しずれていて、そしてその木曜日以来——実際には金曜日以来——私たちはもうみんな、復活祭の月曜日の方を、復活祭の鞭打ちの方を、斜めに見ていました。そこでプラハの未来だけでなく、中欧の未来も決まるんです。そうして私たちは、プラハにブレジンスキー(47)がやって来たとき、素晴らしい陶器を作ることのできるクターレク(48)のもとを訪れた、というお喋りをしていました。それから私たちは、陶芸ができ、巨漢で、バスケットボール選手たちばかりだった、ハバーニというモラヴィアの再洗礼派の話に移りまし

(44) サン・バルテルミの虐殺。一五七二年にフランスのカトリックがプロテスタントを大量虐殺した事件。
(45) 一九三四年にヒトラーが行った、ナチ党の粛清事件。
(46) 復活祭の月曜日に、木の枝の鞭で女子を叩く風習。
(47) ツビグニュー・ブレジンスキー(一九二八〜二〇一七)。ポーランド生まれのアメリカの政治学者・大統領補佐官。
(48) ヤン・クターレク(一九一七〜八七)。チェコの陶芸家・美術家。

た。彼らはモラヴィアからスロヴァキアへ、更にモルダヴィアにまで赴きました。彼らは陶芸がお手の物でした――人の姿や顔のないもの、すべて抽象的なものです……。彼らは、ウィクリフのすぐ後に、宗教的な理由からスイスのベルンから追い出されてやって来たんです……。私はお喋りをしながら、復活祭の月曜日のことを考えていました。私は四十年前にベルンに行ったことがありますが、それは、人間どうしの関係を高めようとしたウィクリフの時代のようなひどい流血をもう二度と起こさないようにと、スイス連邦（Confoederatio Helvetica）が創設されてから六百周年に当たる年でした……。湖の上には、子供たちが紙で作って蠟燭を載せた数百万という小舟が、風に吹かれるまま流れていくのが見えました。それは、復活祭の月曜日が、八月二十一日が、「長いナイフの夜」と「サン・バルテルミの夜」が、もう終わりであることを祝うものでした……。それで、酒場の私の向かいで、やはりその月曜日のことをもう考えなくてもよいように、お喋りをしている人がいます。彼はまさにハバーニの陶器を、ジュネーブの銀行の地下十二階の保管庫に預けたというんです。そこには世界の富が保管され、レザー・パフラヴィー(49)の金の延べ棒が保管され……そして、卯月さん、そこにはハバーニの陶器の厖大なコレクションも保管されるでしょう……。というのも、ハバーニたちはスイスからやって来たとはいえ、二つの小さな容器しか持っておらず、このたびスイス政府が残りを購入し、同時に、カナダのどこかにある彼らの財産も購入したからです。カナダにはハバーニたちがいて、自分たちのブルグ城も持っており、自分たちのほとんど自生の小共和国と……自分たちのレト・ロマンス語方言を持っているんです……。その「ブルチャールカ」の酒場で、私の後ろでロッキングチェアーに座っていた男が、私の方に身を乗り出して囁きました……。我が国で一番のハバーニ陶器の収集家が誰だったか、知っていますか？　そして、すぐに彼は答えました――ヴァーツラフ・ハヴェルのお父さんのハヴェル氏が、第一次共和国時代[50]に、プラハの骨董品店をあちこち回って、その宝物を買い集めたんですよ。私は言います――それは素敵なことですね、ちょうど息子のヴァーツラフ・ハヴェルが「自由ヨーロッパ」と「ボイス・オブ・アメリカ」のラジオに出て、メッセージを伝えていますよ――私が好きな人はみんな、日曜の夜と月曜にもどこへも出かけずにおとなしくしていて下さい、ちょっとの間だけおとなしくしていて下さい、私自身、復活祭の月曜日を怖れています……。それから二人の若い男がやって来て、一人が言いました――ここにアメリカから来た友達がいるのですが、友達はアメリカで出たあなたの本を読みました、あなたの写真を撮ってもいいですか……。私は言います――いいですとも。すると彼は私の写真を撮り、それからそのアメリカ人が私に訊きました――あなたとちょっと話してもいいですか、少し意見交換をしてもいいですか？　そして言うには――ロシア語で話せませんか？　私はアメリカに住んでいますが、ロシア人なんです。私は言います――それじゃあ自分の尻《けつ》にでもキスしておいてください。一つには、私はロシア語が

(49) レザー・シャー・パフラヴィー（一八七八～一九四四）。イラン皇帝。
(50) 一九一八年のチェコスロヴァキア独立から一九三八年のナチス・ドイツによる支配までのチェコスロヴァキア共和国。

できないんです。それから、二日後に、あなた方が私たちのプラハにやって来て、私たちの家具をあなた方のアルファベットみたいに引っ繰り返した記念日になるんです……。だからねえ、さっさと失せるか、さもなければ私とチェコ語で話してください。けれども彼は、ロシア語の方がいい、と……。それで私は、彼の友達に通訳させました――一九四八年[51]から私たちの自営業者と私たちが陥っている所に行ってください……。それから私たちだけになって話を続け、理解し始めました――なぜハバーニたちが妻子を連れ、共通の金庫を携えて、むしろモラヴィアへ行き、それからスロヴァキアへ行き、それからモルダヴィアへ行き、それからまた戻ったのか、なぜディートリヒシュテイン公爵は皇帝によってウィーンに呼び出され、そのハバーニたちを絶滅するように助言されたときに、でも彼らはとても美しい陶器を作っていて、造形芸術の神の子なのですと言って反対したのか……。それで結局、彼らはそのハバーニたちの半分を絞首刑にし、女性たちを歩兵たちが暴行するということで合意したんです。けれども、残ったハバーニたちは再び一緒になって、もうモラヴィアをさ迷うことはせず、彼らの荷車は夜に村々を通らず、モラヴィアと南スロヴァキアを幽霊のように走りはせず……もうカナダに亡命して、彼らの残った工芸の宝は国立銀行の地下十二階の保管庫にあるんです。そこには、その横に、カイロかどこかで遺言なしに癌で死んだペルシャのシャーの金の延べ棒やその他の宝物が置かれています。だから、ハバーニの陶器は結局、六百年以上前に結ばれたスイス連邦（Confoederatio Helvetica）共和国の財産になるでしょう。「サン・バルテルミの夜」だけでなく、「長いナイフの夜」だけでなく、八月二十一日の記念日の雰囲気も防ぐために……。

卯月さん、私が「ブルチャールカ」の酒場を出ると、そこに、殺害された鳩や小鳩の仲間がよちよち歩いていました。年金生活者の女性が彼らに向かって歩いて行くと、小鳩の中の一匹が何かをねだろうとしました……。けれども、その女性は小鳩を蹴りつけて、羽が飛び散りました……。私は叫びました――おい、ろくでなし、なんてことするんだ？ 小鳩は神の使いだということが分からないのか？ すると、その婆さんはかっとして、コチャートコ准士官から従僕のシュヴェイク[52]が事務所で待っていると告げられた時のルカーシュ中尉みたいに、仰向けに倒れたんです……。卯月さん、こうしてその木曜日が――実際には金曜日が――終わろうとしていました。そして私は、待っている男がいるはずの「黄金の虎」の酒場に行きました。復活祭の月曜日を、八月二十一日の復活祭の鞭打ちの儀式の時を、愉快に過ごすことができるように、その男に三キロのモラヴィア・ソーセージを持って来てもらうために、八十コルナを渡していました……。

思い出しますが、一年前、あなたはここに来て、私たちは森に行きましたね。樺と松の木の下にテーブルが十卓あり、そこでズラトカの誕生日のお祝いがありました。テーブルの上には食べ物と、花を入れた手桶が十個あり、音楽が響いていました。それは実のところ私たちの結婚式で、私はあな

(51) 一九四八年にチェコスロヴァキアで共産党が政権を奪取し、社会主義化が進められた。
(52) ヤロスラフ・ハシェクの小説『兵士シュヴェイクの冒険』(『善良な兵士シュヴェイクの大戦中の経験』)の主人公。

たの小さな耳を引っ張りました。みんなは、私が恋していること、まだ恋することができることに驚き、あなたに「卯月さん」と言い、あなたにいろいろと尋ね、あなたはまるで「満足国」の代表者であるかのように話しましたね。そして、あなたは言葉が分からないとき、小さな青いリュックから辞書を取り出しました。あなたは私にとってだけでなく、その四十人の客にとって、愛らしい存在でした。そして今日、八月十九日に、私たちは私の義理の妹のところに行き、六十二人の客がやって来ました。そこには音楽もあり、パジーゼクさんの五人の楽師が来て、私たちは陽気でした。そしてお分かりでしょう、あなたが一年前にここに来たことが思い出されたんです。あなたはあの「満足国」で、どうしているでしょうか……。それで、あなたにエセーニン氏の詩を送ります。私は日中ひどく頭が痛く、全部で六台の車がやって来て、午後たくさんの客が来たので、ウォッカで二回も酔っ払いました……。「夕べが黒い眉を寄せた。／誰かの馬が駅亭に立っている。／僕が若さを蕩尽したのは、昨日ではなかったか？／君への愛が醒めたのは、昨日ではなかったか？／／鼻息を立てるな、遅れたトロイカよ！／僕たちの人生は、跡形なく走り過ぎた。／もしかすると、明日、病院のベッドが／僕に永遠の安らぎを与えるかもしれない。／／もしかすると、全く別人になって／僕は永遠に癒えて去るかもしれない／健やかな人が聞いて生きている／雨と野桜の歌を聞きに。／／僕は暗い力を忘れるだろう／僕を害し苦しめていた力を。／優しい顔立ち！　愛しい顔立ち！／君だけは忘れない。／／ほかの人を愛することがあろうとも／彼女に、恋人に、他の人に／愛しい君のことを話すだろう／かつて愛しいと呼んだことを。／／在りし日の僕たちの人生がどのように流れたか、話すだろう／それは在りし日ではなかったことを……／僕の勇ましい頭／おまえは僕をどこへ追いやったのか？」

そして、午後一時にポラーフ氏がやって来ました。私が彼を狂人呼ばわりしたと言って、私にひどい手紙をしばしば書いて寄越した人です。彼は去年、私を訴えたので、私は首都プラハの検察庁に行き、ほとんどすべてを撤回し、彼に謝りました。けれども、彼は私を待っていて、それでは不十分だ、あんたからもっと多くのことを求める、と言って脅しました。どうしてくれるんだ、この件をどうしたいんだ？　私は彼に、公に撤回します、と言いましたが、彼はそれでは不十分だと言い、また私のそばに座って、私から何やかやずっと多くのことを求めるんです。私は彼に言いました――じゃあ、首を吊れとでも？　すると彼は、それでも不十分だ、と執拗に言いました。母はあんたのせいで死んだんだ、俺の息子も恋人に捨てられたんだ、なぜなら、恋人が言うには、息子も狂人だからだ。それでこの件をどうしたいんだ？　彼は私のそばに座っていました。私は離れて欲しいと頼みましたが、彼は座ったまま、にたにたしていました。私は恐怖と不安を覚えましたが、彼は、首を吊るのでも不十分だ、と執拗に言いました。私はポラーフ氏に参って、彼に恐怖と不安を覚えました。彼は、もうあんたの家に行ったよ、それでこの件をどうしたいんだ、あの侮辱を、と言いました。私はまた、首を吊れとでも？　けれども彼はまた、それでも不十分だ、と……。そうして彼は座っていて、私のすぐ後ろに付いてきて、にたにたしていました。私はプラハに向かいましたが、彼はバスで私の後ろに座り、私に息を吹きかけました。私は恐怖を覚え、隣の女性とおしゃべりをしていました……。そうして私たちはバスを降りましたが、彼は私の後から地下鉄の方に来ます……。そして

――この件をどうしようかね、どうにかしなきゃならんよ。分かってます、と私は言います、じゃあ首を吊れとでも？　けれども彼はまた、それじゃ不十分だ……。私は叫び出したくなり、タクシーの方へ行きました。彼は私に、この件から逃げることはできんぞ、来月けりを付けてやるからな、と……。私はその後、夜にアルビフ氏の所で叫び出しました。私はポラーフ氏に恐怖を覚えました。彼には公の撤回でも不十分なんです、人間的なものすべてが不十分なんです、公開自殺でさえ不十分なんです……。私は一晩中ストレス状態で、一晩中軽い譫妄状態にありました……。フラバルさん、どうするのかね、起きたことは、なしにはできないんだよ……。モスクワで総主教が私に言ったように、悪い者たちも神の子なんです……。今分かりました、ディラン・トマス[53]は飲み過ぎて死にましたが、私は恐怖で死ぬでしょう……。卯月さん、卯月さん、私は多分、あなたと一緒にそちらに残るべきだったんです……。もしもあなたがセミナーに来るなら、きっとあなたは私を救ってくれるでしょう……。

親愛なる卯月さん、あなたが初めてプラハにやって来たとき、あなたは私たちに質問をして、私たちはそのために、がさつになりました……。フラバルさん、トイレでどこかの女の人が私に向かって、こう怒鳴ったんです――閉めるんだよ、あんた、尻にチンコ付いてんのかい？　私は言いました――それはここの習わしなんですよ、トイレ管理人の女たちはみんな、自分は秘書になるはずだったと思っているんです……。それから、親愛なる卯月さん、あなたは小さな鹿の枝角の下のテーブルにいた人たちを驚かせましたね――皆さん、私はテニス選手のハナ・マンドリコワ[54]を見に行ったんですが、彼女がミスったときに、声を出して何と言ったか、分かりますか？——「くそっ！」……。どうでしょうか、私もそう言っていいでしょうか？　すると、マリスコさんがあなたに言いました——お嬢さん、それは私たちも言いますよ、あなたはどこでそれを聞いたんですか？　すると卯月さん、あなたは無邪気に言いました——サンフランシスコでです……。親愛なる卯月さん、私は今思い出しましたが、あなたの名前をエイプリルから卯月さんに変えたあのマリスコさんは、あの人は、灰色の小鳩に姿を変えて、レーテー川の向こう岸へ、向こうのブデチへと、ロトンダの丸屋根の中へと飛び去りました……。そこには、彼の先を越したすべての小鳩たちの、小さな骨と羽がありま す……。

P・S・

八月二十一日に、私はヒュブル氏[55]と一緒に、十七時から十九時まで、「黄金の虎」の酒場に座っていました。私は、古い時代の教会の中に逃げ込むように、ここに逃げ込んだんです。だって、教会の

(53) イギリスの詩人（一九一四〜五三）。ニューヨークで病死。
(54) チェコ出身のテニス選手（一九六二〜）。チェコ語ではマンドリコヴァー。
(55) ミラン・ヒュブル（一九二七〜八九）。チェコの歴史家・政治家・反体制派。

中では誰も殺されないはずだったからで、ビヤホールでは誰も逮捕されないはずだったからです。私が「黄金の虎」の酒場から出ようとすると、酒場の周りを百人くらいの若者たちが走り過ぎて、手を叩きました。ヒュブル氏は立て続けに煙草を吸い、ふさいでいました。彼は逮捕されるに違いないと怖れていましたが、逮捕はされませんでした。それで彼は座って飲み、ものすごく煙草を吸いました。私は彼の向かいに座って読み、彼の心、彼の考えを聴いていました。多分彼は、私と同じように、願わくば私たちが二人ともくたばった方が良いと思っていたんでしょう。それは私たちの手に余ります……。それからラーヂャがやって来ました――彼のディラン・トマスの本に何か書いて欲しい、と。それで私は座って、震える手で書いたんです――「公開自殺。一九八九年四月にニューヨークで『白い仔馬』の酒場に座って、オランダ・ビールを飲んでいた。それから突然、ディラン・トマスが飲み過ぎて死ぬ前によく座っていた席に、自分が座っていることが分かった。フラバル。一九八九年八月二十一日。『黄金の虎』にて。」

するとそこで、故マリスコさんの親類のヒュブル氏が微笑み、死ぬのを延期して、言いました。「明日ここに、ビールを飲みに来ますか？　どうですか、小鳩さん？」

P・P・S・

インテリの読者ならきっと、ウィクリフの名前は（留保を付けて）カルヴァンに替える必要があると、分かったことでしょう。

幾つかのセンテンス

親愛なる卯月さん

あなたはあのアリアドネで(1)、私はあのテーセウスです。あなたは、数千キロメートルの長い糸を巻き取る女で、私はマリスコさんが言ったような状況の中にいる、マリアーシュの「鈴」の10で、熊使いが持つ鎖を鼻に付けた、あの絵の熊です(2)……。こうして私はプラハでもう二月《ふたつき》、書類が全部揃っているのに、ただパンナムだけが、あのアメリカの航空会社だけが、いいえ、いいえと言って、私に航空券をくれなかったんです。それで、私は毎日通っていましたが、もう木曜日になり、スタンフォードにいるあなたによって土曜日に巻かれ始めるはずの私は、ずっと空手でした……。それで私は酒

（1）ギリシャ神話におけるクレタ王の娘。テーセウスに恋し、糸を与えて迷宮を通り抜けさせた。

（2）カードゲームのマリアーシュの「鈴」の10のカードには、熊使いが持つ鎖を付けられた熊が描かれている。

を、大酒を、飲みました。だって、土曜日に私はプラハを飛び立つはずだったんですから……。けれども、プラハのパリ大通りのオフィスに行くと、いつも二人のご婦人が肩を竦めたんです。そして、あのあなたの「満足国」への道中ずっと私の通訳をすることになっていたスイス人のズザナ(3)は、もうウィーンでスーツケースに荷物を詰めてありました……。それで私は悲しくて、スラヴ的に手当たり次第に酒を飲みました。やっと金曜日になってから私は航空券を受け取り、あまりにも嬉しかったので、酔っ払いました。そして、私に会った女流画家のパヴロヴァーが、開運用にミスリヴェツカーという猟師の蒸留酒を一瓶くれました――「満足国」で私の頭の働きが良くなるようにと……。私は外国部門の若い女性に、朝、公用車でソコルニーキまで迎えに来てくれるように頼みました……。私はよく眠れませんでした。そして、週末に出かけるときのように、必要不可欠なものだけを持って行きました。朝、私はその猟師の蒸留酒を一杯やり、ソコルニーキの私の高層マンションの前に出ると、そこで躓《つまず》いて、歩道の縁に顔から倒れてしまったんです。私は頭の中が暗くなり、あなたが巻き取り始めたその糸を、危うく初っ端《しょぱな》から切ってしまうところでした……。私は目が腫れて、かなりのショックを受けました。多分、私はまだ酔っていたか、あるいはまた酔っていたんです……。外国部門から来た若くてきれいな女性が、びっくりしてぱちんと手を合わせました。私は自分の新しいズボンを破ってしまいましたが、それでも歩いて行きました。私は血を流して動揺していても、微笑んで、「鈴」の10の熊のように、テーセウスのように、数百数千マイルの長さの逆様《さかさま》のしるしによって、朝の飛行場へと出発しました……。ヒヒ。

卯月さん、私の妻のピプシは、死ぬ半年前に、長い、凄く長い糸に巻かれ始めました……。私はその場にいて、その糸を見て、その音を聞いていたんです——そればかりか、まるでその糸が私の心臓を通っているかのようで、その糸が私の鼻孔をも通っているかのようでした。私がちょっと引っ張るだけで、ちょっと引き寄せるだけで、十分でした。その時、私はよく分かりました——朝、仔馬の口に馬勒をはめてから、馬で行くのに必要だからというので御者が手綱を引くことが、仔馬にとってどういうことなのかを……。ああ！

卯月さん、話が脱線してすみません。私という存在はもう、道からの絶えざる逸脱にほかならないんです。だから、あの私のビール醸造所の去勢馬たちができなければならなかったように、また世界中の馬たちができなければならないように、私の書き物が時々左へ行ったり右へ行ったりし、時々後ずさりさえしたとしても、驚かないでください……。卯月さん、今あなたに書いているときに伝えなければなりませんが、私の妻は、死にかけていたとき、ブロフカの病院に何度も入院しましたが、訪問客の前で、いきなり私にこう言ったんです——家に帰りなさい、シャツを替えに帰りなさい！　それで私は、シャツを家できれいなのに替えるために帰りました。そして、妻がブロフカのベッドにい

（3）スザンナ（ズザナ）・ロート（一九五〇～九七）。スイスのチェコ文学者・翻訳家。チェコ文学を外国に広めた功績により、チェコ現代文学を各国語に翻訳する「スザンナ・ロート翻訳コンテスト」が行われるようになった。チェコ語では「ズザナ」となる。

て人前で私を叱るのが、嬉しかったんです。妻が健康だったときに私を罵っていたのと同じように私を罵るのが、嬉しかったんです……。けれども、妻はブロフカで一度、私にこう言いました――私、帰りたい。私が言います――帰るって、どこへ、ソコルニーキへかい？　けれども、妻は目を逸らして言いました――違うわ、私は家に帰りたいの。私が言います――ケルスコへかい？　すると、妻は首を横に振りました……。私が言います――じゃあ、家ってどこのこと、姉さんのいるシュヴェツィンゲンかい？　けれども、妻は涙を流し始めて言いました――違うわ、あそこ、パパのいるところよ……。私は言います――お父さんはお墓にいるよ、あそこのハイデルベルクのそばの(4)……。違うわ、私はあそこへ、上の方へ、家に帰りたいのよ……。私の妻のピプシは、私にそう言ったんです。それから奇跡が起こって、妻は元気になりました。その天のイメージが妻をベッドから起き上がらせて、まだ何週間もケルスコに滞在しました。私たちは、飛行機でキプロス島にさえ行きました……。けれども、私には分かっていました、私は見ていました――妻がどこを通って行こうとも絶えずその糸が妻と妻の存在全体を通っていることを、妻がどこへ動こうともその糸が妻の中を通っていることを、その糸で死がゆっくりと、しかし確実に妻を引っ張っていることを……。そして、その糸は妻の肝臓を通っていました。綱と鎖で犬小屋に死ぬまで繋がれている、小さな犬のようでした……。卯月さん、あそこの、私たちが一緒に座っていた所、「ウ・ハーク」や、「ブルチャールカ」や「緑の実験室」の酒場で、私たちはクルショヴィツェの十二度のビールを飲みましたね。そこにうろたえた友人が来るんですが、彼は指が三本欠けているんです。去年、あの厳寒に襲われたとき、彼は向かいのアパートのバルコニーに小さな犬がいるのを見かけました。それで、犬のために小屋を作り始めたんです……。そして、最後の板を切っていたとき、丸鋸が滑って、指を三本切り落としてしまったんです……。彼は傷が癒えると、その犬小屋を持ってそこに行きました。けれども彼は、犬小屋はもう要らない、犬が厳寒に苦しまなくても済むように殺処分にしたと言われたんです……。何ということでしょう！

親愛なる卯月さん、私は飛行機に乗り込んで、フランクフルト方面へと飛び立ち、二日酔いの中で糸をちょっと引っ張ると、私が巻かれていることを気持ち良く感じました。そして、あなたが私たちの旅を巻き取り始めた糸巻きが、あなたの編む指の中にちゃんとあるのを感じました。それで私は、私のピプシと同じような感じで、確かな手の中にあること、そして何も起こりえないことが、良く分かっていました。だって私は家へ、あなたの住んでいるスタンフォードの大学へ、飛んで行くからです。あなたは私を十枚以上の書類で大学に招聘しましたが、そこには、「満足国」の諸大学がこれこれの日に私を待ち受けていること、その招聘が、私の諸大学スラロームの方向と境界を定めている旗であることを、私に保証していました……。フランクフルトで、もうズザナさんが私を待っていたんですが、彼女は私を見ると、ぎょっとしました。私の眉はもうひどく腫れ上がっていたので、自分の眉越しに、血の付いた皮膚の出っ張りが見えたくらいです。彼女はすぐに私を叱り、すぐに私た

（4）フラバルの妻はドイツ系だった。

ちはビールを飲み、すぐに彼女は私に言いました——ねえ、あなたの卯月さんって、一体どんな狂人なんですか？　彼女、もう私に電話してきて、今どこにいますか、ワシントンまであなた方を迎えに飛んで行かなくてもよいですか、って聞いたんですよ。彼女、ちょっとおかしいんじゃないですか？　けれども卯月さん、それは良い徴《しるし》でした。私は鼻の穴にはっきりと感じたんです——その巨大な糸の端をあなたがちょっと引っ張っただけで、私たちは互いに共鳴しているということに対して、古代ギリシャ人が教えているようにあなたも私も半身であり互いに相手を求めてついには唯一の完全体結合する半身だということに対して、私の腫れた目とショックを受けた脳が大気を通してでも反応できるということが、分かったんです……。でも、私がフランクフルトにいたときに、二日酔いが始まりました。私たちがルフトハンザに乗り込んで、その航空会社の制服を目にしたとき、私の最近の読書がレーダー提督[5]の伝記だったので、私はその制服を混同してしまい、飛行機に乗る際に「ハイル・ヒットラー！」と叫んでしまったんです……。ズザナは私を大目に見てくれ、みんなが私を大目に見てくれました。卯月さん、みんな自分の見たことが分かって、私が酔っ払っていると分かったからです。でも、なぜ酔っ払っていたんでしょうか？　我が国の役所はもう二ヶ月も前に、すべての必要な書類を交付していました。けれども、「アメリカ満足国」は私に、出発の前日に航空券を送ってきました。それは、中欧人には辛いことです。私はスラヴ人なので白状しますが、私は酒を飲んでいたし、その上、あの女流画家が、私の頭の働きが良くなるようにと、旅行用に猟師の蒸留酒を一瓶くれたからです。それで私はその後、気が遠くなり、大洋の上空十キロメートルの高さで酸素を与えられました。そして私は、アメリカに向かって飛んでいるというのに、ドイツ陸軍の将校たちが私と話をしているのが不思議でした……怖くなりました……。このことについて卯月さんが何というだろうか……。ズザナは私に怒りました――もしもあの人がワシントンまで迎えに来るとしたら、あの人はあなたと同じような狂人だわ、それなら私はあなたを渡して帰ります……。けれども卯月さん、あなたは私を迎えには来ませんでした。もう夜で、私は「満足国」行きの航空券を待つことでくたくたになって、右足が麻痺していましたが、それは私の「右片側不全麻痺（hemiparesis lateri dextrae）」です。一九五二年にクラドノ(6)でクレーンが私の上に落ちて来てそうなったんですが、その後、私はよりうまく書けるようになりました。それで、私は歩いて行けなかったので、ズザナがそこにあった身障者用の車椅子を取ってきて、それに私を座らせました。そして私たちが動き始めると、私はプラハで航空券を待つことでくたくたになっていたので、だしぬけにシュヴェイクみたいに叫び始めたんです――ベオグラードへ(7)！　それからもう私たちは駐車場に出て、それからもうそこにアルノシュト・ルスティク氏(8)が待っていて、それからもうただ抱き合って、それからもうアメ車に乗って、それはそ

（5）エーリヒ・レーダー（一八七六〜一九六〇）。ドイツの軍人。
（6）フラバルが一時住んでいたチェコの町。
（7）ハシェクの小説『兵士シュヴェイクの冒険』の主人公シュヴェイクの第一次大戦開始時の台詞。
（8）チェコ出身のユダヤ系作家（一九二六〜二〇一一）。

れは話が弾み、それはそれは喜びでした。幾歳月を経て、友達どうしが再会したんですから……。アルノシュト・ルスティクがズザナに聞きました――すみませんが、もう昨日から朝となく昼となく、私の所に、それからあなた方が泊めてもらうことになっているムラートコヴァーさん(9)の所に、どこかのエイプリル・ギフォードという女性が、あなた方はもう着いたかと、電話で訊いてくるんです。すると、ズザナは叫びました――それは卯月さんですよ、あの狂人ですよ、素敵なアメリカ旅行になることでしょうよ！　私は反論しました――とんでもない、卯月さんがいなかったら、私たちはこんなに素晴らしい出だしを、こんなに素晴らしいスタートを、楽しめなかったでしょう……。ああ、ジャック・ケルアック(10)が私たちを見たなら、ディラン・トマスが私たちを見たなら……。そしてヤロスラフ・ハシェクが……。ハハ！

親愛なる卯月さん、あなたはチェコ文学研究者なので、私はハシェクの『シュヴェイク』を一気に読んだということをお伝えします。この作品は、私がかつて思っていたよりも非凡なものです。それが非凡だというのは、ハシェクが戦争の出来事のすべてをほとんど忘れてしまってからようやく、その再評価においてようやく、その駄弁において純粋な本を書いたからです。その文体は分かりやすく、それはガラス張りの文学であり、アンピール様式の家具のように明快であり、それはまるで左手で、まるで克服された二日酔いの後で書かれたかのようです。それは書く喜びであり、本当の神の喜び（Fruitio Dei）です。ハシェクは、自分の人生の力の末期になってようやく、彼が語ることができたときに書いたものを、書き上げることができたんです。私は私であるところの者だ、詩人のオトカル・ブジェジナ(11)が夢見て言ったことですが、酔っ払いと神秘主義者は互いに近いところにいる——卯月さん、あなたと私のように……。あなたは私を迎えに行こうと、三千キロメートル以上乗って来ようとしました。アルノシュト・ルスティクは、あなたがその悪天候に自転車に乗って、バイシクルに乗って来ようとした、とさえ言っていました。そして、ズザナが言ったように、あなたは狂人ですからね、どうか乗って来ないでください！　おまけに、あなたは風邪をひくでしょう。もちろん、あのハシェクと彼の『シュヴェイク』、それは本当にガラス張りの文体で、透明で、明瞭で、率直な文学です。とにかく卯月さん、自転車に乗って私を迎えに来ないでくださいね。私たちがアルノシュトと一緒にメダ・ムラートコヴァーさんのもとを訪れたとき、私は仰天しました。それはチェコとチェコ文学の賛美者にとっての嬉しい驚きでした……。ああ卯月さん、あの酔っ払いのハシェクがほとんど自分の人生の終わりに、あの非凡な『シュヴェイク』をシュチェパーネク氏に口述したとき、その

(9) メダ・ムラートコヴァー（一九一九～二〇二二）。チェコ出身の美術収集家・パトロン。「ビロード革命」後、プラハに中欧現代美術を展示する美術館の創設に尽力し、二〇〇〇年代初頭に「カムパ美術館(Museum Kampa)」の創設にこぎつけ、その外壁に「文化が持ちこたえるなら民族は生き延びる」という標語を掲げた。「ムラートコヴァー」は「ムラーデク」という姓の女性形。
(10) アメリカの作家・詩人（一九二一～六九）。
(11) チェコの詩人・作家（一八六八～一九二九）。

テクストは、一九一二年に最初に刊行された、衰退したユーモア文学である『善良な兵士シュヴェイクとその他の小話』のテクストから、質的にどれほど異なっていたことでしょうか！　それは、『ほら男爵』[12]における私の最初のハニチャと、『あまりにも騒がしい孤独』[13]におけるハニチャのような違いです！

そして卯月さん、それからまだ、話言葉だけでなく隠語やスラングも、どのように成長するのかを、あなたにお見せしましょう……。昨日、私の乗ったタクシーがユーターンしようとして、実線の白線を越えたんですが、運転手が言うには――もしもサツに見つかったら、捕獲されて罰金を食らうでしょうが、免許も召し上げになるでしょう……。こんなふうに、ヤマウヅラやウサギやキジだけでなく、タクシー運転手も捕獲されるんです……。こんな具合です！

親愛なる卯月さん、私たちはワシントンでメダ・ムラートコヴァーさんとその夫の所に宿泊しました。彼女は相変わらずまだ美人で、夫の方はきれいな目をして、きれいな服を着ていて、ジェントルマンです。私たちが到着した晩、そこには客たちがいて、ルスティク夫人もいました。私は酔っ払っていて、片目が腫れて塞がっていただけでなく、額にも怪我をしていて、外国製品販売店《トゥゼックス》で買ったズボンの膝のところが破れていました。夕飯が出て、壁を見回すと、至る所にフランチシェク・クプカ[14]の絵がありました。ドアが開いていて、そこからその先の部屋と廊下も見えましたが、そこを猫たちが歩き、犬たちが寝そべっていました。そして、栄えある作家を歓迎するためにやって来た客たちはみんなびっくりしましたが、メダ・ムラートコヴァーさんは会話を止めないように言いました――

ズザナさん、午後にスタンフォードからエイプリル・ギフォードとかいうチェコ文学研究者が電話をしてきて、あなたたちはもう到着したか、そしてフラバルさんは元気かと、尋ねていました……。彼女、もう昨日のうちに電話してきたんですよ、金曜日と土曜日を間違えたんです……。ズザナはいきり立ちました――あれは狂人なんです、あの女のせいで、彼女のせいで、頭が変になりそう……。それでメダ・ムラートコヴァーさんはむしろ合図をして、メダ夫人がフランス語で話していたアフリカの二人の若いモロッコ人女性に、ハムを載せたお盆を持って来させました。私はビールをラッパ飲みして、私の隣にきれいなチェコ人女性が座っていて、その向かいに彼女の夫が座っていて、みんなきれいな服をきていて、けれども面食らっていることに、気を留めもしませんでした！……そして私は、どの壁にも架かっているフランチシェク・クプカの絵だけを見て、その色も線も完全に正確に見て取っていました。私は酔っ払っていたからです。実際にはもう酔ってはいなかったんですが、ビールを二本飲み干して、再びシューシュー言い始めました。それからズザナが私たちの旅を描いてみせて、私は自分が何をしでかしたか、どんな騒ぎを引き起こしたかにびっくりしましたが、微笑んで言いました――彼が最初に来たときのことでした……ディラン・トマスは、アメリカ合衆《スポイエネー》国にやっ

(12) フラバルの短篇集『水底の真珠』（一九六三年）に収められたフラバル初期の短篇。
(13) フラバル後期の中篇小説（一九七六年）で、フラバルの代表作。
(14) チェコ出身の画家（一八七一〜一九五七）。

て来たとき、彼もまたひどく酔っ払っていたので、蒲団を敷いた寝床みたいに見えたんです……。でも、ここは素敵ですね、いいですか?……そして私は立ち上がって、クプカの絵を次々と見て回りました。メダ夫人は喜び、客たちは当惑を隠すために文学や何かについて話し始めました……。私は廊下を通って書庫に行きましたが、壁全体がガラス張りになっていて、その向こうには太い幹の木が生えている中庭がありました。それから次の建物があり、それもガラス張りで、そこにはベージュ色に照らされた青いタイル張りのプールがありました……。天井には二つの金属製の扇風機が回っていて、それが柔らかなベージュ色の蒸気をかき混ぜていました。そして、天井に向かって金属製の螺旋階段が上っていて、それは天井の所で、やはり金属製のバルコニーで終わっていました。そして、そこから金属製の黒いドアが、どこかロフトか、小部屋か、次の住戸に通じていました。そして卯月さん、私はそれを見て、自分がひどく惨めなことを忘れ、人間と猫と犬の集まりの中へ戻ったんです……。みんな、食べながら、ヴァーツラフ・ハヴェルが刑務所に入れられているのは正しいか正しくないかということについて、おしゃべりをしました……。私は、指でハムを丸め、頭を上げて口にハムを垂らしながらおいしく食べ、それから言いました――それでそのハヴェルの件は、こうですよ――二つの神話が蘇ったんです、ソクラテスの神話と、もう一つは……ええと、神々の火を盗んだ奴は何という名前でしたっけ?……そのうち思い出します……。それでソクラテスは、娑婆《しゃば》ではヴァーツラフと言われていたハヴェルのように、神々を侮辱して若者たちを損なったということで、死刑になったんです、あのソクラテスはね。そしてこう言ったんです――勧められた亡命を選ぶよりも、祖国の法に従った方が良い、と。それで、毒ニンジンの杯を飲み干したんです。その杯の代わりに、むしろ、公営食堂での終身食事刑に処せられることを望んだでしょうに……。そしてヴァーツラフ・ハヴェルは、亡命を勧められたにもかかわらず、むしろ祖国の法に従い、それで皆さん、彼は現在、監獄にいるんです……。私はこれを、「満足国」での滞在の開始に当たって述べました。私は、風邪を引いてしわがれた、素敵な声をしていたので注目を集め、ピルゼン・ビールをラッパ飲みして付け加えました――ああ、思い出しました、プロメテウスです――ヴァーツラフ・ハヴェルが蘇らせた二番目の神話は……。彼がプロメテウスのように、神々の火を盗んだということです。でも鷲が彼の肝臓をついばむということではなく、その盗まれた火のせいで、ヴァーツラフという名のハヴェルは監獄にいるんです……。これは理屈に合っているでしょうか？　合っています。そして私は座ろうとしましたが、椅子に座り損ねて、自分の胸にビールを注いでしまいました。私は起き上がって、いやいや、と言いました――大丈夫、何ともありません……。ディラン・トマスがニューヨークに到着したとき、山ほどの荷物を持っていました……。そして、朝食にスコッチ・ソーダをダブルで注文して言ったんです――畜生、この暑さといったら、俺は飛行中に危うく蒸発しちまうところだったぜ……。そして旅客たちは？　陰気なしかめ面をした、小鬼と国際スパイと長老派教会員たちの、ぞっとするような集団です……。ここのあなた方は、その点でましというわけではないですね……。するとメダ夫人は気持ち良く微笑み、彼女の夫は立ち上がり、一匹のすごく大きな雄猫が彼の肩の上に跳び乗り、毛皮の襟のように巻きつきました。ムラーデク氏はお辞儀をして、それから丸い壁のそばに立ち、ボタンを押しました。するとその丸い壁のドアが開きました。ムラーデク氏はその雄猫と一緒に中に入り、ドアは閉まりませんでしたが、ムラーデク氏はエレベーターで上に上がりました……。ムラーデク氏の被昇天です……。それからもう膝だけ、それからもう靴だけになり、それからもう私は、ここで何にも驚きませんでした……。ああああああ！

卯月さん、それは恐ろしくて素敵なことでした。私は気分が沈んでいましたが、あなたが物凄く長い糸でずっと私を摑んでいるということ、私たちが空気を通して互いにコミュニケーションを取っているということを、はっきりと感じていました……。私は誰かと一緒に書庫を通り、それから中庭の湿った空気の中に入りました。私たちの前には、オレンジ色の光に強く照らされた、あのプールがありました……。それから、誰かが私を青い縁の敷石とタイルの上を注意深く連れて歩き、それから誰かが私の手を引いて螺旋階段を昇らせ、誰かが後ろから私を上へと押し上げましたが、私たちは三人とも鋳鉄製の小さなバルコニーに出られませんでした。壁のドアが開かなかったんです。その場所に私たちは多すぎたので、助っ人の一人が一段後ろに降りなければなりませんでした。私たちの上では金属製の二つの扇風機が回っていたので、ちょっと体を傾けただけでも、その羽に髪の毛を剃られてしまったことでしょう……。そしてついに私たちが部屋の中に入り込み、灯りを点けると、そこはまた次の住戸で、寝室と浴室とキッチンがあり、壁のあちこちに恐ろしい彫刻とたくさんのワイヤーがあり、ガラスさえも輝いていました……。私はベッドに倒れ込みましたが、壁際には、騎士の甲冑を潰したような、金属製の何かの立体彫刻が聳《そび》え立っていました。そして、人間の手が、私の怪我をした眉に湿布を当て、私は寝入りました……。私は、酔っ払っているときは、すぐに寝入ってしまうんです……。

ああ、卯月さん、思い出して良かった――それを言わなかったら、きっと忘れてしまったことでしょう……。何ヶ月か前、私はフランス大使館に夕食に招待されたんです。もっと多くの学生などがフランスを訪れるようにしたいという、フランス側の申し出について話をしたいとのことでした。大使がそれを提案し、フランス革命二百周年記念ということで、両手を広げているんです……。すると、チェコ外務省の役人が答えて言うには――感謝致しますが、自由・平等・友愛・革命に関して、私たちはいかなる助けも必要ありません、それどころか、私たちはもうずっと進んでいるので、フランスが必要とするなら良き助言と経験によって手助け致しましょう、私たちはもう社会主義を導入しているのですから、結構です……。それで私の読者である大使閣下の広げた友好の両手が、再び垂れました……。そこで私が、卯月さん、私が立ち上がり、小さなスプーンでグラスを叩き、二人に礼を述べて言ったんです――今ここには私もいるので意見を述べさせていただきますが、文学、とりわけチェコ文学は、逆撫でする習性があります。一緒に生きている社会の毛並みを逆撫でする習性があるんです。禁止されたものを求めて奮闘することができます。ライナー・マリア・リルケが『マルテ』で私に教えたように、ある種のテクストはむしろ隅っこにしまって、そこに導火線を引いた方が良く、それからある瞬間にそれに火を点けて、ある種のテクストの内容から逃げた方が良いのです。というのも、私にとって最も愛しいテクストは、自分を驚かせ、それを怖がるように書いたものだからです。そして私が思うに、大使閣下、それを私に教えたのは、フランス文学なのです。私にとってフランスは第二の祖国であり、パリは第二の故郷です。プラハが私にとって愛しく刺激的なのと同じように、パリもそうなのです……。卯月さん、私がそう言うと、フランス革命二百周年記念の祝典に呼ばれたヨーロッパ諸国の六人の大使たちが、すぐに私に招待状をくれました……。誰がそんなことを考えたでしょうか……？

そして卯月さん、そこの美しいメダ夫人のそばやプールの上で、窓のブラインドやドアの上のブラインドが下りるのを、私はまだ聞くことができました。そして私は、私の頭の中でもブラインドが下りるのを聞きました——あらゆる方向から、外側からも内側からも……。そして私は、昏睡に陥りました。酩酊において素晴らしいただ一つのことは、その無意識、その白紙状態、その静寂と無であり、人が翌日の二日酔いという代償を払ってその中で本当に休む非在です……。けれども、そのワシントンでの無意識は、突然、灯りによって、ガス灯のようにしゅうしゅういう光によって、照らされました。そしてそれは恐らく、向こうの反対側で、つまり、臍《へそ》の緒のようなものによって、射精なしの受胎のようなものによって、私たちが一緒に結ばれている糸の初めか終わりで、私が突然、あなたの顔の光に満たされたということだったんです。灯りに照らされて数百の花が燃えていたテーブルのもとで、私たちが一緒に座っていたときのように……。私たちが誕生日のお祝いに呼ばれたあのケルスコで、晩に花に囲まれて、酔った人たち、気持ち良く酔ったきれいな若い女性と男性たちの間で、私たちはテーブルの上座につきました。それは、私たちの結婚式よりも素敵でした。実のところそれは、あの夜も伴う、私たちの結婚式だったんです……。そして今、卯月さん、私はそこの浴室とプールの上で跳びました。けれども、私は脇で何かに当たって、後ろ向きにベッドに倒れました。私はまたやってみましたが、また金属板に捕まって、また血を出しました。そしてついに卓上ランプを点けましたが、そこにはきっと二つの二百ワット電球があったんです……。私は自分がどこにいるのか分からず、その二つの点った白色電球を倒しました。そして、そこのすぐ壁際には、あの絵が、実際には金属板をプレスして作られたあの騎士の従者が、あったんです。ベッドはもう、私の脇腹と肩から出た血で染まっていました。私は起き上がろうとしたんですが、再び回転して仰向けに倒れてしまいました……。とうとう私は四つん這いになって浴室に這って行き、自分の顔の血を洗い落とし、それからよろよろとドアの方へ行きました。先ほど何かのアッサンブラージュから突き出ていた窓ガラスに当たって自分の体を切ることができたとすれば、今度はその黒いドアを開けて、それがひっくり返り、私はノブに摑まって青いプールの上に宙づりになりました。ベージュ色の蒸気が上がってきて、その二つの鉄製の扇風機が回り、私は足を下にして宙づりになり、ノブに摑まっていました。卯月さん、あなたは「黄金狂時代」を知っていますか？　チャップリンがノブに摑まって小屋の中から深淵の上に宙づりになるのを？　そんなふうに私はゆらゆら揺れていましたが、あなたは私の守護天使で、私の味方をしてくれました。それで私は空気を蹴って、再びそのベランダに近づきました。それからそこに立って、下を見ました。私が下に見たものほど、美しくてシュールなものはありませんでした。そのタイル、その湧き出る新鮮な水、そしてその二つの扇風機、そしてそのネジのように恐ろしい螺旋階段……。そして卯月さん、あなたはチェコ文学研究者なので私は言いますが、ロラン・バルトが「自明なものだけが驚くべきものだ」と言うのは、何と正しいことでしょうか！　それで私は、あなたの操縦で着陸しました。あなたは手綱のように糸を引いて、私をロフトの部屋の中へと戻したんです……。するとそこではもう私の枕が燃え始めていました、あの二百ワット電球が下から火をつけていたんです……。私は睫《まつげ》が焦げたものの、枕を取り上げてトイレに押し込めました。あらかじめトイレを確かめていたのは、まだしもでした！　私はその燃える枕をビデに詰め込んで、水を出しました。それは美しく、とても美しかったです――その燃える枕のてっぺんと、まだ火が届いていない白い布……。それから私は、美しいメダ夫人が、絶えず微笑んでいるその聖女が、用意してくれたベッドに倒れました。更に、私の到着の仕方、起こったことや彼女がまだ知らないこと、私がディラン・トマスのように来たこと、すべてが彼女を喜ばせました……。そうして私は横になりましたが、もう眠りませんでした。というのも私は、いつもびくっとしてしまうものを、耳にしたからです。そこにあったもの、私の部屋とキッチンの綿を詰めた中身、エアコン――そのブーンという低い不吉な音、プラハの、そしてそれ故に世界の外交官たち、大使たちの住居や国際ホテルや城館の盗聴器よりも悪い、その機械……。つまり、それが今ここ、メダ夫人の家にあり、私はここで寝入って眠らなければならなかったんです。私はここのベッドの中で、そして血の中で、彼女のことを思い出しました――向こうの下の食堂で彼女が話をしていたとき、彼女一人が切迫した美しい声で話していたということ、恐らく芸術に魅入られた彼女がその話ばかりをしていたということを……。それはまるで、百万個の硬貨が入っているスロットマシンでうまく当てて、差し出した幸運な手の平に硬貨がゆっくり次々と、百万個の硬貨が出尽くすまで長く降ってくるかのようです……。そんなふうにメダ夫人は話をし、休んではまた何度でも話を始めました。なぜなら芸術は、美術は、その話は、芸術自体と同じように限りがないからです……。卯月さん、まあこんな感じで私は登場し、中欧とその心臓たるプラハを体現しました……。そして、ハシェクの友達のロンゲン氏(15)が巧みに描いているヤロスラフ・ハシェクを……。ヒヒヒ！

私は起き上がろうと決心しましたが、そのすべてが本当だとは信じられず、一面に血のこびりついたシーツから自分の体を剝がし、バスルームで鏡を見て、びっくり仰天しました。それから、ビデに突っ込まれた、焦げた枕と、少し焦げた砂糖のような色になった羽毛を見たとき、私はもうこの世に存在することさえいやになりました。テーブルの上には、恐らくメダ夫人が置いたんでしょう、軟膏と包帯が置いてありました。私は再び、ベッドの上の方にある金属板を触ってみましたが、隙間を通して外がもう明るいのが見えたので、ブラインドとシャッターを上げました……。そしてベッドに座り、いつものように、指と足を長いこと眺めました。それは、私の身に起こったこと、私をもてなしてくれる人たちに対して自分がしでかしたことから、ありがたく注意を逸らしてくれました……。そ

(15) エミル・アルトゥル・ロンゲン（一八八五〜一九三六）。チェコの演劇人。『ヤロスラフ・ハシェク』（一九二八）を執筆したほか、ハシェクの『兵士シュヴェイクの冒険』を劇化した。

して卯月さん、自分自身、何と言えばよいでしょうか？　ディラン・トマスについて書かれていることですが、ディランは何らかの自分の本質に到達するために、自分の血を飲み自分の傷を舐めて生きていたそうです……。けれども卯月さん、私がどんな本質へと急ぐというのでしょう？　私は自分の暴飲を何とかしなければなりません、何とか……だって、私はもう時々ちょっとした譫妄《せんもう》に陥るからです。これはお嬢さん、良くありません。卯月さん、もうあなたのためにも、私は自分を何とかしなければならないんです。だって、あなたは自分で自分をチェコに遣わせたわけではないでしょう。あなたはただ何となく、サンフランシスコくんだりから「黄金の虎」の酒場までやって来たわけではないし、土曜日のバスでケルスコにやって来たわけではないでしょう。あなたを中欧に遣わせたのはあなたではなく、あなたは遣わされたんです……それは、あなたの運命だったんです。そして私は今、ワシントンに座ってどん底にいながら、別の人生を始めるだろうというのではなく、始めなければならない、もうあなたのために始めなければならないと、固く心に決めます。あなたは生活の糧を得るために、そしてあなたが書いているように、あなたが見つけて一緒に寝ている子犬を、ワンちゃんを養うために、スタンフォードのデパートで売り子をして、そのあと午後にロシア語を教えているという——そんなあなたのために……。私は今、あちこちの大学を経巡った、あの狂ったような旅の初めを思い出します。そして、ケルスコで大きな樺の木の下にあなたが寝床を敷いて、五キロの重さのチェコ英辞典の入った青いリュックサックに頭をもたせかけて微笑んでいたこと、ネズヴァル(16)のあの「セーヌ川の身元不明少女」のように微笑んでいたことを、思い出します。あなたは何も欲しがらず、何も望まず、あなたの上で樺の木の葉がざわめき、陽が照っているだけで、あなたには十分でした。私はあなたの隣に座っていましたが、あなたの顔を見ていませんでした、見ることができませんでした。だって、私があなたを愛しているということ、あなたが好きだということを、あなたは見て取るでしょうから……。それから、私の猫たちがあなたを取り囲みました。五匹の猫がやって来て、あなたの匂いを嗅ぎました。あなたは猫たちに指を差し出し、猫たちは目を細めて、あなたを感じ取っていました。あの小さい猫は、あなたの膝にすり寄りさえしました。けれども、あなたは樺の木の葉を通して空を見ていました。まばたきもしない目で、あなたはケルスコでもう前もって概略を思い描いた私のアメリカへの旅を、見ていたんですね。あなたはもう、ワシントンのウッドロウ・ウィルソン・センターを見ていました。それから更に、青空に、ニューヨークのコロンビア大学とその先に続く青い線を引いていました。イサカのコーネル大学を抜かすことはできません。それからデトロイトにも立ち寄り、アナーバーのミシガン大学で講演しなければなりません。もちろん、あなたは更にそのあなたの青い糸をシカゴ、アーバナの大学へと引きました。もちろん私は、あなたの生誕の地であり、あなたのお母さんと六人の兄弟姉妹のいるネブラスカも見なければなりません。リンカーンの大学では、映画キュレーターのダン・ラデリーが私を待っていることでしょう……。それから、ハーバーフロントを見たらどうでしょう。講演のお礼に、ナイアガラの滝とシックス・ネイショ

(16) ヴィーチェスラフ・ネズヴァル(一九〇〇~五八)。チェコの詩人。

ンズ・イロコイ保留地に私を連れて行ったらどうでしょう？　その後で、年中雨が降っているボストンの大学に――雨靴と傘を持って行かなければなりませんね……。それから、ロサンゼルスに、ビートニクを見に……。そんなふうにあなたは夢を見て、それからその夢を私に復唱し、それを小さな地図の上に青いペンで合衆国までおおまかに書きました――私が行く所すべてについての、ケルスコでのあなたの夢を……。あなたは、もうそれらの大学に手紙を書いたと言いました。そして、私は行くだろうというのではなく、行かなければならない、最後にそのツアーをサンフランシスコで、スタンフォード大学で終えるように、と……。そしてあなたは、私にどう思うか尋ねました。それは来年の話なので、私は「ＯＫ」、「ＯＫですとも！」と答えました。私は、来年もまだこの世にいるとは期待していなかったんです。自分は生きていない方が良いだろう、あの私のピプシがいなければ生きていたくないと、その頃は考えていたものでした……。「ＯＫ！」とその時、私はケルスコで叫びました。そして今、私はここに座っています。あなたは向こうのスタンフォード大学にいて、指に糸を持ち、その私の遠征を、その私の巡礼を、私の「オン・ザ・ロード」を、もう巻き取っています。「オン・ザ・ロード」はケルアックが書いたもので、大西洋から太平洋までの、大陸を横断するバスの旅についてのテクストです。卯月さん、私は今のところ、ここにいて、惨めで傷つき、下のムラーデク夫妻のところに行くのが怖い……私は彼らの見苦しい客なんです……。私がその黒い小さな門を開けると、何が見えたでしょうか？――蒸気、薔薇色の蒸気が、天井まで立ち上っていて、天井のそばで二つの黒い扇風機がゆっくりと回り、下には青いプールがあり、そこで裸のズザナが泳いでいたんです。それが彼女の習慣なんです――背骨のために、どこでも泳がなければならなかったんです。扇風機がゆっくりと薔薇色の霧をかき回し、アプリコット・アイスクリームがかき混ぜられるかのように電球が天井から光っていました……。そしてズザナは裸で、シャクヤクのような薔薇色で背泳ぎしながら、上に向かって私に叫びました――ハロー！　あなたも泳ぎに来てください。素敵な夜でした、あなたはぐっすりとおねんねしていましたね……。でも！　あの狂人みたいな卯月さんがもう電話してきて、あなたがよく眠れたかって、聞いていました。二人とも、くそくらえ！　あなたは彼女に恋していて、彼女はあなたに恋しているのね！　二人とも、くそくらえ！

ああ卯月さん、あなたはご自分のトゥーン＝タクシスの濠[17]を越えたんです！　私が航空便で小包を、アメリカの数十の大学の招待状を、受け取ったとき、卯月さん、私はあなたの不屈の才能と勇気があなたに跳ぶように強いたのを見ました。そして、あなたはそのお濠を見たにもかかわらず四つん這いになって倒れ、そして今、更に目的地に向かって進んでいます。そこでは、スタンフォード大学で私を待っていることでしょう……。そして今度はまた私が、トゥーン＝タクシスの濠を飛行機で越え、お濠に落ちただけでなく、危うく両足を折りそうになり、首を折りそうになったわけです。今、私はお濠に座り、先に進むために立ち上がります。もう、どうしようもありません。明日、私は黒メガネをかけ、眉に絆創膏を貼り、そしてウッドロウ・ウィルソン・センターで自分の朗読を始め、そ

(17) チェコのパルドゥビツェ競馬場のクロスカントリー型障害競走における最大の濠。

れからチェコ文学研究者たちや、私の人生、私の文学、私の世界観全体について尋ねる勇気のある人たちと、話をするでしょう……。実のところ、諸大学でのその私の講演――それは実のところ、あなたに話すようなものなんです！　だって、私たちはその青い糸で結ばれていて、それで私はあなたによって大西洋岸に引き寄せられているからです。つまり、私が明日言うことは、まるで今日あなたに言うかのようなんです……。私にとって、あのパルドゥビツェの大障害競走は、単に全く別のものに代わって語るシンボルではありません。私にとって、あの「大賞」だけでなく、主としてトゥーン＝タクシスの濠は、私に人生だけでなく世界全体を説明することのできる暗号なんです……。あのトゥーン＝タクシスの濠は、カール・ヤスパースが教えてくれたように、私にとって限界状況なんです。なぜなら、私であるところのものに私を引き入れるのは、私の運命だけでなく、私の意志でもあるからです……。ヤスパースが教えるところでは、実存のしるしは以下のものです――自由、決断、選択、伝達、堅固な意志、委ね、自己沈潜、全世界への開け、転換、絶対的意識、気分……愛……。卯月さん、あらゆる障害物や濠や柵を伴う、あのパルドゥビツェの「大賞」は、そのような私たちの人生や生存や思考と、どんなふうに関係しているんでしょうか？　どんなトゥーン＝タクシスの濠が、子供を思春期の子から分け、思春期の子を若者から分け、若者を成人男性から分け、少女を若い女性から分け、若い女性を成人女性から分け、成人女性を母から分け、成人男性を父から分けるんでしょうか？　誰もが跳び越えなければならない濠とは、どんなものでしょうか？　一生に一度だけ跳び越える濠、それを跳び越えることを習えない濠……。馬だって、トゥーン＝タクシスの濠を、一年に一度しか跳び越えないんです。だから、どの馬も、その濠を怖がります。もう忘れた頃になってから、年に一度、思い切って跳び越えるんです……。卯月さん、私は、自分がもうトゥーン＝タクシスの濠の向こう側にいて、今はもう、あなたの糸に導かれて安全に行けるということ、しるしのついたルートを通って目的地まで行き、そこで私たちは会えるということを、期待しています。私たちがフロレンツの地下鉄の駅で別れるときに、私があなたに上げた、あの赤いルビーの指輪をまだ持っていますか？

親愛なる卯月さん、あなたに挨拶を、幾つかのセンテンスを送ります。私は二本の指を自分の上唇に置き、上に動かして、あたかも手紙の封筒の対角線をなぞるように、あなたに挨拶を送ります――子供が好んで凧を揚げ、しっかりと糸を握って、空の凧に手紙を送るときのように……。あなたにもう一つ、去年のカルロヴィ・ヴァリ映画祭(18)でベルトルッチ(19)氏と握手している写真を送りたかったんです。あなたにお話ししなければなりませんが、一人の若い写真家が私の写真を撮ろうとしたときに、私は言いました――それじゃあ「ラストエンペラー」のやり方でバルコニーに集まろう、あそこは陽当たりがいいからね……。それで私たちがそこに集まり、カメラの準備をしていると、突

(18) チェコ西部の有名な温泉町カルロヴィ・ヴァリで開催されている国際映画祭。
(19) ベルナルド・ベルトルッチ（一九四一～二〇一八）。イタリアの映画監督。

然、テレビ局のスタッフが通って、バルコニーからカルロヴィ・ヴァリの町が見渡せる、向こうの後ろの方まで行きました。すると突然、何を目にしたことでしょうか？　ベルトルッチ氏が、その長いバルコニーを進んでいるんです。私は言います――おい君、カメラにフィルムは入っているだろうな？　今撮るんだよ、いいね？　いいですとも、フラバルさん……。そこで私は立ち上がり、高名な監督に手を差し出して……私のブロークンなフランス語で話します――ベルトルッチさん、私はあなたの映画に魅了されましたし、それ以上にあなたの記者会見に魅了されました。それから、ベルトルッチさん、あなたの目、それはあなたの目ではなく、シャルル・ボードレールの目ですね……。私はそんなふうに話しましたが、私の若いカメラマンが自分のカメラにてこずっているのを目にしました。ベルトルッチ氏は、まるで分かっていたかのように、身を傾けて、私の耳にフランス語でボードレールの「死体」の冒頭を囁きました……。「我々の体を惑わせた、その五月の朝よ、私の愛しい人よ、我々は何を見たか？」そして私と握手して、テレビ局のスタッフが立っている所へ歩いて行きました……。私は言います――撮れたか？　フラバルさん、私はバルコニーからあのコンクリートの上に飛び下ります、カメラがちゃんと動かなくて……。私は言います――でも君、落ち着け、ベルトルッチ氏はまた戻って来るはずだ、分かるか？　それで卯月さん、あなたも、そちらのサンフランシスコで落ち着いていていてください、我慢していてください、最後には、ざらざらした凧糸を伝う子供の手紙のように私は遠ざかって行きます、そして遠ざかる分だけあなたに近づいて行きます……。そして再会となるでしょう、わあ！

そして、あと幾つかのセンテンス……。それからベルトルッチ氏が戻って来て、私はまた立ち上がって言いました……。ベルトルッチさん、私はチェコの作家で、イタリアで私の本が何冊か出ています、住所を教えてくださいさい、あなたに本をお送りしますから、よろしいですか……。するとベルトルッチさんは住所を書いて、写真家は仕事をしながら微笑んでいました……。それから私たちは別れました……。私は言います――さあどうだい、撮れたかい？　撮れました、フラバルさん、撮れました……。親愛なる卯月さん、その写真を新聞から切り抜いてあなたに送りますね。忘れないように言っておくと、私の所には、この秋、全部で十二匹の雌猫と雄猫と子猫がいます。そんなわけでケルスコに行くと、猫に当たって躓きます。それでも結局、猫たちに餌をやったりミルクを飲ませたりします。私はあなたの思い出によって子猫を増やしたので、座ってあなたに手紙を書きます。外では葉が落ち、陽が輝き、樺の木はもう葉を落としたので、樹冠の枝を通して、ニューヨークの美しい小春日和のように美しく陽が輝きます。私は二十五年前にニューヨークに行ったとき、大西洋岸で日光浴をしていて、ブイの鐘が千匹の子猫たちのために弔鐘を鳴らすのを聞きました。そこでは子猫たちが桟橋の下のコニー・アイランドに残っていたんですが、誰も子猫たちの所にやって来なかったので、ビーチを横切って行って人間たちの間で何かを盗む勇気のある、何匹かのたくましい猫たちを除いて、次第に死んでいったんです……。でも、ここケルスコにはたくさんの葉があるので、あなたがここに来たら、もちろん、太陽に暖められた落ち葉にまた寝そべり、樺の木に寄りかかって、あなたの青いリュックサックを頭の下に置くことができるでしょう――中に五キロのチェコ英辞典が入っている、空のように青いリュックサックを……。ここは今、とても美しい秋で、葉が落ち、日に日にどの葉も色づいて透き通ってきます。樺の木のどの葉も、紙巻き煙草のように、煙草紙のように、とても柔らかくて、ついにはすっかり軽くなり、シルクのようになって、ついにはそよ風の中でぱらぱらと散り、樹冠全体が、私の樺の木たちの樹冠が、リストの「愛の夢」のように、あの中間部分のように、葉を散らします。あの中間部分では、上へ下へ、左へ右へと、指が鍵盤全体を走らなければなりません、ケルスコの樺の木の葉がまき散らされるように……。猫や子猫たちは遊び、飛び跳ね、その落ちて行く木の葉の郵便切手を捕まえます――夏が終わり、交響楽的に終わり、晩秋と初冬の雨や霧が多くて憂鬱な日々がやって来るということのしるしを……。やれやれ！　卯月さん、雪が降ったら、一緒に、私たち二人だけでモスクワに行きましょう……。彼もまた、モスクワ郊外の自分の別荘に住んでいました……ク[20]が住んでいた所へ行きましょう。車を借りて、詩人のボリス・パステルナーケルスコのような地方に住んでいました。そこにも樺の木と松の木が生え、小さな畑もあり、そこで彼は、私と同じようにジャガイモを育てていたんです。でも、それから、彼が自分のために選んだ墓地へ行きましょう。そこでは、たとえ雪が胸まであったとしても、彼の墓までの道は雪が掃かれているでしょう。そこには石があって、それが里程標石のように突き出ています。そして、その石の楕円の中に、詩人の顔のレリーフが、パステルナークの横顔が、あります。アンナ・アフマートヴァ[21]の詩に基づいて、あるモスクワの女流彫刻家が作ったものです……。そして彼の顔は、馬を連れたベルベル人に似ていました……。ああ！

でも卯月さん、「満足国」を巡る私の旅について、私は更に幾つかのセンテンスを続けたかったんです。ただ、あの「幾つかのセンテンス」[22]――「二千語宣言」[23]の続きのようなもの――で、私はまだ頭が一杯です……。そしてまた、それは、数千人が「幾つかのセンテンス」に署名したプラハ、中欧なんです。けれども、その「幾つかのセンテンス」は、硬直した教条主義に賛成する人たちと、創造的な教条主義に賛成する人たち――つまり我が国の政治的な、それ故にまた文化的な生活において、変化を望む人たち――にとって、試金石になったんです。そして、そこにはまた多くの叫びがあり、抗議があり、私がその「幾つかのセンテンス」に署名しなかったためだけに私が裏切り者だという、私に対する怒号もありました。そして私は、「黄金の虎」の酒場で表敬訪問を受けることにさえなったんです。あのお人好しのヴァーツラフ・ハヴェルが、私の所に来ると書いてきたんです。けれども、私は六時に友人の所で夕食を共にするために去り、ハヴェルはようやく七時過ぎになってか

(20) ロシアの詩人・作家（一八九〇～一九六〇）。
(21) ロシアの詩人（一八八九～一九六六）。
(22) 「憲章七七」のグループによって一九八九年に発表された文書で、自由と人権に関する七つの基本的なテーゼ（センテンス）を掲げたもの。
(23) 一九六八年に作家ルドヴィーク・ヴァツリークによって起草された文書で、「プラハの春」の改革運動を守るべきことを唱えたもの。

ら「黄金の虎」の酒場にやって来たんです。そして、私の友人たちは私の敵になり、「黄金の虎」の酒場で私を探して怒鳴りさえしました――あの裏切り者はどこだ？ そして、私はむしろ裏切り者でいました。だって卯月さん、私はその土曜日の午後にヴァーツラフ・ハヴェルにも言ったんですが、その午後、私は千人の人たちと一緒にフランス大使館の庭園でフランス革命記念祭を祝っていたからです。私は彼に言いました――そうだね、ヴァーツラフ、僕はその時「黄金の虎」にいたならそれに署名したかもしれない、けれども、今はもう決してしない。なぜか？ だって僕は、この十一月に出ることになっている八万部の『あまりにも騒がしい孤独』を「幾つかのセンテンス」への署名と交換しようとは思わないからだ、八万部のミラン・ヤンコヴィチ[24]の「あとがき」をその「幾つかのセンテンス」と交換しようとは思わないからだ……。だって卯月さん、実のところ、私がこの世にいるのは、『あまりにも騒がしい孤独』を書くためだけだったんです。スーザン・ソンタグ氏[25]が、これは二十世紀文学のイメージを作る二十冊のうちの一冊になるでしょう、とニューヨークで私に言った、あの『孤独』を……。それで私は、署名しなかったんです。それは、私が「二千語宣言」に署名しなかったのと同様です。その時に署名したくなかったからではありません。ヴァツリークはあの「二千語宣言」を持って『文学新聞』のオフィスを駆けて来て、言いました――ボホウシュ[26]、ここに署名してくれ……。そして、私にペンを渡しました。私は、その「二千語宣言」が空白でも署名したことでしょう……。けれども、ヴァツリークは急に言ったんです――何にも署名するな、でも三日以内に、『プラウダ』について何か書いてくれ……。それで私は、『プラウダについての劇』を書いたんです……。そしてそのエッセイは結局のところ、私の署名の代わりになりました。ちょうど、私の『魔笛』が「幾つかのセンテンス」への署名の代わりになったように……。ヒヒヒ。

(24) チェコの文芸学者（一九二九〜二〇一九）。フラバルについての評論がある。
(25) アメリカの作家・批評家（一九三三〜二〇〇四）。
(26) 「ボフミル」の愛称形。

競馬の競走路での三本足の馬

親愛なる卯月さん

メダ・ムラートコヴァーさんの家は、六匹の猫と四匹の犬の家で、ひたすらチェコ美術についての会話の家でした。メダ夫人はソヴィネツ城(1)一杯のチェコ近代造形芸術家たちを知っているばかりでなく、ほとんどその全員が彼女の家に宿泊し、寸志として自分の作品を彼女に送ったり残していったりしているんです。私はあまり外にも出ず、ただただ、中欧出身の画家や版画家について、また若い芸術家たちのアッサンブラージュやコラージュについて、メダ夫人が書いたものを、あるだけ読んでいました。そして私は主に、フランチシェク・クプカに驚いていました。どの壁も彼の作品で一杯

(1) チェコの村ソヴィネツにある城で、モダン・アート・ギャラリーが併設されている。

で、そのすべてについてメダ夫人は、モラヴィア・スロヴァキア地方[2]のフォークロアから導き出すことができると主張していました。彼女は、指でガラスをなぞり、優しくその話をしました――これは、踊っている二人のモラヴィア・スロヴァキア人の女です、彼女たちの動きが見えますか？……私にはそれが見えました、それは美しい家でした……。夜、私は耳に柔らかいパンを詰めました。エアコンが唸るような音を出していたからです。昼間は、メダ夫人が私に講義をして、アドリエナ・シモトヴァー[3]、オットー・グートフロイント[4]、イジー・コラーシュ、その他数十人の作品の写真を全部、私に見せてくれたので、その分ましでした。私が、ヴラヂミール・ボウドニーク[5]もご存知ですか、と彼女に聞くと……彼女はすぐに階段を走って保管庫に行き、埃を被ったファイルを持って来ました……。そして、そこには本当に、三十五点の最も美しいボウドニークの作品があったんです……。私はまた、メダ夫人が購入した、それらのチェコ現代美術のすべての作品が置かれることになる二軒の家も見ました。メダ夫人はそれをチェコスロヴァキア国民に、寸志として贈るんです……。卯月さん、この「満足国」では、私がギビアン氏[6]に招かれたイサカ市のコーネル大学のように、本当にお金持ちの人々が寸志として国民に大学を贈るだけではありません。シュチェパーンスカー通り[7]にタイプライターや複写機の店を持っていた一家出身の、あのギビアン氏です。そこの空き地の壁にはまだ、「ギビアン」という彼らの住所が、斜めに書かれています……。卯月さん、同じように、私がシカゴで接待者の農園に行ったとき、そこに、大工だった男が建てた、金メッキを施したピラミッドが建っていました。彼はガレージ造りで非常にお金を稼いだので、最初に、自分の墓として正確なピラミッドを建て、最後にその全体に金メッキをしてもらったんです……。人々にガレージを造り、その後、国民にそのピラミッドを遺した大工にして博愛家……。メダ夫人も同じように、芸術作品で一杯の二軒の家を遺すんです……誰にか？　国民に……。卯月さん、もちろん私は、彼女の家で、もう不眠の道に入りました。昼間もやはり眠れなかったからです。それどころか、私たちは互いに大声を上げなければなりませんでした。家の前で、三人の男たちがドロップ・ハンマーで交差点の下三メートルの深さに入り込もうとしていたからです。その男たちは、我が国でトラクターの操縦者が付けているような消音器を、耳に付けていました。朝から晩まで、土曜日も日曜日も、その騒音で自分の耳が聞こえなくならないように……。

けれども、卯月さん、私は危うく、なぜワシントンに来たのか忘れるところでした！　私はウッド

(2) チェコのモラヴィア地方南東部の、スロヴァキアの影響の濃い、民俗誌的に際立った地方。「スロヴァーツコ」ともいう。
(3) チェコの画家・彫刻家（一九二六〜二〇一四）。
(4) チェコの彫刻家（一八八九〜一九二七）。
(5) チェコの画家・彫刻家（一九二四〜六八）。
(6) ジョージ・ギビアン（一九二四〜九九）。チェコ出身のアメリカのスラヴ文学者・コーネル大学教授。
(7) プラハ中心部の通り。

ロウ・ウィルソン大学でたくさんの人々と、特にチェコスロヴァキア人と、知り合いになりました。彼らは、私の声を録音さえしました……。ここのウッドロウ・ウィルソン・センターには、非常にたくさんのエレベーターと歩道、そしてまたエレベーターで連れて来られたので、自分がペンタゴンの建物の訪問客であるような気がしたものです。更に、彼らには私の声が気に入らなかったので、私はもう一度読まなければなりませんでした。私は一人でガラスの中に入れられ、私を連れてきた人々が両手のすべての指を使って、私のおどおどしたしゃがれ声を録音する機械を動かすのが、見えました。私は指紋も取られるだろうと、強く確信しました……。そこにいた男の人たちはみんな礼儀正しく、きちんとした服を着てネクタイをし、髭を剃っていて、どのオフィスも、どの廊下も、どこもかしこも、行き届いた清潔さに輝いていました……。夕方になり、ムラートコヴァーさんとその夫と、アルノシュト・ルスティクと彼の息子のペピチェクが、再び廊下を通って私を連れて行き、教授たちに私を紹介しました。そこの空気は、教養と書物と廊下のワックスの香りがしました。私が行く先々で、前でエアコンの唸る音がして、後ろでエアコンが遠ざかってゆき、ついに私は換気装置に包まれました。それはとても騒がしく聞こえたので、その時から人生の終わりまで、私の頭の中で唸り続けるだろうと確信したほどです……。そこには私の通訳者と、きれいなご婦人もいました……。それから私は、巨大な部屋に連れて行かれましたが、それはフリーメーソン支部の会議場か豪華な映画館に似ていました……。それから、若い人々のいるバルコニー――幸いその若者たちは、ジーンズを履いていました。アルノシュト・ルスティクは、あれは自分の学生たちだと言いました……。そして拍手……。私は共感を得ました。なぜなら、私は片目と額を擦りむいていて、目の下には赤紫色の丸ができていたからです。あたかも私が馬を追いかけていて、誰かがふざけて撃ったかのようです……。そして、私は一体どんな服を着ていたでしょうか？　卯月さん、私は、外国製品販売店《トゥゼックス》で買った、ストライプの入ったウールのズボンを履いていました。メダ夫人の手伝いをしていた女の子のうちの一人のアラブ人が、私のズボンの裂け目を縫ってくれました。それから私は、ストライプの入った青いシャツを着ていました。オーストリア・ハンガリー時代に田舎の寝床によくあった羽根布団のように見えるシャツです。私がミラノで記者会見をしたときのシャツです。ミラノでコルドゥアス氏(8)と一緒に『あまりにも騒がしい孤独』を出版したときのシャツです。『コリエーレ・デラ・セラ』紙の代理人は、非常に根本的な質問を私にしました――とてもきれいなシャツですね、どこでそのシャツを買ったのですか?……。私は答えました――これを買ったのは、キプロス島の……ラルナカの……メインストリートでです。いいですか、キティオンの哲学者ゼノンが生まれた所、今日のラルナカです……。そして私は、卯月さん、シュールレアリストたちに敬意を表して、小さな青い蝶たちがちりばめられた緑色のネクタイをしていました……。更に私は、金色のボタンの付いた、暗い青色の軍艦服のコートを着ていました。それは、ジャーチェク准教授が、私の旅行用にくれたものです。去年の

（8）セルジオ・コルドゥアス（一九四六〜）。イタリアのチェコ文学者。

四月二十二日に、クルショヴィツェ・ビールのビヤホール「ウ・ハーク」の酒場で――そこは今では「ブルチャールカ」あるいは「緑の実験室」と呼ばれていますが――私たちはジャーチェク准教授と一緒に、二十世紀の観点から、ヨーロッパの心臓部で、プラハにおいてプラハのために、ソクラテスの命題を熟考しました――「私は、自分が何も知らないということを知っている」……。私たちは熟考しました……。「私は、自分が何も知らないということを知っているようなふりをしている……」。こうして私たちは、ソクラテスのアイロニーを、古代からキリスト教を通して、創造的な社会主義にまで移したんです……。

卯月さん、こうして私は、ウッドロウ・ウィルソン・センターでスタートしました。その時ズザナは、聴衆の中に座って、こわばっていました。というのも、私が何も準備していなかったからです。私が書いた講演原稿を持っていなかったからです。けれども、私はどこでも即興で話をしてきて、アメリカ「満足国」でそれを変えなければならない理由が分からなかったんです……。最初に若い男が導入の話をしたんですが、彼は書類を斜めに見てから、あたかもそらで講演をしているかのように話しました――私がどこで生まれたか、文学における乳母ということだと思いますが、私の乳母は誰だったか、といった私のポートレートです。それから彼は言いました――アルノシュト・ルスティクが訳してくれたところでは、フラバル氏がここにおられるのは大いなる名誉です、と……。私は、恥ずかしいようなふりをし、手の平を振って、その名誉をアウトにしました。私は写真を撮られていたので、言われるがままに、横顔を見せるように立ちました。一つには、私は横顔だけが似合うと知っていたからです。もう一つには、その怪我した眉と額を背けようとしたからです……。それから、私への拍手が起こりました。そしてその儀式が始まったんですが、私はそれにぎくっとしました……。『私は英国王に給仕した』のチェコ語の魅力を聴衆が味わえるようにと、私がその一部を朗読し始めたんですが……そのテクストにぎょっとして、冷や汗が出てきました――そのすべては私のインチキだ、このテクストはまだ加筆しなければならない、そこには間違いが一杯ある、恐らく天だけが私の味方だろう、多分ウィルソン氏が――彼はプラハに来て、プラスティック・ピープル[(9)]と一緒に演奏したせいで、プラハから追放された人ですが――そのウィルソン氏の翻訳が、彼のその翻訳だけが、その私の会話体のテクストを耐えられるもの、受け入れられるものにするだろう……。私は驚き、ぎょっとしました……。私の声はひきつり、つかえました……。それから、私は黙りました。それから、アルノシュト・ルスティクが、同じ個所を、今度は英語で朗読しました。私はまた拍手を受けましたが、なぜ、何に対してなのか、分かりませんでした……。ディラン・トマスがアメリカで自分の詩と他の詩人たちの詩を朗読したとき、ディランの声の物凄いスケールと、パイプオルガン並の響きが、見知った文の律動において新しい音楽を明るみに出したんです……。ああ卯月さん、

(9) 正式名は The Plastic People of the Universe。チェコのアンダーグラウンドのロックバンド。共産党政権下で弾圧された。

それなのに私ときたら、もぐもぐ言って、みんなが私を見つめているのを、間違ってここに入り込んでしまった作家として私のことを見ているのを、見たんです……。私は更に拍手を受けました。そして私は、卯月さん、あの糸が、私をあなたと結びつけている私たちの糸が、どこかで絡まって切れてしまったという気がしました。メダ夫人は、やや前屈みになって私に耳を傾け、厳しい座長の顔をして私を見つめていました——何も私に容赦せず、私に評価を下して咎め、私が彼女の家に泊まるように勧めたことを後悔しているかのように……。私を知る前に、私が彼女の家に泊まることを名誉と見なし、今はそれを後悔しているかのように……。ズザナだけが笑って自分の爪を噛み、私が少しは懲りることを、ちょっと望んでいるようでした。そして間接的にあなたも、卯月さん、私たちをこの旅に誘い出して、あなたが考え出したこのツアーを書面で取りまとめたあなたも、少しは懲りることを……。そしてあなたは、ディラン・トマスが書いているように、美しい名前を持つ三本足の馬に賭けたんです……。卯月さん、ここで私は理解しました——なぜ詩人たちは自分の詩を朗読することができなければならないのか……。ここで私は理解しました——なぜ古典作家たちは二百年かそれ以上、修辞学を講義していたのか、なぜエセーニンやマヤコフスキー(10)が、自分の詩を轟かせることができなければならなかったのか、なぜ私がブリュッセルでエフトゥシェンコ(11)の轟くような声を聞いたとき、ブリュッセルでエフトゥシェンコに耳を傾けた者みんなと同じように、その声だけで、私はロシア語ができませんが、その声で、音楽のように魅了されたのか……。卯月さん、そんなふうに私はちっぽけでした、そんなふうに私はどん底にいました——美しい名前を持つ三本足の馬……。パルドゥビツェの大賞について、トゥーン＝タクシスの濠について、いつも示唆していた私が！

親愛なる卯月さん、こうして今、その私の三本足の馬は、けれども美しい名前を持つ馬は、濠に跳び込んでしまいました。私はあなたに、この暖風の吹く秋の日の印象のもとに書いています。あなたに言わなければなりませんが、あの美しい震えるような暖風が、今また吹いています。はるばるリビアからケルスコまで飛んできて、乾いていく葉を色付け、空のコバルトブルーを高くし、自殺と偏頭痛と心の罅割《ひびわ》れを多くする、あの風です。ケルスコの森の暗い木陰で温度計は二十二度を示し、強い日向ではそれだけ更に色が際立つんです。その暖風が大洋を越えてアメリカにまで——あなたも暮らして働いている所にまで——吹くことを、私は知っています。音の聞こえるその暖風、それは、私たちを結んでいるあの糸の別名であることを、知っています。私は今、あなたにメッセージを送ります——今、そしていつでも、どこにいても……。だって、私はあなたのことを考えていて、あなたが私のことを心配していること、毎日私に電話をかけてくること、そしてズザナがあなたに怒鳴ることに、驚かないからです——二人とも、くそくらえ……。それは素敵です。私はそれを聞くと、いつも電話のそばに行って耳を傾け、あなたの声が聞こえます。けれども、私もあなたも、電話で何

(10) ウラジーミル・マヤコフスキー（一八九三〜一九三〇）。ロシアの詩人。
(11) エヴゲーニー・エフトゥシェンコ（一九三三〜二〇一七）。ロシアの詩人。

かを言う勇気がありません……。卯月さん、こうして私は、暖風のプラハに出かけ、そこで最初の橋塔のもとで、たむろして上を見上げている人々と同じように、そこの上に石灰でこう書かれているのを見ました——「幾つかのセンテンス」とは何のためか？　一つのセンテンスで十分だ——「くそくらえ！」。卯月さん、こうして黄昏時に、暖風の吹く黄昏時に、カレル橋の上で歌ったり議論したりしている若い人々の集団を見に出かけたとき、私は何を見かけたでしょうか？　——そこの橋塔に、三人の登山家たちが注意深く、一足一手ずつ、ゆっくりと登っていたんです。三人の登山家たちは、人を力づけるようなその文字が輝いている所までゆっくりと登り、それから砂岩のブロックをごしごしこすり始めました……。でも、その登山家たちは、鋼鉄製のタワシがその「くそくらえ！」を完全に消すようにやり始めたんです……。そして卯月さん、それは、ウッドロウ・ウィルソン・センターで休憩があり、その時私が急にあなたのことを思い出し、あなたがその指で、私の鼻孔を通っている糸を少し引くのを感じたときのように、私を力づけました。そして、死にかけていた私は起き上がり、ライナー・マリア・リルケのセンテンスによって蘇ったんです——「何事もなかった、何事もなかった」……。そして、私は「満足国」の首都で、それに加えて自分にこう言いました——おまえは男じゃないか！　それから大学の来場者たちは私に質問をし、死にそうだった私は起き上がり、もう座っていられず、立ち上がって、手で私の考えを指揮し、自分自身を指揮しました。そして、みんなが非常に重きを置いた、「ヴァーツラフ・ハヴェルをどう思いますか？」という質問に対して、私は、もうそれが分かっていたので、大声で笑って言いました——彼は二つの神話を復活させたんです……。一つはプロメテウスの神話です。ハヴェルはプロメテウスと同じように、神々から火を盗み、それで今は監獄にいるんです……。そして、もう一つはソクラテスの神話です。ソクラテスは学生たちをならず者にして、死刑の判決を受け、亡命することができたにもかかわらず、毒ニンジンを飲んだんです……。一方、ヴァーツラフ・ハヴェルは、「満足国」へと去る代わりに、自国の豚箱にいて、刑務所から戻ったら反体制派たちに何と言おうかと考えているんです……。すると卯月さん、すぐに私は言葉尻を捉えられました。そして――あなたも自分を反体制派と感じていますか？　私は、手を挙げて叫びました――なんでそうではないでしょうか！　私は既にベオグラードで、この質問に答えていました――作家は感じるだけでなく、傍らにいる者として……脇から見たことについて、声を上げて言わなければなりません。あなたが大学教育を受けているならお分かりでしょうが、哲学者になれるかもしれないと考える者の義務は自分の考えていることを声を上げて言うことだとプラトンも教えたように、それを言うんです。私の母国における最大の酔っ払いにして作家だったヤロスラフ・ハシェクが、反体制派になることは「穏健な進歩の党」に入ることの始まりだと私に教えたように、それは私の義務です。ご存知の通り、ハシェクは既にオーストリア・ハンガリー時代に、その党を創設しました。そして今ようやく、その声を上げて言うことだけでなく、ペレストロイカとグラスノスチという形で、それは今ようやく、ロシアにも至りました……。では、検閲についてはどう思いますか？――と、眼鏡をかけた神経質そうな男が私に尋ねました……。私は言います――検閲は今もあるし、過去にもあったし、未来にもあるでしょう。私自身、検閲なしには済ませられず、一行も書けません。というのも、私は因習と憶病に向かう傾向があり、ふさわしくないことを言うからです……。「ブルジョアの度胆を抜け！（Epaté le bourgeois!）」――でも、それはあったんです！　今、ブルジョア的道徳が、共産党にも潜り込んだんです……。それで、フラバルさん、あなたは共産党員でしたか？　今はそうではありません、でも、かつてはそうでした。一九四五年の後すぐに、入党しました。私は入党申請書に、こう書きました――ヴィーチェスラフ・ネズヴァル、コンスタンチン・ビーブル、カレル・タイゲを読んだこと、シュールレアリスム宣言、アンドレ・ブルトン、ルイ・アラゴン、その他の人たちが、世界革命と共産主義者だけが世界を救うだろうと、私に確信させた……。けれども、ご覧なさい！　一年後に、ネズヴァルはもうシュールレアリスムに賛同しなくなり、その他の人たちもそうでした。それで私は、ヌィムブルクで共産党に書きました――私を党に導き入れたのと同じ理由が、再び私を党から引き出します……。それで、私は除名されました。けれども！　聖体のかけらの中にキリストの全体があるように、共産党員の何かが私の中に残りました、名高い詩人でコラージュ作家のイジー・コラーシュのように……。コラーシュは共産党に入って、『私はなぜ共産党員か』という小冊子さえ書きました……。そしてご覧なさい、ついに投獄され、ただただスターリンが死んだおかげで、コラーシュは監獄から出たんです……ほかにご質問は？　すると、ある上院議員が私に質問したんですが、彼はすぐに自分で答えました――フラバルさん、私はヴァーツラフ・ハヴェルに、彼が望む本を送ってきましたし、今も送っています。あなたも何かご希望はありますか？　私は言います――いいえ、全く。私はもう七十五歳になりますが、まだジョイスの『ユリシーズ』も、聖書も、きちんと読み終えていないんです。でも、我が国には情報を望んでいる若い人たちがたくさんいます。すみませんが、私に名刺をいただけますか？　そうすれば彼らは、何をどうして欲しいか、あなたに手紙を書くでしょう……。それから、あなた方の国ではセックス革命とセックスの自由はどうなっていますか？——と、若い男が私に質問しました。私は言います——残念ながら、まずいですね。若い人たち、学生たちは、結婚しますが、二十三歳でようやく旗を持って、「スパルタ万歳！」「スラーヴィエ万歳！」[13]と飛び回ります。けれども、家ではもうベビーカーに、子供が二人いるんです……。この国の若い方々、あなた方が羨ましいです、十年以上前のあなた方のセックス革命が……。それは大学でもありましたね、そこでフリーセックスが行われて、そしてご覧なさい、今ここにはエイズがあります。それは、セックス革命の後です。あなた方若い男たちが女の子の所に行って、彼女があなた方のことを知らないときは、あなた方はエイズではないという医師の証明書を彼女に差し出さなければならない。それは、私にとっては厄介です、ねえ！……フラバルさん、あなたはここに長くおられるわけではありませんが、私たちが知っているように、あなたはもうここにいたこともありますね……。何があなたの関心を惹きましたか？　ここ

(12) チェコ・アヴァンギャルドの批評家（一九〇〇〜五一）。
(13) スパルタもスラーヴィエも、チェコのサッカー・チーム。

で何に喜びを感じますか？　私は言います――プラハにいるときと同じで、私は黒人と、一般に有色人種が好きなんです。彼らは派手な服を着ることができて、きれいに歩くことができて、ヴァーツラフ広場とナ・プシーコピェ通りを通るときに、強いアクセントを与えます。黒人がいなければ、アメリカはアメリカではないだろうと思います。では、スポーツ選手はどうですか？　音楽家はどうですか？　歌手はどうですか？　プラハにいるときと同じで、私は彼らがみんな好きです。更に、驚くことなかれ、プラハで、私はベトナム人が好きなんです。ベトナム人は、合衆国から来たかのように、きれいな服を着て歩くことができます……。それから、小さなプリンセスのような姿をしていて、ダンサーのようで、趣味が良くて、ここで黒人がそうであるように、彼らはプラハの飾りなんです……。私はリベニ区[14]でジプシーの間に二十五年間暮らしてきたんですが、ジプシーの人たちには謝ります。彼らは、私のテクストの中ではいつもヒーローやヒロインのようです……。私は知っていますが、彼らはここの黒人たちと同じように、少しばかり不作法なところがあります……。彼らはストレスに満ちた雰囲気と状況の中にあって、病気、梗塞になりやすく、あまり働きたがりません……。それで、いいですか、昨日私はこんなことを聞いて、嬉しかったんですよ――黒人のパパが五人の子供を見捨てたとき、一番上の息子が着払いで拳銃を送ってもらい、パパを撃ち殺したというんです……。皆さん、そうあるべきでしょう……。ここワシントンでは、銃声を聞くことが少ないと思います……。同時に、黒人もジプシーも、みんな、楽譜を知らずにヴァイオリンを弾く傾向があり、彼らの子供たちはきれいな目をしていて、節目となる根本的な状況、誕生や死、結婚や祝祭を、子供のように神妙に尊ぶことができます。それから、ジプシーたちは、別荘には行きません。というのも彼らは別荘を持っておらず、黒人と同じように、土曜日と日曜日を町で過ごすからです。彼をバン！　ママと子供たちを見捨てたパパは死んで横たわり、パパの死を泣いて悲しむのは一番下の子供だけです。まだそれがよく分からないからです……。でも、フラバルさん、ワシントンで本当に気に入ったものは何ですか？　私は言います――今は春だということ、百万本の黄色い水仙の花を見たことです。空き地があると、そこには芝生があり、そしてそこには百万本の水仙があります……。私は知っています、大統領夫人、ジョンソン夫人のことですが、彼女は水仙が好きで、百万本の黄色い水仙を買ったんです……。それから、ナイアガラの滝とて、ポトマックの滝には敵《かな》いません！　それは美しくて、引き込まれそうになりますが、私はどうにか跳び込まずに済みました――フランツ・カフカが、旧市街広場の建物の六階から飛び下りたかったように……。そんなふうに私は、ポトマックの滝に跳び込みたくなりました……。それから、私はこう質問されました――あなたのご意見では、あなたの祖国で一番美しい引用は、どんな文章ですか？……私は言いました――あの一九六八年の後に、ボルコフスキー[15]教授が、私たちを聖ヴィート大聖堂のトリフォリウムに案内したんですが、そこ

(14) プラハの地区。
(15) イヴァン・ボルコフスキー（一八九七～一九七六）。ウクライナ系のチェコの考古学者。

には六十メートルの高さの所にルクセンブルク家全員の胸像があり、更には大聖堂の作者であるアラスのマティアーシュ(16)の胸像まであります。彼は、あの時代には、良い建築家であるだけでなく、彫刻家でもなければなりませんでした……。そうして私たちは、聖ヴァーツラフ礼拝堂の上の所にまで来ました。そこでボルコフスキー教授は、私たちにこう言ったんです――ここは一番音響がいいんです、ここで少年少女合唱団が歌うんです……。これで私たちのトリフォリウム・ツアーは終わりますが、私たちの目を引くことがあって、プラハ城からレストラン「雄猫」の方へネルダ通りに行くと、そこのシュヴァルツェンベルク宮殿の下の曲がり角の所に、刷毛を使って石灰でこう書いてあるんです――「露助くそくらえ、俺の石灰がなくなる!」すると、大聖堂の下の方で、ガイドさんの声が聞こえました――皆さん、お願いです、自制してください、深刻な時代なんです。ここは筒抜けです。私はここで、フムポレツ(17)から来た巡礼者たちの案内をしているんですよ! すると、ボルコフスキー教授は大聖堂の深みを指して、素っ気なく言いました――どうです、音響がいいでしょう?……で、これが二十世紀の美しい引用です――「露助くそくらえ!」……そして皆さん、ご覧の通り、これはアネクドートと同じように、民謡と同じように、匿名の民衆の表現です。私の祖国で何か価値のあるものはすべて、匿名なんです。すべて、平凡な人々が考え出したものです。それで私は酒場を飲み歩き、平凡な人々が言った本質的なことをすべて集めて、それを文学の中に入れるだけなんです。だから私は作家というよりも、むしろ記録者なんです……。それからまだ、大学の主催者や来賓が質問をしました――ヨーロッパの心臓部のプラハで一番良い現代作家は、誰だと思いますか?……私はためらうことなく言いました――それは、元は哲学者フィシェルだった、エゴン・ボンディ(18)です。すると、こう聞かれました――何か彼の美しい詩を朗読してもらえますか?……私は咳払いをして、ディラン・トマスを思い出し、朗読しました――今日も昨日も日曜日も、すべてはくそにまみれ、ソビエト映画だけが科学的なのだ……。

そして卯月さん、私は立っていましたが、もうだいぶ前に、金色のボタンの付いたジャージーの水兵服を脱いでいました。小さな青い蝶をちりばめた、シュールレアリスム的な緑色のネクタイは、私の言葉のリズムに乗って、ひらひらと舞いました。「満足国」の首都での私のシンポジウムの主催者たちは、その後で私に言いました――チェコスロヴァキア共和国で作家たちが享受しているそんな自由は、予想外でした。私たちの方が、あなたの多くの文を検閲するかもしれません……。私は言いました――ディラン・トマスは、アメリカで一時間半にわたって自分の詩を朗読したとき、人々がいまだかつて聞いたことのないほど感動的な朗読者でした……。けれども、注意してください、その後で詩人は非常に無作法な物言いをして、教授陣の中のご婦人たちに、年齢に関係なく、酔っ払った

(16) フランス出身の建築家・彫刻家(一二九〇?～一三五二)。プラハの聖ヴィート大聖堂の建築に携わった。
(17) チェコの町。
(18) チェコの哲学者・詩人・作家(一九三〇～二〇〇七)。本名ズビニェク・フィシェル。

恋の提案をしたんです……。でも私はそれを、既にメダ・ムラートコヴァーさんのところで済ませました。そこで、私のためのパーティーで私が酔っ払って座っていたときに、あるご婦人に、あなたを喜ばせてあげましょう、いつかあなたを突っつきたい、と言ったときにね……。

それから休憩になりました。私の聴衆――主として、六年間テレジーン(19)の強制収容所にいたので決してドイツ語を話さない私の友人のアルノシュト・ルスティクが講義をしている映画学部の若い学生たちですが――その若者たちは、気品のある教授たちや編集者たちやそのご夫人たちと自分を区別するために、ジーンズを履いてよれよれのセーターを着ていました。女の子たちは、ジーンズのようなズボンと明るい色のブーツと白いシャツを身につけ、その上に、手編みのような、大きな留めボタンの付いたセーター――ワシントンは暖かいというより寒かったのでウールのセーター――を着ていました……。その女の子たちは笑うのが好きで、私の後ろのどこかで笑ったとき、いつも私は、それは男の子の笑いだと思いましたが、振り返って見ると、その粗野な笑いは繊細で華奢《きゃしゃ》な女の子たちの笑いだったんです。ところで卯月さん、あなたも男の子のように笑うのが好きですね。それは多分、そういう女の子の笑いのスタイルなんでしょう――ジェイムズ・ジョイスのある章の中のオーモンドのバーでのように、遠慮なく大笑いするというのは……。ケネディ嬢とドゥース嬢が客たちとお喋りしているときに、遠慮なく、どっと笑い出すんです……。

そして卯月さん、概して、アルノシュト・ルスティクが連れて来た若い人たちはみんな、私には信じられないくらい若く見えました。私は、彼らが大学生だということ、実際に勉強しているのだということを、彼らの顔からやっとのことで確かめられました。彼らの顔は率直で、笑顔一杯で、むしろ若いサッカー選手たちのように、プラハの若い労働者たちのように、見えました――労働者たちが、チェーカーデー[20]の午後のシフトの後で、シャワーを浴びてから「ハルファ」の酒場にビールを飲みに行くときのように……。一方、若い教授たちや主催者たち、もう長年いる人たち、彼らはみんな、私の接待者のムラーデク氏のような紳士でした。ムラーデク氏はかつて、チェコ政府が預金をしていた銀行の管理をしていましたが、時々詩を書いていて、ある時、猫についての二行連句を書いたんです……。私は馬鹿なので、その詩を忘れてしまいましたが……。ムラーデク氏には、いつも彼を待っている雄猫がいて、その猫は彼の首の周りに巻きつき、二人はエレベーターで上に昇り、朝になるとまた下に降りて来ました。降りて来る時に、下の部屋から見ていると、エレベーターが最初に足を膝の所まで運んで来て、それからムラーデク氏の胴体、それから彼の美しい頭を運んで来ますが、首の周りには彼の好きな雄猫がいるんです……。ここの大学で、ムラーデク氏はエレガントな紺色のスーツを着て、水色のネクタイをしていて、髪には分け目を付け、軽くポマードを付けていました。そして際立って素敵な、そこにいたすべての男性の中で一番素敵な男性でさえありました。一番美しくて、物静かで夢想的な人で、言葉少なに口を開くときは微笑みました。というのも、イギリス的なユーモ

(19) ナチス・ドイツの強制収容所があったチェコの町。
(20) 社会主義時代にあった鉄道車両などの製造企業。

アを身につけていたからです。そのユーモアはただ口調と、返事をする対象の意味を少しずらすことだけにあります……。私の作品をすぐに翻訳していた若い男性は、私に会えたことを喜んでいて、私がアイラインを塗ったひどい目と割れた眉や額をしていたことも喜び、私がディラン・トマスのように見えないことを喜んでいました。ディラン・トマスについて、『空中ブランコに乗った若者』[21]の著者は、ディラン・トマスは合衆国にやって来たとき、蒲団を敷いた寝床のように見えた、と言いました……。私は彼を宥めた——大丈夫、うまく剝がすから……。それから、ルスティク家の息子のペピチェクがその会で『断髪式』[22]の映画を上映するための準備が、もうすべて整いました。開始前に、私は言いました——これは自伝的な告白なんですが、メンツル[23]が青少年向けの、実のところ子供向けの映画として撮ったものです。というのも、私たちの中欧では、もう子供たちも、祖国と党へのラブ・ストーリーについての教育だけでなく、性生活についての教育も受けているからです……。こうして、ワシントンのウッドロウ・ウィルソン・センターで『断髪式』が上映されました。次第に聴衆の半分が姿を消し、メダ夫人もついに私の後から出て来ました。私は『断髪式』の映画を何度も見ていたので気分が悪くなり、座ってメダ・ムラートコヴァーさんと一緒にビールを飲みました。彼女は私に言いました——あなたが持ちこたえたのは、まだしもでした。あなたの答えの中には、訊かれた事柄への返答は一度もありませんでした……。もちろん、それは文学で、あなたの例のお喋りでしたが、あなたが道化師でないのは残念です。それでも、実際あなたは道化師でした……。私はビールを飲み、私の談話会の客たちのために準備されたものを指で食べました……。ムラートコヴァーさんはそれから、彼女が中欧研究の仕事をしているということ、モットーは「不安」[24]、あのグートフロイント氏の像になるだろうという話をしました……。本当ですか？――と、私は驚いて訊きました。するとムラートコヴァーさんは、ますます熱心に、自分の食欲とジャスチャーと共に、中欧の美術家たちを私に描いてみせたんです。あのソヴィネツ、あのアドリエナ・シモトヴァー、そして主として、あなたは、私の家にある、あのネプラシュ氏[25]の彫刻をご覧になりましたか？ 私は言いました――あれは彫刻じゃありません、あれは古い倉庫や古い工房から持って来たツルハシです。私はもう二回も、目を刺しそうになりました。あれは、掛け金の鍵を製造するための、巻き上げ機と圧縮機です……。ご冗談を！――と、メダ夫人は私をつつきました。それからまた、中欧の諸作品にある不安について話し続けました……。私はいきなり言いました――それは良いテーマでしょうね……。「恋の苦しみはきみの喉をしめつける／もう愛されるということもないかもしれないと」[26]……。それ

(21) アメリカの作家ウィリアム・サローヤン（一九〇八～八一）の一九三四年の作品。
(22) フラバルの作品で、邦訳名は『剃髪式』。
(23) イジー・メンツル（一九三八～二〇二〇）。チェコの映画監督。
(24) オットー・グートフロイントの一九一二年の彫刻作品。
(25) カレル・ネプラシュ（一九三二～二〇〇二）。チェコの彫刻家。
(26) 『アポリネール詩集』飯島耕一訳（彌生書房、一九九五年）、一三頁。

を書いたのは誰でしたか？　私は言います――いや、これは我々の愛するギヨーム・アポリネールの『地帯』です……。すると、メダ夫人が言いました――あなたはそれについてエッセイを書かなければなりませんよ、あの不安について。クルチマ氏[27]がここに来たとき、私は、それを書くのは彼だろうと思いましたが……いいえ、彼ではありません、あなたです！　そして彼女は、赤いマニキュアを塗った小さな爪で私の胸をつついたんです……。でも、あのクルチマ、あれは中欧ですよ！　オルガ・シャウンプフルゴヴァーが亡くなって、同時に国民芸術家の称号を得たとき、彼が何をしたか、ご存知ですか？　クルチマは棺を開けるように指示して、死んだオルガに、こんなふうに体を傾けて、彼女は国民芸術家だといって、彼女の名前の入った、もう額に入れた称号を見せたんですよ……。でも、フラバルさん、私は特にウィーンにいたんですが、ウィーンのそばに城館があり、ある芸術家が私を迎えにやって来たんです。フロックコートを着て、顎鬚を生やした画家です。それは小さな城館での催しだったんですが、そこにはもう、ヨーロッパ中からやって来た、たくさんの人と車が集まっていました……。そして、私はぎょっとしました。食肉用の牛と仔牛と豚を連れて来るのが見えたんです……。それから会が始まると、その芸術家が観衆の前で、つまり自分の芸術の崇拝者たちの前で、実演して見せたんです――仔牛の喉を切り、それから豚の喉を切り、芸術家は創造のエクスタシーの中で筆を血にひたし、何かの茶色と暗赤色の絵の具にひたして、下塗りをしたカンバスにジェスチュラル・ペインティングを創作したんですよ。それは恐ろしいものでした……。すべての絵には、鮮血が混じっていました……。観客と批評家たちは、ユダヤの食肉処理業者がやるような、更なる豚の屠畜と更なる喉切りを見守っていました……。そしてその芸術家は今、億万長者なんです……。でも、その様式全体に私はぞっとしました、それはシナゴーグ的な儀式的な屠畜でした、とメダ夫人は言いました……。もう映画が終わりに近づいてきて、観客たちが笑っているのが聞こえました……。私は言います——もう中に入った方がいいでしょう……。

そして卯月さん、私たちが中に入ると、機械が唸るような音を立てていました。フランツィン(28)が自分の妻のスカートをまくり、それから自転車の空気入れのゴムで、彼女が古いオーストリアから自分を切り離して、フランスの黒人女性ジョセフィン・ベーカー(29)のように髪をカットしてもらったことに対して、自分の妻のお尻を優しく象徴的に叩きました……。そして明かりがつき、私たちが翻訳者と共に、大学の古風な肘掛け椅子に腰かける前に、肘掛け椅子の二列目にいた女性が激しく立ち上がって、叫び始めたんです……。そう、それはフェミニズム運動の代表者で、彼女は私のことを、殺害する必要のある獣《けだもの》のように見ました。どうして私がこんなものを——野蛮、侮辱、嫌悪であり、彼女

(27) フランチシェク・クルチマ（一九一〇〜九六）。広く文化人と交流し、カレル・チャペックの妻で女優のオルガ・シャインプフルゴヴァー（一九〇二〜六八）の著作の出版に尽力した。
(28)『断髪式』（『剃髪式』）のヒロインの夫。
(29) アメリカ生まれのフランスの歌手・女優（一九〇六〜七五）。

とフェミニズム運動全体が抗議するものを——厚かましくも書くことができ、メンツルが映画にすることができたのか、公然と、そして映画の中で、女性を鞭打つなんて……。私は言います——でもミセス、私は中欧出身なんです、中欧ではオーストリア時代にも、夫は少なくとも日に一度は妻の髪を摑んで台所を引きずらなければならないというのが、習慣だったんです……。すると、そのフェミニストの女性は更に私に怒鳴り、小さな傘を持ち上げて、その傘で私を刺し殺してやりたい、とジャスチャーで示しさえしました。私は嫌悪すべき人間で、その監督もまっとうな人々の趣味と名誉と道徳を侮辱する畜生であるだけではない、いかにして社会主義国家がこのような嫌悪すべき映画を上映させておくことができるのか、どうしてその映画はもうプラハで上映停止になっていないのか？　そこで私は手を挙げて言います——ミセス、あなたにはそうおっしゃる権利がある、けれどもお願いです、ここは上映会場なんです、映画の問題なんです、あなたは何だかごっちゃにされています、すぐ隣に教会があるでしょう、そちらへ行って牧師に訴えるべきでしたね……。けれども、そのフェミニストは私を傘で脅し続け、私の翻訳者が訳すことを拒否した言葉で私を呼んだんです……。　卯月さん、こんなふうに私はその自分の栄えある「満足国」ツアーを開始しました。私は自分がそうである者になれた今、蘇りました。あなたが私を巻き付けて私を凧のように空から引き下ろしている糸によって、非常に蘇ってきました。そして私は知っています——あなたは私の味方であることを、あなたはあの私のジャンヌ・ダルクであることを、あなたは私のミューズであることを、あなたはあの「セーヌ川の身元不明少女」のように微笑んでいることを、それでも最後には私はズザナと一緒にあなたのいるサンフランシスコへ、スタンフォードへ行き着くことを……。そこからあなたは、糸伝いに手紙を私に送っているんです。ちょうど私もかつてジプシーの女と一緒に、オクロウフリークの丘の上の空に凧を揚げたように……。

親愛なる卯月さん、今、私はあなたに、ズザナについても言わなければならないことがあります――なぜ彼女は、私の作品だけでなく、クンデラ氏の作品も翻訳することができるのか？　なぜあれほど見事にチェコ語で罵り、粗野に話すことができるのか？　そう、なぜなら、彼女はプラハでスラヴ学を学んだからです。彼女はプラハに二年間住んでいましたが、夜はあちこちの酒場で暮らしていたんです。更には、私と同じように、「黄金の虎」の酒場では彼女に、あなたは酒場に補助ベッドを持ち、あなたへの郵便は「プラハ一区、黄金の虎、チェコスロヴァキア」宛てに来るようになるだろう、と冗談を言っていました。でも忘れてはいけませんが、ズザナはチューリッヒの大学も出ているんです。そこでも、私の散文についての学位論文を書いたんです、更には、ここで今年、自分の博士論文を「ボフミル・フラバルへのオマージュ」という題にしたんです……。彼女の学位論文は、「『あまりにも騒がしい孤独』とボフミル・フラバルの苦い幸福」という題でした。いいですか、二百六十ページの本なんです！　まるで食パン一斤です！　けれども、彼女はイタリア語も習得し、リュブリャナで勉強してスロヴェニア語も習得しました。でもいいですか！　ワレサ（ヴァウェンサ）が「連帯」を始めたとき、彼女はポーランド語を習得したんです。というのも、どこに自分の場所があるか、グダニスクとワルシャワに「連帯」と共にあると、知っていたからです。でもいいですか、ズザナは、ソ連に行くと、そこで彼女は好かれるんです。だって彼女は能力があるだけでなく、欧米の文学と同じようにソビエトのすべての批評家と文学を知っていて、関心を抱いているからです。でもいいですか、卯月さん、ズザナはここアメリカのアナーバーに半年間留学して、キャンパスから図書館までの道しか知らなかったんですよ……。だから、卯月さん、なぜズザナが水泳をして、私やクンデラやヴァイネル氏やハシェク氏やフランツ・カフカ博士についての論文や翻訳や言葉を思い浮かべているのか、お分かりになるでしょう。なぜ、水泳によって、自分の少し歪んだ脊髄をまっすぐにしていたか、お分かりになるでしょう。それで、私があの螺旋階段を、一歩ずつ用心して五メートル下りて行ったとき、ズザナが泳いでいる青いプールから昇る蒸気の中を通って行ったとき、彼女は毎回私に、あなたが電話をかけてきたと言いました。卯月さん、その温泉でズザナだけが、私に怒鳴る権利を持っていたんです――あなたも、あのあなたの卯月さんも、くそくらえ！　あの人おかしいんじゃないの？

それで私は、ここワシントンに二日間、鞘の中のエンドウ豆みたいに暮らしていましたが、ポトマックの滝に連れて行ってもらったときが、一番嬉しかったです。あんなものは、見たこともありませんでした。大石や大岩の間の河床に広がる、その数百メートルの長い傾斜に、私は圧倒されました。私は跳び込んで溺れ死に、押し寄せるあの大量の水によって砕かれようかと、ためらったものです。その水はあまりにも誘惑的なので、私は喜んで命を捨てたくなりました。愚かな自殺者のように絶望からではなく、ただ、ポトマックに惹きつけられるからです、人はどこかへ行き着かなければならないからです。それは、悟り、法悦状態、偉大な神秘的体験、シャンティ・シャンティ・シャンティ……あらゆる人間的思考を超越した平和を愛する、すべての哲学者たち、ビートニク、ヒッピー、マリファナ使用者たちが、努めて求めたことです。そして私は、ワシントン周辺の広葉樹も、すっかり好きになりました。すぐそこの町の中で自ら若返る森がどのように見えるか、誰もが見られるようにと、アメリカ人がわざと木々を倒れたままにしておく、あの谷間です。そこではもう、我が国の白鳥のようにここで爆発的に増えているアライグマが歩き回っている、ボウビーンの森[30]のような原始林が、始まっています。かつて我が国の道路で車に轢《ひ》かれた野ウサギや雉を目にして可哀相に思っていたように、ここでは轢かれたアライグマを目にします……。

そしてまた、卯月さん、十七人の映像芸術家たちが来るというので、敬意を表するためのパーティーに、私的な集まりに、私はアルノシュトと一緒に呼ばれました……。そこで、私たちが町外れの高層ビルに出かけると、美しいご婦人に迎えられたんです。彼女は五十歳か、もしかすると百歳だったかもしれません。アプリコット・アイスクリーム色のシルクの長いスラックスを履き、着物のように長い四分の三のシルクの上衣を着て、髪は藁のような黄色で、長い象牙のホルダーに入ったタバコを吸い、ブリリアントカット・ダイヤモンドと賢そうな黒い目を輝かせていました。アルノシュ

(30) 自然保護区になっているチェコの森。

ト・ルスティクは、ここには首都の文化を、もしかするとワシントン州全体の文化を、作っている人たちがみんないる、と言いました。そして、若い男たちはみんなグレーに脱色した髪をしていましたが、ここでは今、男性のプラチナ色の髪が流行っていたんです……。私たちは文学についてお喋りをしましたが、私はただ聞いていました。煙草を吸っているのは女性だけで、男性は誰も吸っていないことに気づきました。そして、お酒を飲んで、アルノシュト・ルスティクが私を褒め、私は恥ずかしくなりました。凄く大きなダイニングルームへのドアが開いていて、そこには皿があり、ビュッフェが、十七人のソ連の映像芸術家たちがやって来るのを待っていました……。そして、招待者の女性が電話をしに行くと、アルトゥールが私に言いました――ボホウシュ、あの女は醜いなあ――彼は嬉しがりました――あの女は醜いなあ！　ロシア人たちは来ないだろうよ、ニューヨークのどこかで酔っ払ったんだろう……。彼は立ち上がり、私と彼の息子も後について行って、ダイニングルームに入りました。テーブルの中央で、皿に突っ込んだ花の色が輝いていました。私たちは、一番おいしい肉の一切れを選び、それに合わせて、カリフォルニアの赤ワインを飲みました。一方、上流社交界《ハイ・ソサイエティ》の人々の中では、家の女主人が指を合わせ、彼女の小さな骨のパチンという音が私たちの所まで聞こえてきました……。そしてそのご婦人、ワシントンのファースト・レディーは、気遣いをして、客人たちにこう伝えました――ロシアの方々は、飛行機が故障したため、空港に戻らなければなりませんでした……。皆様を、ささやかなおもてなしに、心よりお招き致します……。そして、愛想の良い手振りで客人たちをダイニングルームに招きましたが、そこでは私たちが、おいしいと認めただけでなく、同時にダイエットの点からも有益で適切だと認めたものすべてを、食べていました。ムラートコヴァーさんも、ソ連からの客人たちに挨拶できるように選ばれていたんですが、彼女は知らんぷりをして私たちに加わろうとしませんでした……。彼女はただ、シッとだけ言いました……。作法というものをご存知ないんですね、野蛮人といったら！　もう二十五年以上私の友人であるアルノシュト・ルスティクは、私の肩をポンと叩いて言いました――ボホウシュ、あの醜い女といったら！　そしてシャンパンを始めて、まるでモナコで大賞を取ったかのように、私と自分の息子にシャンパンをかけたんです……。こうして私は、上流俗物界《ハイ・スノビエティ》に登場したんです……。

P・S・

親愛なる卯月さん、私は引き続き毎日ケルスコに通い、毎日労働者階級の状況を味わっています。つまり、バスに揺られ、時々居眠りもして、午前中にケルスコに着き、午後にケルスコを出るんです。そして、暖風の秋も、ケルスコではとても美しい――あなた方のインディアン・サマーのように、ブルーノ・シュルツ(31)が描くことのできるガリツィアの小春日和のように……。私が到着すると、まるで絨毯の上を歩くように、色づいた落ち葉の上を、六匹の猫たちが私を迎えに来ます……。そし

(31) ポーランドの作家・画家（一八九二～一九四二）。

て宙返りをして、逆様に私を見て、仰向けになります。そして、その暖風の秋が、猫たちと戯れるんです……。それから、白い小さな門を通って、私をテーブルの方へ連れて行きます。その間に、その他の猫たちも駆けつけます。ここには今、トラ猫の子猫もいます。そして昨日、私の家に誰かが更に二匹を投げ込んだので、ここには餌をやる猫が十二匹いるんです。卯月さん、春に三匹の猫から始めて、今ではすごく多くなりましたが、今はもう、私には、あの子たちを殺してもらうだけの力はありません。ここは、今月の初めと同じ状況です。突然、西ドイツ大使閣下の庭に、最初に数百人の東ドイツ人が住み着き、それからもう千人になり、そして一時は大使館に四千人くらいの人がいて、更に数千人がフェンスの前とヴラシュスカー通り[32]に泊まっていました……。それで私は西ドイツ大使に、それをどうにかしようとしないでください、うちの庭には十二匹の猫がいますが、私もやけっぱちになったりしません、という電報を送ろうとしました……。それで卯月さん、プラハでは事件が起こっているんです！　私は毎日プラハに行き、毎日夕方近くになってから、タクシーで「雄猫」の酒場にビールを飲みに行きましたが、運転手はすぐに気づいて、私に囁きました……。何をなさりたいのか、分かっていますよ、私も見たいです……。それで私たちは、車で上に行ったり下に行ったりして、最後にカルメリツカー通りを通って行きました。だって、ヴラシュスカー通りはもうドイツ人で一杯だったからです……。それで、車で通って行くと、私とタクシーの運転手は、まず数百台、それから恐らく千台、ＤＤＲという東ドイツの記号のある車の脇を通り過ぎました……。そして主に、数千人の人たち、若い人たちが、道に、路面電車のレールの方にまで座っているのが見えました。そのスポーツ・ウェアのような服を着た大勢の人たちは、何だか、私の若い頃に大都市の住民みんながサーザヴァ川かどこかへハイキングに出かけていたときの、土曜日のターミナル駅みたいでした……。そして卯月さん、その子供たちといったら！　ゲンシャー外務大臣その人さえもが、自転車に乗ってプラハにやって来たんです……。一方、私は、いつも昼過ぎに十二匹の猫たちに餌をやり、その後で、森の中の一軒向こうの義理の妹の所へ行きました。そこには猫が四匹いて、私たちは、その猫たちをどうしたらいいのか、ちょっと怖くなっていました。ちょうど、「ライヒへの帰郷（Heim ins Reich）」のように西ドイツへ亡命しようとしている多くのドイツ人たちを首都プラハがどうしたらいいのか、というのと同じように……。私はプラハを歩き回っては、DDRの記号の付いた数百台の車をちらちら見ていました。そこにはプジョーだけでなく、白いベンツも混じっているのが見えました……。けれども、私の心を打ったのは、飾りを付け、後ろのウインドーには子供用のボールや水着などのある、すべてのトラバント[33]でした。そのドイツ人たちは、多分ハンガリーのバラトン湖から帰る途中でそこにとどまって、大使館の柵を越え、昼も夜も一日中、子供や誰かと一緒に、そのヴラシュスカー通りに並んで座っていたんです……。それで、卯月さん、私はついに、火曜日の四時半に

(32) ドイツ大使館のあるプラハの通り。
(33) 旧東ドイツで生産されていた車。

見ました――カルメリツカー通りがチェコスロヴァキア国営自動車交通のバスで一杯になり……ドイツ人たちがそれに乗って、バスでターナミル駅へと向かい、それから列車でどこか北の方へ行くのを……。それで卯月さん、二日目にそこへ見に行ってみると、更に数百台の残っていた車が引いて行かれて、ヴラシュスカー通りで私が目にしたものは……ベビーカーを載せた二台の小型トラックでした。既に十台のトラックが、ビンや紙や袋やおむつを運んだという話でした。それでもまだ、そこの壁際にはたくさんのごみ屑があって、更に三十台分か、それ以上でした……。それが、卯月さん、私がプラハで目にしたことです。ドイツ人たちは去りましたが、ケルスコには相変わらず十二匹の雌猫と子猫と雄猫がいて、義理の妹のところには控えの猫が四匹いました……。プラハの西ドイツ大使はほっとしましたが、私はどうでしょうか？　卯月さん、そもそも、隣人であるドイツ人たちには、私たちはいつも十字架と苦悩を背負わされてきたんです……。それでドイツ人たちは、一九三八年には「ライヒへの帰郷（Heim ins Reich）」を求めました……。そしてついに、彼らのためにヒトラーがやって来て、ズデーテン地方もろともチェコのドイツ人を奪い取り、そしてついには私たちをも奪い取ったんです……。その後、ドイツ人は戦争に負け、私たちはまた彼らの「ライヒへの帰郷（Heim ins Reich）」を思い出しました……。そして私たちはまた、彼らを敗戦したドイツの国土へと移動させたんです……。そして今、一九八九年になって、またもや！　ドイツ人たちは西ドイツ大使館の庭に座り込み、それからヴラシュスカー通りに溢れ、そして……ここをかっ散らかして、列車でまた「ライヒへの帰郷（Heim ins Reich）」をするんです……。卯月さん、あなたに書いたように、私の妻は死ぬ前に、私が何度か、で、どこへ行きたい、家かい、どこだい、と尋ねたとき、こう答えたんです――向こうのどこか上の方へ、パパのいるところへ……天へ……天の国の故郷へ（Heim ins Himmelsreich）、パパと天のパパ（Himmelpapá）のいるところへ……。けれども卯月さん、私があなたに書いていることは美しいですが、あの十六匹の子猫たちはどうしたら良いでしょうか？ あの子たちをどこへ移動したら良いでしょうか？ それどころか、暖風の吹く、暖かくて美しい恋の秋が過ぎ去って、迷子の猫たちがみんな私の家の垣根から中に入り、ここケルスコの私の家に住み着いたら、私はもうここに来るのが怖くなって、猫たちを運命に任せるだろうと思うと、私は身震いします……。でも、私はあの子たちを見捨てやしません！ だから卯月さん、どうか、この手紙は、私の乱心のゲラ刷りだと考えてください……。

親愛なる卯月さん

私が頼んで、土曜日と日曜日の午後に、私たちはまたポトマックに行きました。そこで私は、岩と大石の上に座りながら、あの美しい斜めの長い滝を見飽きることがありませんでした。それだけでなく、もう死ぬとなったら溺死がいい、それが一番美しいという、あの昔からの人間の憧憬にも、飽きることがありませんでした……。「フェニキア人フレバスは、死んで二週間、／鴎の鳴き声ももう忘れてしまった。深海の底波も、／収支損得の勘定も。／……ユダヤ人であれ異邦人であれ／……思いたまえ、きみのように背が高く美青年だったフレバスのことを」(1)——と、エリオット氏は詩を書き

(1) エリオット、前掲書、一〇七頁。

ました。そして私は、轟音の中、耳を聾するような滝の水の轟きのただ中に座って、耳を傾けていたんです……。それから、楓とオークとブナの下に、数千というベンチとテーブルのある所へと進みました。すべては、カール・サンドバーグ[2]が書いているように、労働する人民が、そう、その人民が、自分の貴重な余暇を過ごすように作られています。私は、「草上の朝食」という同じテーマの数千の絵と、人民のガーデン・パーティー一般の印象派的な絵を目にしました……。そして、そのすべての労働者たちが午後に食べ物と飲み物の籠を車で運んで来て、みんなが自分なりに楽しむことができました。そこには、パートナーを亡くした人たち、無口な人たち、ギターでの歌と音楽を愛する人たちもいました。私はそこで数千人の若い男女や子供たちを目にしましたが、みんなが何やら動きに夢中になっているようでした。動きに乗っていたみんなが、そうみんなが、そこで走り回り、ポトマック川の滝から遠ざかり、春の水溜まりを跳び越え、自転車に乗り、短パンやトレーニング・ウエアをはいて自分の何キロメートルかを走っていました……。卯月さん、私はここで、あの一九一三年にイーゴリ・ストラビンスキー氏がパリで「春の祭典」を上演したときに、雷のようにヨーロッパを震撼させたのと同じようなことを経験しました……。その「祭典」は、落雷だったんです——その成長の崇拝、そのアルカイックなポトマック、その古代の森、そのすべては、卯月さん、そこにいる私には、まるで生まれたての葉のようでした……。そして、メリーランド州の労働者たちは、その「春の祭典」を自分たちなりに祝っていただけでなく、土曜日と日曜日ごとに、そこには、家族や恋人と一緒に午後を味わうことのできる人たちみんながいました。それから……自分たちのバスケットボール、自分たちのアメリカン・フットボール、そして土曜日の残りと日曜日を気持ち良く過ごせる自分たちの秘密に赴くんです……。広葉樹はすべて葉を落とし、冬はまだ続いていましたが、太陽はもうとても暖かいので、数百万本の黄色い水仙の花が咲き、落葉の谷間を通って、水銀のようにきれいな水、きらめく小川や小さな流れがざわめき、そしてそこをアライグマの家族がぶらついて、車が全部去ったら残り物を味わおうと、もう楽しみにしているんです。それで私も体を暖めて、自分のまだ知らないことを考え抜いて味わうという馬鹿げた望みを捨てました——私は小さな子供の時と少年の時に、二度、溺れかけたんですけれど……。あれはあの町でのことだったと思いますが、私が聞いたところでは、ある若い男が自殺を試みて、精神科医が、なぜあなたのように知的な若い男性が自分の命を絶とうとしたのかと訊くと、彼は単純に、もっと強烈な生き方をしたかったからです、と答えたそうです……。私は、寝そべったりぶらついたり、物思いに耽ったり陽気だったりする人たち、レジャーを楽しむそのすべての人たちの間を歩いては立ち止まり、これほど多くの言語とこれほど多くの人種の存在に驚いていました……。そして、すべての人々を結びつけていたのは、気晴らしをし、食べたり飲んだりし、おしゃべりしたいという気持ちで、それはまるで、バベルの塔の建設者たちの休息のようでした。人間の話し声の方がポトマックの音楽よりも大きかったんですが、手摺りを乗り

（2）アメリカの詩人・作家（一八七八〜一九六七）。

越えるだけで、もう、人間の話し声や叫び声、そのすべての人間的なものは消え、ポトマックの滝のざわめきと錯綜としぶきが近づいて来て、またもや私は、「注意！」……そして「禁止」という看板のある所に立っていました……。それでも私は、すぐそばに座って、激しく落ちるポトマックの滝の下に跳び込むことを、肯定したくなりました……。そう、「あの真珠はかつて彼の目だった」。私は思い出します。これはシェイクスピアの『テンペスト』の一節です。それは、溺死したフェニキアの船乗りの目です。

親愛なる卯月さん、私は思い出しましたが、ジャック・ケルアックは、バスでニューヨークからサンフランシスコへ行きました。それでズザナは飛行機をキャンセルして、その代わりに私たちはグレイハウンド・バスに乗って行ったんです。あの友人のアルノシュト・ルスティクが、私たちを出発のバス・ターミナルまで連れて行ってくれました。彼は子供の頃、ユダヤ人商人だったお父さんがズボン吊りや服飾品を売っていた、リベニ区に住んでいました。アルノシュトは、子供の時に六年をテレジーンの強制収容所で過ごし、『カテジナ・ホロヴィツォヴァーのための祈り』など、何冊かの美しい本を書きました……。その私の友人が、黄色いチューリップと目立つ服を着た黒人たちの町を通って、私たちを連れて行ってくれたんです。寒くて、黒人たちは、チョコレート色の肌に黄色や紫色のマフラーを巻き、白いアディダスを履いて、赤いセーターと緑色のズボンを身につけていました。それで私は、そもそも黒人がいなければ、ワシントンは今あるワシントンではないだろうという印象を受けました……。それで、そのアルノシュト・ルスティクが私たちをバス・ターミナルに連れて行き、それから私たちはグレイハウンド・バスに乗ってニューヨークへと向かいました……。私たちがまだ郊外にも出ないうちに、あの美しい乱雑さが始まりました。私は、アメリカ人にも、要らないものを何でも投げ捨てる習慣があること、ここにもプラハと同じような「鉄の日曜日」が、鉄道に沿って、それから林の中にもあることを、嬉しく思いました。ここでも、物だけではなく、家も、古い駅も、小屋も、信号扱い所も、納屋も、死んでいくのが見られました。更にアメリカ人は、超秩序と乱雑さとのコントラストが好きですね……。「満足国」で見捨てられた工場が次第に崩れていくのは、感動的です。小鳩が軒に降り立って、そこから煉瓦が一つ落ちるだけで、工場全体が崩壊します……。それは、キリコ(3)の形而上絵画か何かのようです――うら寂しい郊外で黒人の子供たちが遊んでいます……あちこちに影が出て、その影は長く伸び、やはりうら寂しい向かいの建物にかかって折れます……。私とズザナは、道路の脇に延びていた操車場を通り過ぎ、その後はもう高速道路を走りました。実物以上の大きさの広告がまっすぐ私たちの方へ走ってきて、バスの中は寒く、それで運転手は頼まれて暖房を入れました……。旅客の大部分は黒人で、彼らは膝の方へ体を丸くして、バスの中の温度が上がってくると、眠っている彼らの額が真珠のように光りました……。どういう土地で、どういう町や村なのかということには、誰も関心がありませんでした。そのグレイハウンド・バスは

---

(3) ジョルジョ・デ・キリコ(一八八八〜一九七八)。イタリアの画家。

眠っている人たちで一杯でした。両手を膝に投げ出している人たちもいて、彼らの手相を占って運命を読むこともできました。私は、彼らはただ眠る場所を確保するために乗っているのだとさえ思いました。彼らは自分の荷物を持っていて、そこには赤ちゃんを連れたお母さんもいました。その座席はまるであつらえたようで、子供たちが、小さな黒人の子供たちが、入るベビーカーのようでした。そして、みんなが気持ち良さそうに眠っていました。夢を見ながら手振りをするように眠っている人もいましたが、彼らの寝顔は夢がデフォルメしたかのように不自然でした。顔を背もたれで支えている人もいて、顔の半分が柔らかい背もたれと一体化していました。よだれが、合皮のカバーやシャツやセーターに垂れていました……。ただ、二人の目ざとい老夫婦だけが、外をよぎる物すべてに注意を払っていて、何も見逃しませんでした……。それは多分、農民、農場主で、向きを変えてはまた素早く、前方の畑や草原や湿地を見ていました……。向こうの小さな草地には仔牛も仰向けに寝そべり、四つの小さな蹄が青空を支えていました……。そしてまた草原と畑、森、ユーカリの林、そしてまた小さな村、小さな町、骨を除いた白くて小さな教会、郵便局、ホテル、広告、芝生、小さな庭、グラウンド、人々――通りの人々、窓の向こうの人々、農地で仕事中の人々……。あちこちに、今にも倒れそうですが、それでも人が住んでいる建物……。通りと小さな広場、それからまたグレイハウンド・バスは町中を離れ、再びユーカリの情け深い林が始まりますが、それはまた、ゴミや、無意味な死んだ物や、主人と故郷を失い死んで森に投げ捨てられた物体や道具で一杯でした。そしてその上には、イラクサやハマアカザや小さな木や藪が生えてきていました……。それからまた畑……草原、地平線には農園……。二人の老夫婦は見続けていて、まるで初めて新婚旅行に行くかのように何も見逃しませんでした……。一方、黒人たちは丸くなって、ありえない姿勢で眠り、肘掛け椅子に埋まり、それを自分の肉で満たしていました……。ズザナは足首を座席の下に入れて、何かを書いていました。私は、自分がこの世にいること、けれどもちょうどここ、ニューヨークに向かう道の途中にいることに驚き、あちこちの州を回り、大学を回っていることに驚いていました。ずっと私は、それが実際にその通りだということ、自分が自分であるところの者であることが、信じられなかったんです……。ズザナにはそれが分かっていて、私にクンデラの『笑いと忘却の書』を読み始めるように勧めました……。けれども、私は誰かにそうすべきだ、ほとんどそうしなければならないと言われると、正反対のことをしてしまうんです……。それで私は、『笑いと忘却の書』を手にしていましたが、高速道路で高級車が私たちを追い越していき、私はナンバープレートを読むこともできず、高速道路全体が巨大な工場のような音を出していました。けれども、そのグレイハウンド・バスはかなり背が高かったので、中から走っている大型車を見ると、きれいな女性の足と屈めた女性の膝が見えました。私たちを追い越して行く車の中の女性の膝や足を見るのは、楽しいことでもありました。子供たちが後部座席に膝をついて、リアウインドウから私に向かって、あっかんべえをするのも見えました。私はもう年寄りなので、私も子供たちにあっかんべえをして、舌を出して「べえええええ」と喚きました……。でも、その後、それをやめました。黒人たちがやっているのと同じこと、甘くまどろみ、多分眠りに落ちて眠る以外には、何もできなくなったんです……。私たちがアルノシュトと別れる前に、彼は私に、彼がまだプラハに住んでいたときに彼の所に住んでいた、私たちの共通の知り合いである婦人のことを尋ねました……。そして卯月さん、突然ここグレイハウンド・バスの中で、かつて台無しにできる限りのあらゆるものを台無しにした過去として現れたものが、私の方に吹いて来たんです。私は、一人の人間に対して――それは私が好きだった女性、けれども彼女も私が好きだった女性ですが――罪を犯したという感覚さえ抱きました。彼女の友達が私に手紙を書いて来たんですが、それはようやくここワシントンからの旅の途中で、完全に悲劇的なものとして届いたんです。私は、この不幸について、あなたに少し言わなければならないと思います――「親愛なるフラバルさん、私たちの共通の友人であるペルラはもうこの世にいないという悲しい知らせを、あなたに書かなければなりません。彼女は日曜日にお風呂に入りに家に来たのですが、四時に私は、彼女が浴室で死んでいるのを見つけました。あなたはそれを知った方が良いというよりも、知らなければならないと思います。ペルラはあなたについて、あなたが考えるよりももっとこの世で理解し合えた人だったと言っていたからです……。」

親愛なる卯月さん、もしもグレゴリー・ペックが実際よりももうちょっとだけハンサムだったら、あの一九六四年に私はそう見えたでしょう。私がどこへ行くかを決めたものは、私がアルノシュト・ルスティクと一緒にパリでロンドル・エ・ニューヨーク・ホテルに泊まったことでした……。私は本当にロンドンへ飛び、それからアルノシュト・ルスティクと一緒にニューヨークへ飛んだんです。私は、ロンドン行きの航空券をもう手にしたとき、幸せでした。というのも、オックスフォードにも行くことが分かっていたからです。そこにT・S・エリオットが住んで学び、そこであの『荒地』を書いたんです。彼は『荒地』を持ってパリへ行き、そこで、あなた方のアメリカ人であるエズラ・パウンドに『荒地』を見るように頼みました。卯月さん、あなたはチェコ文学研究者ですが、私の方はジョイスとエリオットに、ちょっと狂っているんです……。私はペルラさんに言ったように、あなたにも知ってもらうように言いますが、エズラ・パウンドは、八百以上の詩行のうちの半分に取消線を引きました。そして詩人のエリオット氏は、それを正しいことと見なして、エズラ・パウンドが削った通りの詩のままにしたんです……。それで私は、ジャーナリストたちと一緒にロンドンへ行きましたが、パリの空港で乗り継ぎ便を待っているときに、従業員たちが物凄く大きな黒い翼を何階分か下へ、下のバーかどこかへ、運ぼうとしているのを目にしました……。そして、誰一人彼らを誘導しないので、私は、まるでトラックを導き入れるかのように、指で左へ、指で右へ、それから両方の手の平を近づけるジャスチャーで誘導し、その巨大な翼を運ぶ気の毒な人たちを何階分か下へ連れて行きました……。それから私は、彼らのことをあざ笑いました、だって私は厚かましくも、何をしてもよいと思ったからです。親愛なる卯月さん、ヤロスラフ・ハシェクは、ある時、石工たちをラム酒に誘いました……が、アルコールの代わりに何かの酢の入ったグラスを、みんなに渡したんです……。そして、彼らがそれを飲み干すと、あざ笑いました……。けれども、石工たちがハシェクを追いかけて、ハシェクが垣根を越えようと這い上ったときに、そこにはまってしまったんです……。そして、あなたは、あの石工たちの肉体労働者らしい手の平をご存じでしょうか！　彼らはハシェクにお返ししました……。それで、パリの空港でも、私が意地悪く、定められた所とは別の所へ巨大な翼を運ばせた作業員たちは、ロビーで私に追いつき、そこで私にリンチを加えるか、せめて、石工たちがヤロスラフ・ハシェクにしたのと同じような仕打ちをしようとしました。私がそのパリのロビーで守られたのは、ただただ、私を物凄く罵倒して、この田舎者のど阿呆と罵った、美人ジャーナリストのおかげでした……。それから彼女は、あんたはヨーロッパの心臓部にある私たちの祖国も侮辱した、私たちの階級の悪しき代表者だ、あんたは酔っ払いだ、などと罵りました……。それから卯月さん、私たちはロンドンに到着しました。私たちがホテルに入ると、私は二十八号室のキーを受け取りましたが、そのスロヴァキア人ジャーナリストの美しいご婦人は、私の隣の二十七号室だったんです……。それから私は朝食をとりにホテルの下に降りましたが、私と一緒にやって来たジャーナリストたちの一団が、アイルランドの作家は何人いるかということで言い争っていました。ジョイスとイェイツとベケットとショーのほかに、もう一人彼らは忘れていました……。皆さん、失礼ですが、と私は言いました――一人お忘れですよ……。そして私は、その美しい婦人を見ました。私はもう、彼女がペルラという名前であることを知っていたんですが、そのペルラさんが私を見ました……。私は言いました――四人目、実際には五人目の栄えあるアイルランド人は、オスカー・ワイルドです……。そう、ペルラさん、ワイルドです。彼はもちろん、ロンドンとパリで教養を身につけたんですが……。それから彼らは、ジークムント・フロイトと彼の有名な本についてお喋りしました……。彼らはまた、二冊の本を思い出せませんでした――あれっ、なんていう題名だったっけ？　ペルラさんは、私の方を振り向きました……。私は、彼女が私を見ていることを見て、ほっとしました――そう……それは皆さん、『日常生活の精神病理学』と……『幻想の未来』ですよ……。そうです、とジャーナリスト協会の会長は喜んで、額を打ちました。それ以来、私は彼と近しい間柄にあります……。彼は、何となく私にこう尋ねました――それですみません、ジークムント・フロイト氏の先行者は誰ですか？　私はペルラさんを見ました。私はその前の日に、ギネス・ビール(4)で酔っ払って、目の下にきれいな隈《くま》ができていました。私はペルラさんの目を見て言いました――ボヴァリー夫人、フローベール……彼は、「ボヴァリー夫人は私だ」という標語も書きましたね。ペルラさん、エマが経験したこと、体験したこと、あの彼女の内面の目が見たことすべてを、私がロンドンでお話ししましょう……。そのすべては精神分析にとってのデータ、証拠なんです……。私はその時にそう言って、それに対してペルラさんの目をゲットしました……。

それで卯月さん、私はそのロンドンでしばしばペルラさんのお供をし、一緒にお昼を食べ、天気の良いときは芝生の上に横たわり、文学についてお喋りしたんです。私はペルラ(5)さんがテート・ギャラリーへ行くお供をし、そこで私たちはずっと霧の絵を見ていました――ただただ霧だけ、霧の中の、

(4) イギリスの強いビール。
(5) チェコ語とスロヴァキア語の「ペルラ (perla)」は、「真珠」を意味する。

エンドウ豆のスープの色をしているロンドンの霧の中の、ただ一点の太陽……。私たちはしばしば、バスであちこち回りましたが、そのバスは私にとって聖なるしるしを持っていました。どの路面電車にも、どのバスにも、会社の名前なんかが大きく書かれていて、その緑と赤のバスには「Pearl of Assurance」と書いてあったんです……。それから、私が見ると、メインストリートにも名前が出ていて、百個に一つくらいにそれがあったんです――「靴の真珠」、「ハンドバッグの真珠」、「シルクの真珠」……。それで私たちは、土曜日にバスで海辺に出かけました。イギリス人はクリケットをするのが好きで、空気を吸い込むのが好きで、海辺を散歩しますが、そこには多分百万人のロンドンっ子がいました。それは、あのビートルズ、あのヒッピーが、大きなナンバープレートと排気量のバイクに乗って走り、高級車をみんな追い越していた頃のことです。それからそこの海辺には、挑発的な貧者たちがお互いの上に乗って、スポンジケーキや猫と一緒に何となく寝そべっていました……。ペルラさんと私は、そこの海辺に横たわり、それから泳ぎました……。そして卯月さん、私は、ペルラさんは体も美しいことを見て取りました。陽光の中、彼女が両手を上げて、前方の浅い海の中に、砕ける波の中に跳び込み、私に自分を見せようとするのではなく、自分に自分を見せようとすると、私も幸せでした。私が幸せだったというのは、私の妻も泳ぐのが好きで、ペルラと同じように泳いでいたからです。それればかりか、ペルラは私の妻に似てもいました。卯月さん、あなたも私の妻に似ているのと同じように……。それで私は、そのロンドンの時間の間、一心不乱の注意の塊でした……。別の時には、私たちはテームズ川の蒸気船に乗りに行き、また別の時には、夜にソーホーに出かけました……。そして、私たちは何となくバスに乗るのが好きでした。というのも、ペルラが私の前に座り、私は彼女の後ろの座席に座って、彼女の首と巻き毛を見ているのが好きだったからです。耳から首にかかる巻き毛、上にも上がって来る巻き毛です。私は更に、バスが急に動き出す時を利用して、身を傾け、彼女の髪と首の匂いを嗅いでうっとりし、また思いついたことを全部、彼女に囁きました。私が突然分かったこと、蔓のような髪に埋もれた彼女の耳に囁かなければならないことを全部、囁いたんです……。また時として、ペルラが自分のコートやセーターを忘れて、私たちはしばしば、そのコートやセーターを取りに戻らなければなりませんでした。しばしば、もう降りた後でです。しかも、私もヘマをやらかしました。運転手はバスから身を乗り出して、ペルラさんのコートを持ち、声をかけて笑い、彼女がどぎまぎして恥ずかしがってさえいるのを見て微笑んでいました……。当時、ロンドンでも運転手や車掌は黒人ばかりでしたが、遠くジャマイカから来た黒人もいて、きれいな人たちでした。そのアスリートのような黒人たちは、仕事があることを喜んでいました。卯月さん、彼らは当時、週に十七ポンド稼ぎ、チェルシーに住んでいました……。それは素敵なことでした、日曜日になると、ロンドンから人がいなくなり、黒人たちはきれいな服で着飾って、がらんとしたロンドンを散歩し、子供たちはすべて新品のものを身につけていました。仕事があったので、彼らは誇らしげで、挨拶を交わしていました……。私たちは一度、パトニーにまで行きました……。一人の黒人が、どこへ行くのかと聞くので、私は言ったんです——それはどうでもいい《プトナ》んです！　すると彼は言いました——イエス、パトニー！　それで私は、ペルラと一緒にパトニーに行くことになったんです。それは約五十キロの所にあり、彼女は私の前に座り、私は彼女の後ろに座って、彼女に朗読をし始めました……。「四月は最も残酷な月、死んだ土から／ライラックを目覚めさせ」(6)……。卯月さん、そうして私はペルラに朗読をし始めました。だって私は、今と同じように、エリオット氏の『荒地』をほとんどすべて空で唱えることができたからです……。また別の日に、私たちは演劇を見るために、『リチャード三世』の観客になるために、エクスカーションの参加者たちみんなで、バスに乗ってストラトフォードへ出かけました。私はバスの中でまたペルラさんの後ろに座りましたが、彼女は、シェイクスピアの妻の名前を思い出せませんでした。私が彼女に囁き、彼女が自分の耳を傾けたとき、私はキスしました。私が振り返ると、あのジャーナリスト協会の会長が私を見ているのに気づきました。ガリツィア出身のその年配の男性は、目を細めて、見たことにうっとりと頷き、率直に私を羨みました……。私は、目を閉じていたペルラさんに言いました――ウィリアムの妻はアン・ハサウェイっていう名前で、ストラトフォードの出身で、ライ麦畑でウィリアムに暴力を振るったんですよ……。彼はそのことを決して許さず……彼女をハムレットの母にしたんです。あの気が触れた玉座のダダイストであるリチャードを演じたのは、ほかならぬピーター・オトゥールで、彼は、今でもそうですが、やや甲高くて荒い声をしていました……。ベケットの作品でも演じたオトゥール、『おしゃれ泥棒』でオードリー・ヘプバーンと共演したオトゥールです……。それでねえ、卯月さん、ペルラさんと私の妻が誰に似ていたか……オードリー・ヘプバーンです……。私は今やっと分かりました……。ディラン・トマスの妻のケイトリンにも似ていました！

卯月さん、今度はもう、私の思考はまた「満足国」に来ていますが、私たちはカフェテリアで軽食を取って、それからまたグレイハウンド・バスで道路に出ました。でも私はもう、追い越して行く車の中に、少女や女性の膝が見えるかと、熱心に見たりはしませんでした。結局のところ、車に乗っている女性の大部分は、どのみちジーンズを履いていたんです……。私は安楽椅子の上の雄猫のように丸くなって、両手を顎の下にやり、体全体をできるだけ小さくしました。ズザナも丸くなりました。あのカフェテリアでたくさん食べたんです。私はお腹も空いていなかったので、そこでバドワイザーを一本だけ飲みました。それで私はまたあのイギリスにいて、ペルラに囁いたあの詩をまた全部自分に唱えました……。つまり、卯月さん、エリオットによれば四月はすべての月の中で一番残酷な月ですが、私にとって四月《ドゥベン》(7)は一番美しい月なんです……。私はあなたの「四月《エイプリル》」という名前が好きですが、それはちょうど、ドゥプチェク(8)の「樫《ドゥプ》」に関係した名前だけのために彼のことが好きになったのと同じです……。でも、だからこそあなたに、私たちジャーナリストの遠征隊がオックスフォー

（6）エリオット、前掲書、八三頁。
（7）チェコ語の「四月（duben）」は、語源的には「樫（dub）の（芽吹く）月」に由来するとされる。
（8）アレクサンデル・ドゥプチェク（Dubček）（一九二一～九二）。チェコスロヴァキアの政治家。共産党第一書記として「プラハの春」の改革の立役者になった。

ドへ行った午後のことを、お話ししなければなりません……。それは素晴らしいバス旅行でした。そのイギリスの地方の風景全体が古びていて、建物も古風で藁葺きの屋根もありました。そしてイギリス人は、白い垣根や、刈った灌木で作った垣根を好みます。そんな地方を通って行くのは、素敵なことです……。それから私たちは、多分ウィリアム・シェイクスピアも食事をしたと思われるようなパブで、お昼を食べました。それから私たちは、あのオックスフォードの大学に行ったんです。私たちは中庭や学部を回りましたが、何もかもきれいで慇懃で、学生たちは、まさに「チップス先生さようなら」の映画の中のピーター・オトゥールとペトゥラ・クラークのように見えました……。私とペルラは、どこかで遅れて、ほかのみんなはもうとっくに行ってしまいました。私たちが芝生に座っていると、そこには堀があり、私はペルラさんに、寮の窓を指さしました。その窓から、確か一九二三年のことですが、若い学生が毎晩、メガフォンで『荒地』の全体を朗読し、それから毎日、あの四百三十三行全部を朗読していたんです……。ペルラは暖かくなった芝生に横たわり、私もバスの中と同じように横たわり、堀の上で休んでいました。ペルラは私の膝に軽く頭をもたせかけ、私はいきなり彼女に、あの美しい詩を囁き始めました――「『あなたが初めてヒアシンスをくださったのは一年まえ、／みんなからヒアシンス娘って呼ばれたわ』／――でも、ぼくたちがヒアシンス園から晩く帰ったとき／きみは両腕に花をかかえ、髪をぬらし、ぼくは口が／きけず、目はかすみ、生きているのか死んでいるのか／なんにもわからなかった。／光の中心を凝視したまま、静寂」(9)……。私には、ペルラの心臓の鼓動が聞こえました。私たちは、あの一九二〇年代に若い男がこの詩を唱えていた窓を見ていましたが、あちこちの窓が輝いていて、それらの窓の一つを誰かが開け、鏡の光が堀を越えて私たちの目をくらませました。学生たちの叫び声と歓喜の声が聞こえました。彼らは、ブナの木立の向こうのどこかでクリケットをやっていたんです……。それから静かになりました。小鳥のさえずりも、堀の上で横になった私とペルラを包んでいたその静けさを、ただ深めただけでした。そして私は、ペルラもまた、そんなふうに時が止まること、できるだけ長く止まっていること以外何も望んでいないのを感じたんです……。そもそも、もうそれ以外の何も望むことはできませんでした……。そんなふうにして私たちは何やら空虚さの、水仙の香りに満ちた空虚さの、極致に到達しました……。そして、バスがもうずっと私たちを待っているのに、私たちは夕暮れまでそこにとどまっていそうでした……。私たちは、起きたことに対してそれほど無力だったんです……。ついに私たちの上に人影が横たわり、あのガリツィア出身のジャーナリストの会長が現れました。彼は静かに歩いて来て、暫く私たちの前に立ち止まり、私たちがどこか向こうを見ていること、本当に静寂の世界のまさに心臓部を見ていることに感動していることを、見て取りました……。そして彼は、咳払いだけしました……。私たちは後ろめたく立ち上がり、私はペルラのスカートから乾いた芝の茎を取ってやりました……。私たちは夢の中のようにゆっくりと歩き、ガリツィア生まれの会長は微笑んで、幸福

---

(9) エリオット、前掲書、八五頁。

そうでした……。私たちは一体どこにいたのか……。彼は、ペルラさんのきれいなコートを持ち上げて、私たちの後ろからバスの方へ静かに歩き、あなたたちをもう一時間近く待っていたんだとジャーナリストたちが罵るよりも前に、そのコートをペルラさんに如才なく渡しました。夕食後に、私たちは夜の中に出ました……。月夜で、ペルラは黙っていて、私も黙っていて、私は感動していましたが、何に感動していたのかは自分でも分かりませんでした。彼女も多分分からなかったでしょう……。彼女は突然私と腕を組んで、ひきつったように私の腕を握り、私の腕に鋭い爪を突き立てさえしたと思います……。私たちは公園に、小さな公園に出て、もうビッグベンは十二時を打っただろうと思います。そうして私たちはゆっくりと歩き、彼女の小さな靴と踵が砂を砕きました。そして私たちは高い格子の所にやって来ました。それは、月の光にコーティングされた鋳鉄の格子で、格子の向こうには白いベンチが光っていました……。私たちはずっと、その高くて黒い格子に沿って歩いて行きました。虎やライオンを連れて来るときの、サーカスの格子ほどにも高いものでした……。どこからそのベンチの所へ行かなければならない、どこかに門があるはずだと、私たちは堅く信じていたんです……。それからペルラは急に向きを変えて、私に長いキスをしました……。そうして私たちは長くキスし、それからペルラは私を引っ張って急ぎました。白いベンチは、公園の中の向こうの木々の下の茂みの中で光っていました……。そうして私たちは、門に辿り着きました。高い門で、ちょうど周囲の格子と同じくらい高い門でした……。そこの門には、物凄い鎖に物凄い錠が付いていて、その南京錠は目覚まし時計のように大きいものでした……。私たちは驚いて立ち止まり、ペルラはその錠を手探りしましたが、錠がかかっていて、鎖は雄牛にかけるような頑丈で分厚い鎖でした……。多分初めて私たちはお互いを見て、まっすぐに目と目を見て……そして笑い出し、互いに額を合わせたんです……。ペルラさんは私に小声で、お父さんがユダヤ教のラビだったこと、ナチスの保護領時代に彼はアンネ・フランクの家族のように一部屋の中で暮らしていたこと、彼女が彼に食べ物と本を運んだこと、そしてお父さんがその過酷な時を乗り越えられたのはただ、静かに行ったり来たりすることができ、タルムードから学ぶことができたからだと言いました――この聖なる書物にはアネクドートも含まれていて、その上タルムードは句読点なしに書かれているので、それを誰がどのように読むかは気分とユーモア次第だったんです。それで彼は、その自宅の監獄の中を行ったり来たりしながら、ユダヤのアネクドートを自分に語っていたんです……。そんなふうにペルラさんは静かに話し、重い鎖と大仰な錠に閉じられた門のある鋳鉄のフェンスに囲まれ、公園の中で月に照らされた白いベンチが光っている方を、肩越しに見ていました――私は一度、父に、そんなふうに一人でいて自分と話をするのはどんな感じって聞いてみたの。そうしたら父は簡単に、知性的な人間と話ができるのは嬉しいって言ったわ。「ユダヤ人に力を！　再び新たな時代を！（Gewalt Juden! Wieder eine neue Epoche!）」それから卯月さん、私たちはホテルに戻りました。翌朝、いつものように、私がただ片手を上げて、軽く壁を叩くと、ペルラさんが泊まっていた向こう側の部屋から、彼女の小さな指の関節の電信が聞こえました……。ロンドンからプラハへの空の旅は以前と同じで、私たちは隣り合って座り、ペルラは手の平に湿ったハンカチを持ち、いつものようにエレガントな着こなしでしたが、ブラチスラヴァのラビの娘として不思議な目をしていました……。私は、「パール」デパートで買った子供用のミニカーのうちの一つを、彼女に上げました……。ペルラは一つを取って、飛行機が上昇するときにそれをずっと肘掛けに置いていたので、ミニカーはいつも膝の上に滑り落ちて、彼女は微笑みました……。それから、ミニカーがまた滑り落ちる時が来ると、それをまた開いた手の平で受けとめなければならず、彼女のハンカチが膝の上にあったので……子供用のミニカーは、飛行機がプラハの大聖堂の上を旋回する時まで滑っていたんです……。それからバスを待ち、荷物を待ち、税関とパスポート・コントロールを通り、それから私は別れの挨拶もせずに外に出ると……空港のメイン・ビルディングの前に大型車が停まっていて、運転手が帽子を手にしてペルラさんに会釈をしました。彼女の前には少年が立っていて会釈をし、彼女は身を屈めて、気をつけの姿勢で立っている少年にキスしました……。ペルラさんは私を見ると言いました――私の息子です。私は彼に手を差し出して言いました――坊や、ママの言うことを聞くんだよ……。そして二人とも大型車に乗り込み、運転手が静かにドアを閉めました……。私にはペルラさんのきれいな膝が見えましたが、膝には湿ったハンカチを載せていて、もう私のことは見ませんでした……。

　親愛なる卯月さん、それで私は、グレイハウンド・バスの中の黒人たちに教えられたように、体を丸くして、本を読み始めようとはせずに、ただチェスワフ・ミウォシュ[10]の「真珠についての頌歌」の黄緑色の小さな本を手に取ったんです。そしてもう暫く、私は窓から高速道路を眺めていました。ズザナも私に背を向けて母の胎にいるように丸くなり、膝に顎を載せ、両手を翼のようにたたんでいました……。そんなふうにして、彼女は肘掛け椅子に埋まっていました。そして私は、手の平を載せたきれいな膝のある、もうそれほどきれいでない大型車が私たちを追い越して行くのを、もう暫く見ていましたが、私は警官に興味を持ち始めました。それは既にワシントンで気づいていたことですが、警官がみな黒人であるだけでなく、きれいな制服を着ていて、その制服を持っていること、黒人である彼が道路で法律を見張ることをワシントンの政府から任されていること、そのためにきれいな車があること、その見張りのために物凄く大きなバイクがあることを、彼らは誇りに思っていました……。そんなふうに私は眺めていて、頭を後ろに向けて歩きさえしたんです――車の群れの中から警官が物凄い速さで飛び出して来て、彼のヘルメット、メガネ、バッジ、金製のようにぴかぴかに磨いた真鍮の記章が、私のそばを暫く通って行かないかと思って……。ちょっとだけ時を止めてスナップ写真を撮るために、私は軽く頭をずらしました……。この世で黒人警官ほど誇り高い人間を見たことがありません……。私は頭を長いこと回していて、ついに、黒人警官が誇らしげに手帳と罰金切符を出したところを捉えました。彼の白い歯を目にし、彼が幸福に輝くのを目にしました――法律の番をしているということ、断固たる黒人警官は高速道路などでの安全でスムーズな走行を乱した者に喜んで罰金を科すことを、政府が良く知っているということから来る幸福に……。私はまたグレイハ

(10) ポーランド出身のノーベル賞詩人（一九一一〜二〇〇四）。

ウンド・バスの中で分かったんですが、拳銃と送信機をもらい、それから金の鷲の記章とボタンの付いたあの美しい黒帽をもらい、更に幾つかの飾りをもらった黒人ほど法律の番をする市民はいないだろうということを、大臣やもしかすると大統領が知っていたんです。彼はもしかすると模範的な勤務に対する表彰バッジさえもらって、それをシェリフが、シェリフの中のシェリフが、もしかすると知事自らが、黒人警官の胸に留めてやったのかもしれません。

P・S・

親愛なる卯月さん、私たちの国で今起きていることすべてを、チェコ文学者であるあなたにもう少し理解してもらうために言っておくと、私があなたに物語を、あのロンドンでのラブ・ストーリーを話したのは、一体なぜだと思いますか？　なぜ私が、あの話を、気をつけの姿勢をして立っていて、イートン・カレッジの制服を着たイギリスの学生のような姿の美少年で終えたんだと思いますか？　その理由は、あの少年は青年に成長して、その青年は当然のことながら自分の父だけでなく社会全体と葛藤する状況になり、ヘルシンキ宣言(11)で署名されたすべてのことのために闘うことになったからです。そして彼は、自分たちの国ではすべてが自分の観念に対応するようにはなっていないという感覚を持つようになると、反抗し、脅し、考えを同じくする若者たちがいる所に入り込み、そうして、その青年は父と社会に対して持っていた思いのすべてをテープレコーダーに録音し、その録音テープを持って急行列車に跳び込んで轢《ひ》かれてしまったんです。テープレコーダーの方は側溝の中で、青年がそこに録音したことをずっと叫び続けていました。卯月さん、その録音テープには、今日の若者たちが再び繰り返して言っていることが録音されていました――政治犯を全員すぐに釈放せよ、集会の自由の制限をやめよ、独立した市民活動に対する弾圧をやめよ、メディアと文化活動から政治的操作を取り除け、信仰するすべての者たちの要求を尊重せよ、「プラハの春」とワルシャワ条約機構諸国の介入についての自由な議論を始めよ……。卯月さん、私たちがペルラの息子であるその若者について友人たちと話をしたとき、スロヴァキア出身の精神科医が、その事例と若者の態度については、起こったことが起こるより二年前に聞いていたと、私に言いました。もうその時に、その精神科医は、断固とした人物たちにおける父と葛藤した状況、そしてそれ故に社会とも葛藤した状況は、抗議の言葉を録音したテープと……そして疾走する急行列車との衝突によって終わると、言っていたのでした。あなたがスタンフォードで教えている言葉でツルゲーネフが書いたように、父と子……。そして今年、卯月さん、私はペルラさんの友達からあの手紙を受け取り、その中で彼女は私に知らせてきたんです――午後に、浴室の中でペルラの死体を見つけたと……。

(11) 当時の社会主義国を含めたヨーロッパ諸国とアメリカ・カナダが参加してヘルシンキで行われたヨーロッパ安全保障協力会議において採択された宣言で、国家主権の尊重、武力不行使、国境の不可侵、領土保全、人権と基本的諸自由の尊重などの原則を掲げた宣言。

私がこの手紙を書いている今日、プラハでは十月二十八日の建国記念日の準備がされています。閲兵式が土曜日にヴァーツラフ広場で行われる予定で、月曜日からムーステクに祝典の観覧席が設置されています。月曜日に足場の建設が始まったんですが、その骨組みは旧市街広場の処刑場[12]に似ていて、私には絞首台の形の構造が見えました……。翌日の火曜日には、もうそこに装飾家たちがやって来て、巨大な白い布で作った背景を釘で打ち付け、観覧席の横壁に赤い帯を広げていました。水曜日にはすべてが正装していて、観覧席は髪飾りも付けていました。通りの脇には、右側にチェコスロヴァキア国旗とソビエト国旗があり、左側にはすべての階に架かる三本の長い赤帯がありました。そして木曜日には、夕方の時間に人々が散歩していると、下の「ウ・ピンカスー」の酒場付近に若い兵士たちのグループが立っていて、彼らと一緒に、制服を着た人民軍の古参たちがいました。彼らは、決まった夜の時間に整列して、観覧席の周りを進むパレードの練習を始める準備ができていたんです……。卯月さん、その若者たちはあまりにも若かったので、どうしたらこんな若い男が兵士になって宣誓できるのかと、私は驚きました……。そして今日、金曜日には、私が午前中「ウ・ピンカスー」の酒場の方から行くと、観覧席にはもう、「我々は共和国への忠誠を誓う」という文字が光っていました……。そして今、私はラジオ・ウィーンで、ヴァーツラフ・ハヴェルが拘束され、しかし具合が悪いので病院に運ばれたということを聞きました……。私はグラーシュとロフリーク[13]を食べ、ビールを一杯飲みましたが、卯月さん、私も具合が悪いです。

（スロヴァキア語）土曜日の十時に、内務省全職員の宣誓が行われた……。そして、祭日の晴れた午後が、チェコスロヴァキアの歴史的な首都に、数千人のプラハっ子と国内外の旅行者たちを引き寄せた。しかし、名所旧跡に感嘆することには関心のない人々が、十五時前にヴァーツラフ広場にやって来た……。数十人の外国のジャーナリストが、緊張してセンセーションを待っている。比較的大きな集団が現れるとどこでも、テレビカメラを持った人たちがそちらへと急ぐ……。十五時三分。二人の警官が、十八歳くらいの少女の身分証明書を検査する。彼女は、訳もなくヒステリックに叫び出す。ついに何かが起きる……。西側のテレビのスタッフと写真記者たちが、像のそばで場所取りをする。二人の若い男が、「共和国を転覆させたりはしない！」と書いた横断幕を広げる。非合法集団が自分たちの意図をこのようなスローガンの影に偽善的に隠すのは、これが最初のことではない。数分の間に、群集は三千人くらいに増えた……。国民委員会の職員たちがメガフォンで、許可されていない、したがって非合法の集会の参加者たちに、ヴァーツラフ広場の公共秩序の維持のために空間を空ける

(12) チェコで宗教戦争に勝利したカトリックのハプスブルク皇帝がチェコ・プロテスタントの指導者たちを処刑した一六二一年の処刑など、中世にはプラハ中心部の旧市街広場に処刑場が設置されて、公開処刑が行われた。
(13) グラーシュは一種のシチュー、ロフリークは一種のロールパン。

ように呼びかける。それへの応答は、「ふん、恥だ」という叫びと口笛である……。「ゲシュタポ、ゲシュタポ」と連呼する……。機動隊が、ヴァーツラフ広場の下の部分を閉鎖する……。警官たちがホテル・ヨーロッパの前の攻撃的な集団を孤立させ、そのメンバーたちを次々と拘束して、そばに停めたバスの中へと連行する。何人かの「英雄」たちは、地面を転げ回って、西側のカメラマンたちのために劇を演じる……。十六時頃には、ヴァーツラフ広場は空《から》にされた……。それにもかかわらず、個々の人物に対して警棒が使われなければならなかった。何カ所かで、警官たちは石やその他の物を投げつけられたのである……。警官隊によって土曜日に三百五十五人が連行されたが、そのうち十七人が外国人であった……。

親愛なる卯月さん、これは、ブラチスラヴァの「真実《プラヴダ》」紙から、私があなたのために書き写したものです——ここではさほど多くのことは起きなかったということ、これは悪いハプニングのようなものだったということが、分かるように……。

何と！　けれども、なぜ私はあなたにこれを書くんでしょうか？　三時に、そこの聖ヴァーツラフ像の下に哲学博士のヒュブル氏もいて、彼が下の方へ逃げて行くところを、詩人のジェズニーチェク(14)が見かけました……。その後、哲学博士のヒュブル氏の姿が最後に目撃されたのは八時前で、「三つの冠」の酒場で自分のお気に入りの大ジョッキのビールを注文していました。その後、自分の住居の中でボックスの鍵を開けようとして死んでいるのを、一緒に住んでいる人たちが発見しました——

心臓が心筋梗塞でやられたんですが、解剖したら、紙巻きタバコの紙みたいに小さな心臓だったそうです……。そうでしょうとも、彼が四年間の獄中生活で経験したすべてのこと、彼が毎日吸った大量のタバコ――それで、十月二十八日の建国記念日の祝典のときに死ぬことになったんです。そして差し障りのないように、葬儀は十一月七日に定められました。「黄金の虎」の酒場で彼と同じテーブルでピルゼン・ビールを飲んでいた私は、この土曜日のような行事のときに彼と一緒に案じていた私は、ミラン・ヒュブルと一緒に死をまだ何年か先に延ばしていた私は、今や、あのピルゼン・ビールを誰と一緒に飲んだらいいんでしょうか？ 卯月さん、それはイタリアのアナーキストみたいな、ガリバルディみたいな、髭を生やしたあの男性です。それは、あなたが「満足国」で自分の身に気をつけるように願った人です……。果たして、あの地震の際に、運命はあなたの身に気をつけたでしょうか？ 卯月さん、あなたはまだこの世にいますか？ もしもいないのだとしたら……向こうの別世界のどこかで私を待っていてください。もうそこには、私の妻のピプシと私の愛したペルラとその息子がいます……。「あの真珠はかつて彼の目だった」、溺死したフェニキアの船乗りの目のようだった。卯月さん、その土曜日に、ミラン・ヒュブルは三時過ぎにヴァーツラフ広場の坂を下の方へ走って行ったんです。その土曜日に、中年の夫婦が映画のチケットを破いて、若者たちに加わり、こう叫ん

---

(14) パヴェル・ジェズニーチェク（一九四二～二〇一八）。チェコの詩人・作家。

だんです――君たちと行動を共にするよ。その土曜日に、銀色の杖をついていたお婆さんが、青天の霹靂のように、もう一つの杖で、それらの見かけだけの強者たちを脅したんです。その土曜日に、群集がナ・フランチシュク通りの病院までやって来て、そこに入院中のヴァーツラフ・ハヴェルに挨拶しようとしたんです。その土曜日に、彼らが病院を取り囲んでヴァーツラフへの挨拶の言葉を叫ぶと、女性の入院患者たちが窓を開けて、こう叫んだんです――私たちが彼に伝えますよ……。卯月さん、それはナ・フランチシュクの病院でのことですが、そこは数年前にオルドジフ・スタリー博士(15)が医師として働いていた病院です。彼は、カレル大学の学長としてヤン・パラフの葬列を率いた人でした……。そして卯月さん、私がナ・フランチシュクの病院でオルドジフ・スタリーの患者だったとき、彼は自分の病院のドアを開け、上に続く階段を関節でこつんと叩いて、私に言いました――この階段は歴史的なものなんですよ、この階段は、ハプスブルク家に対して反乱を起こしたチェコ貴族たちが処刑された処刑場から、フランシスコ会士が買い取った板と梁で造られているんです……。
それから、数百人の人たちがバスで連れ去られて拘束されたその土曜日、たそがれ時に、そこのコトヴァ・デパートのそばに独りぼっちの若い警官が立っていて、自分の器械に向かってこう叫んでいたんです――俺はここで一人なんだ！　俺はここで一人なんだ！　俺はここで一人なんだ！……それは卯月さん、あの悲しいカフカ的なアイロニーです。手に器械を持ったその若い男を、パンクロッカーたちが慰めていました――でもお前、心配するな、俺たちが一緒にいるからよ……。もちろん卯月さん、もう老子が教えています――人民の反抗を軽く見ることは、宝を失うことに等しい、と……。

一九八九年十一月七日

(15) チェコの医師でカレル大学教授(一九一四〜八三)。一九六六〜六九年の間カレル大学学長。

「ホワイト・ホース」

親愛なる卯月さん

それで私はもうここ、ニューヨークにいます。今はマンハッタンの息子である私ボフミル・フラバル、プラハのリベニからやって来たコスモスである私は、ウォールト・ホイットマンに敬意を表するために、ここにいるんです。ホイットマンは、最晩年には車椅子に乗っていましたが、彼の乗ったその詩的な玉座を押していた若い男に、まだ詩作を教えることができました。私は首都のワシントンからここに来たんですが、その首都の通りは四方に分かれて郊外を通り、農村まで、広葉樹の谷まで、続いています。その谷では小川がざわめき、倒れた木の幹が小川に横たわっています――木だけでなく、物の最後というのがどういうものか、誰でも分かるように……。今、私はニューヨークにいますが、もうバワリー街と、そのすぐ先の、名だたる銀行が並んでいるメイン・アベニューに出かけました。信じがたい所です、この町は――ここでは、勉強しないとこんなふうに道端で野垂れ死んでしまうぞと、酔っ払いを子供に示して見せるんです。そしてそのすぐ脇には、「満足国」の預金された資本があるんです……。卯月さん、ここで私は、ズザナと一緒にハドソン海峡とハドソン川を巡りました……。霧が出ていて、超高層ビルは腰まで柔らかな霧に埋まっていました。私たちの遊覧船は岸に沿って進み、それからまた……あの超高層ビル群はなんと美しいんでしょう——ピカレスクふうの集団を成して、なんと魅惑的なんでしょう。向こうの霧が始まっている所では、もうあちこちのオフィスが光を放っています。それは見事です、その光はほとんど天が始まる所にあります！ そして、マンハッタンの周りじゅうの岸に金網の柵があるのは、何と見事なことでしょうか。マンハッタンの周りじゅうに、確かに巾五メートルや十メートルの地帯があって、そこで、もう町が必要としないものすべてが光っています。それはまるで、クルト・シュヴィッタース[1]その人が作ったかのようです、まるでそれにロバート・ラウシェンバーグ[2]が協力したかのようです……。その死んで捨てられた物の混乱の中で、ネズミたちがぬるぬるした腹で滑《すべ》っています……。そしてそこの藪と枝の中に、少年たちの黄金郷、彼らの王国があるんです——彼らのであり、私のでもあります……。私は少年のとき、聖ヴォイチェフ教会の向こうにあったすべてのゴミの山や谷が好きでした。人々がもう必要としなくなったもの、合わなくなったもの、流行遅れになったもの、死んだもののすべてが、そこへ運び込まれていたものでした……。そして、アメリカの大小の通りでは、後ろの座席にご婦人の膝を乗せたきれいな大型車がたくさん走っていますが、それはなんと美しいことでしょう。あのアメリカの車と運転手たちは、規則に則って運転するのではなく、目と目で運転します。交差点で物を言うもの、交差点で光るもの、それは素早い目だけです。運転手は、交差点で横からやって来る者の目に同意を認めてから、自分の側のメインストリートでの走行を続けるんです……。そして卯月さん、町外れは何と美しいことでしょう――自動車の墓地、もうお役御免になり、もう古くなり流行遅れとなってプレスされた車……。実際、あのニューヨークは――ちなみに世界のどの町もそうですが――生と死の対立、産院と葬儀場の対立です……。けれども、ここニューヨークでは、その生と死のリズムは非常に目に付きます……。ここを洒落者ときれいなご婦人たちが歩いていますが、彼らの膝の高さの所には物乞いの目があって、空《から》の缶を差し出しています。そしてそこに座っているのが女であろうと男であろうと、白人であろうと黒人であろうと同じことで、彼らはみな小銭を手に入れます。そして小銭が貯まると、貧乏人たちは立ち上がって、自分の行きつけの横町の飲み屋に行くんです。そして、物乞いをして得た金を全部飲んでしまうと、また元の場所に行って座るんです……。卯月さん、ニューヨークは素晴らしい町で、現代芸術とありとあらゆる芸術の素晴らしいコレクションです。そこの博物館の職員たちは、私が昔、操車係だったときに着ていたような、きれいな青い制服を着ています――私は、夏に青いラスターのジャケットも着ていました。特に、職員はみんな、ぴかぴかの

(1)ドイツのアーティスト(一八八七~一九四八)。
(2)アメリカのアーティスト(一九二五~二〇〇八)。

靴を履いていて、大部分黒人女性で、とりわけ身だしなみが良かったですね……。卯月さん、私はこの町にあまりにも驚いたので、実のところ、コロンビア大学での講演にも、ブレース・ヤノヴィチ出版で『私は英国王に給仕した』を出版したことにも、もうあまり関心がなくなりました……。私とズザナの宿泊先が、ハドソン湾のすぐ近くのメソジスト派長老派教会のホテルだったことに、私は感激しました。そこの岸辺に、ロバート・ラウシェンバーグとクルト・シュヴィッタースもいたんです。卯月さん、グレニッチ・ヴィレッジにある、その私たちの小さなホテルは、完璧です！　そこで私は三日間、小さな飲み屋に、オランダの生ビールを飲みに行きました。そこで私は三日間、食べ物とビールを運びながら大文字のVのように微笑んでいる、きれいで、やつれて、にこやかな黒人女性たちを見飽きることがありませんでした。彼女たちは、まるで私に結婚して欲しいかのように、絶えず微笑んでいました。卯月さん、その小さな飲み屋は、それほど素敵だったんです……。出版社でもホテルでも毎日ズザナが私に怒鳴ることも、もうどうでもよくなりました——あなたとあの卯月さんなんか、くそくらえ、彼女はもうまたホテルの私の所に電話してきたのよ、もうまたブレース・ヤノヴィチ出版の事務所に電話してきたのよ、私たちがもう到着したかって、フラバルさんはもう少し元気になりましたかって、私があなたに気を配っているかって……。卯月さん、私はあなたに懺悔するように告白しますが、私は自分で自分に気を配っていました。酒場で死ぬ可能性が一番少ないので、できるだけ「ホワイト・ホース」の酒場に座っていたんです……。そして三日目になってようやく、女の子たちの膝を眺めるのをやめました——そこには女子学生たちがやって来て、コートを脱いで座って勉強するんですが、きれいな足を組んで見せているんです……。でも私は、その三日目に、ディラン・トマスが座っていた窓辺に自分が座っていることを知りました。部屋の隅に肖像があるのを見たんですが、それはディラン・トマスだったんです。その油絵の中で彼は赤い鼻をしていましたが、それは似合っていました。ちなみに、酔っ払いには何でも似合うんですが……。それから、向かいにはぴかぴかのブロンズのプレートがあって、そこには、ズザナが訳してくれたところでは、こう書かれていました——誰かが自分の子供の頃について話すときは、素早く話してください。のんびり話すなら、私はすぐにあなたの話に割り込んで、今度は私が自分の子供時代のことを話すでしょう、ディラン・トマス。それからもう一つ、ズザナが私に訳さなくてもよいプレートがありました——リチャード・バートン。卯月さん、こうして私は「ホワイト・ホース」の酒場に座っていて、黒人女性たちが食べ物とビールを運んで来て、彼女たちは私の上に小さな灰皿とその中のタバコを持っていました。そして、私のそばでさらさらと音を立て、ちょっと一服する際に、その胸を私の目の上にやりました。それはちょうど、昔、「黄金の虎」の酒場で、しつけの良いウェイトレスのヴエラとヴラスタが、やはり注いだばかりのビールをコースターの上に置く前に、胸で私の眉毛に触れたのと同じでした。そして卯月さん、私はその頃も、そして今度は「ホワイト・ホース」の酒場でも、至福に喉を鳴らしたんです。こうして私が物思いに耽りながら座っていると、黒人女性たちが一服していました。そして私は、ディラン・トマスが座っていた所に座っていました。彼はここで振戦譫妄に陥って、三日後にニューヨークのセント・ヴィンセント病院で死んだんです……。

それから卯月さん、あの落雷のような出来事が起きたんです。アンディ・ウォーホル！　人々がバスケットボールの試合に並ぶように行列を為したあの展覧会、それほど多くの人が、私も見たものを見たいと願ったんです……。簡素さと日常性の頂点に達した者、すべての人にこう語ったアンドリュー・ウォーホルを——アメリカの凄いところは、この国の大金持ちでも、貧乏人が消費するものを消費できるということだ。テレビを見ながらコカコーラを飲むことができ、大統領がコカコーラを飲んだり、リズ・テイラーもコカコーラを飲むのを目にし、自分もコカコーラを飲むことができる……。卯月さん、私は、彼の両親が、あのメジラボルツェ近郊のミコヴァー出身であることを誇りに思います。アンディ・ウォーホルの目もルシン人の目、彼らの悲しみなんです……人生が短く、貧しい人間は自分の名誉以上の何も持っていないことへの絶望から酒を飲む、農民の目です……。卯月さん、私たちの番になると、私たちはモダンアート・ミュージアムの巨大なロビーに入りました。するとそこには、端綱《はづな》を付けた数百匹の牛がいました。数百匹の牛が、まるで壁紙のように、すべての壁を飾っていたんです。私にはすぐ分かりました——キャンベル・スープより前に、この牛たちとその肉があったはずだ……。私たちは見たものを既にすべて知っていて、既にすべてに感心していたんですが、それに一度もそれほど重きを置いたことがなかったんです——アンディが、あのすべてのエリザベス・テイラーたち、あのすべてのジャッキーたち、あのすべての交通事故、あのすべてのエルヴィス・プレスリーたち、そしてあのすべての缶詰や飛行機事故、あのすべての一ドル札や百ドル札、そして電気椅子……要するに、この町で私たちを取り巻くすべてのもの、そのすべてを、アンディ・ウォーホルが自分のポラロイド・カメラからネット印刷によって、シルクスクリーンによって、二メートル以上大きくしてからようやく、すべては私たちに、人間の不幸や美しさにおいて、映画や劇場やスポーツや公的生活のチャンピオンたちにおいて……そしてうち捨てられた物と人々において、私たちが目を離せないあのすべてのもの、新聞やニュースやポスターにおいて、何が私たちを引きつけるのかということを語ったんです。こうしてアンディ・ウォーホルは、私たちが彼に差し出した罠に、私たちを捕らえたんです。こうして美術を、丸一次元、大きくしたんです……。

その日は私の誕生日で、パレスチナから、ユダヤ人女性のハンカがやって来ました。彼女は、コロンビア大学での私の講演の後に、誕生日にあなたを歓待しましょう、魚料理の高級レストランにご招待しましょう、と申し出てくれました。そのレストランは、マンハッタン周遊の遊覧船が出るピア17のすぐ近くにあります。卯月さん、私は、自分の七十五歳の誕生日を「ホワイト・ホース」の酒場で祝いたいと頼みました。そこにはディラン・トマスのテーブルがあるので、私がみんなを呼ぶと言いました……。けれども鉄面皮なハンカは、あっちに行きましょう、あっちにはサプライズがあるでしょう、と言うんです……。そして卯月さん、案の定、そこには食べ物はありましたが、そのレストランはビールの販売免許を持っていなくて、ビールは客が自分で持って来るのが慣例だったんです。

（3）スロヴァキア北東部の町。

それでハンカはミルクみたいに白い瓶に入ったサッポロ・ビールを持って来たんですが、それはなお悪いことに温《ぬる》かったんです……。それで私は、自分の七十五歳の誕生日を、温くて気の抜けたビールで祝うことになったんです……。私たちはアラカルトで食べ物を食べました、全部レストランの取って置きの料理でした。でもそれは、私には足しになりませんでした。「ホワイト・ホース」の酒場には黒人女性がいて、ヴェルケー・ポポヴィツェ(4)のコゼルのビールに似た味の、オランダのハイネケンの冷えた生ビールがあるというのに……。卯月さん、それは確かにサプライズでした……。

そしてヨヴァノヴィチ夫人は、土曜日の午後、私が体育館で行うことになっていた講演の前に、どこへでもあなた方が行きたい所へ連れて行ってあげましょうと、私たちに申し出てくれました……。私は、もうワシントンのアルノシュト・ルスティクの家で、チェコ人映画監督ヤン・ニェメツ(5)が撮った「存在の耐えられない軽さ」を見ていました——いかにセックスが世界を支配しているか、それから突然ガーン！で、ロシア人のプラハへの到来を描いた映画です。なので、そのクンデラ原作の映画を五分間だけ見たいと思いました……。それから私はアルノシュトに頼んで、「ベニスに死す」を見ました……。それから毎日、チャップリンの映画を一本ずつ——「街の灯」、「黄金狂時代」、「殺人狂時代」、「ニューヨークの王様」を見ましたが、「サーカス」だけは見られませんでした。ストックになかったんです……。ところが、ニューヨークでヨヴァノヴィチ夫人は、体育館の近くの小路でそのチャップリンの「サーカス」を上演しているのを見つけました……。それで私たちはタクシーで出かけ、ヨヴァノヴィチ夫人がチケット売り場の方に身を傾けると……振り向いて、微笑みながら言ったんです――今日はやらないんですって、今十七人のロシア人の監督が来ていて、彼らとの懇談会があって、彼らの映画を上演するんですって……。それでヨヴァノヴィチ夫人は、私たちをボブ・アンド・ケンズの店に連れて行きました。そこは映画の契約が結ばれる所で、またニューヨークの芸術家たちが交流する場所なんです。そこは暗かったんですが、あちこちの壁にはテレビが光っていて、そこには柔らかく照らされたビリヤード台があり、緑色に光っていました。そして、私たちのような客と恋人たちが、食事をしていました……。しかし！　みんながそれらのモニターのうちの一つを見ていて、そこではバスケットボールをやっていたんです。バスケットボールはアメリカ人にとって最高のもので、それは彼らのスポーツのポップ・アートです……。ジョーダンという名のバスケットボール選手が自分の最後の試合でプレーをして、別れを告げていました。そして彼の仲間と友人たちは、別れに際して、彼のために一番高いイギリス車ロールスロイスを買ったんです。卯月さん、それは大した人、大したプレーヤーでした！　彼はワシントンの出身で、他の選手たちとは違ったふうに点を入れました。いつも魔法のようにボールを捕らえ、ボールは彼の薔薇色の手の平の中で暫くためらいました。それから、丸刈りの頭を傾けて相手を迂回し、突然抜け出し、そして彼のあ

（4）チェコの町。
（5）チェコ出身の映画監督（一九三六～二〇一六）。

の手と跳躍――バスケットの中にボールが滑り落ちました……。そしてみんなが、みんながその黒人プレーヤーのジョーダン氏に魅了されたんです。ズザナは彼について、毎試合、彼が半分以上のシュートを決めるのだと言っていました……。こうして私たちは、「サーカス」とソ連の映画監督の代わりに、ボブ・アンド・ケンズの店でジョーダン氏の最後の試合を見ることになったんです……。

　卯月さん、私はまた、フィリップ・ロス[6]とも会うことになっていました。チェコにいるとき私は『ゴースト・ライター』に夢中になって、自分の作品が嫌になりました……。けれども、私たちが彼らの会社に行くと、そこで、ロス氏はあなたにお会いしたいのだけれども、残念ながらどこかで忙しくしている、と詫びがありました……。私はズザナと一緒に、ある日、スーザン・ソンタグも訪ねました。彼女は当時、最良の女流作家で、最新作の『隠喩としての病』で評判になっていました……。小道から地下へ下りると、そこにドアと、握手する手のように突き出たドアノブがあり、それから廊下、それから、まさに私のケルスコの家にあるような小さな部屋がありました。そして、暗い廊下を通って私たちを連れて行ったご婦人が振り向いたとき、私はそれが彼女であること、『隠喩としての病』を書き、今は新しいテクスト『エイズ』を書いているスーザン・ソンタグであることが分かったんです。彼女は私に、ズザナと一緒に座るように勧め、ご自分は私たちの対面に座りました。彼女は美しい目をした大柄な女性で、ふさふさの長髪を銀色のリボンで前に留めていました……。私たちは暫く黙っていて、それから彼女は私に、旅はいかがでしたか、と訊き、それから、コーヒーか紅茶はいかが、と訊きました……。それから微笑んで、あなたにお褒めいただいた作品のインスピレーションは、実はプラハから得たんですよ、私が子供の頃、父がチャペックの『白い病気』を最初は無理に読ませ、それから私自身が興味をもって熱心に読んだんです、だから、実はインスピレーションは中欧から来ているんですよ、と言いました……。スーザン・ソンタグは深い目をしていて、今執筆中の新しい作品について話すことをズザナが通訳している間に、私は、この婦人が『荒地』のエピグラフに似ていることに気づきました――「じっさいわしはこの眼でシビュラが瓶《かめ》の中にぶらさが／っているのを、クーマエで見たよ。子供がギリシア語で／彼女に『シビュラよ、何が欲しい』と訊くと、／彼女はいつも『死にたいの』と答えていたものさ」[7]……。このように、T・S・エリオットは自分の『荒地』を予示したんです。私は、飾り気のない、賢くて悲しげな婦人と一緒に座っていて、会話で私たちは中欧を舞いました。彼女は、言語意識の十字路を知っていて、エマヌエル・フリンタ[8]が私に教えたように、それによってのみ偉大な文学は生じうるのだということを知っていたんです……。彼女はアルノシュト・ルスティクと、テレジーンにおけるユダヤ人の苦しみについての彼の小説も知っていて、彼の運命についても知っていました。私は、私たちがワシントンでルスティクと一緒にいたこと、そこでチャーリー・チャップリンのほとんどすべての映画を見たこと、フランツ・カフカも

（6）アメリカの作家（一九三三～二〇一八）。
（7）エリオット、前掲書、八二頁。
（8）チェコの作家・翻訳家（一九二三～七五）。

チャップリンのファンだったこと、カフカはチャップリンについて大体次のように言っていること を、彼女に話しました――彼の目からは、下層にいるけれども決して降参しない人々の変更不可能性がどのようなものか、ということへの絶望の悲しみが迸っている……。それから私は彼女に、ルスティクはプラハの私の家にダビデ王の王冠を預けているということを言いました。それは、労働者たちがリベニ区のシナゴーグの祭壇を破壊したときに私が守ったもので、私はその王冠を一メートルのビール、つまりピルゼン・ビール十一杯と交換したんです……。それから、ルスティクは妹を遣わせてその王冠を自分のもとへ運ばせるだろうということ、その王冠はあのテレジーンのために彼のものだということを言いました……。それから私たちは、アメリカでも東欧から文学と芸術一般が流れ込んで来ている、という話を始めました。私はこう言いました――私たちがブレース・ヤノヴィチ夫人の所で私の『私は英国王に給仕した』のお披露目会をしたとき、翻訳者のウィルソン氏、「プラスティック・ピープル」のグループと一緒に演奏していたためにプラハから追放された翻訳者でもあるウィルソン氏が、レスリー・フィードラーは一九六〇年代から八〇年代までをポスト・モダン（Post-modern）と見なしていたけれども……しかしPを消して「東欧モダン（Ost-modern）」とするだけで現状を言ったことになると思うという話をした、と。スーザン・ソンタグは、マイク（ミハエル）・ハイムが私の『あまりにも騒がしい孤独』をそんなふうに訳したこと、私に感謝していること、この作品は彼女によれば二十世紀の二十冊の本のうちの一冊になるだろうということを話しました。ちなみに、マイク・ハイムはロマの血を引くハンガリー人なので、やはり「東欧モダン（Ost-modern）」なんです。

卯月さん、こうして私たちはニューヨークでコロンビア大学での講演にはあまり集中しませんでしたが、私は「ホワイト・ホース」の酒場に座っていないときは、大通りや横町の景色を眺めて楽しんでいました。そして今度はスーザン・ソンタグ氏の家に座って、一緒に文学的なピンポンをやり、「東」の作家や芸術家たちの名前を出して競り合ったり出し抜いたりしました――スーザン氏がマルク・シャガールと言うと私はイーゴリ・ストラビンスキーと言い、彼女がシンガー(9)と言うと私はマラマッド(10)と言う。そして私が好きな作品の名前も付け加えて『白痴が先だ』と言うと、彼女はフィリップ・ロスと言う。私がヨーゼフ・ロート、『皇帝廟』と言うと、彼女はフランツ・カフカと言う。私がグスタフ・マーラーと言うと、彼女はジークムント・フロイトと言う……私がワレサ(ヴァウェンサ)と新たな聖人ポピエウシュコ(11)と言うと、彼女はヴォイティワ(12)と言う……。そして私は手を挙

(9)アイザック・バシェヴィス・シンガー(一九〇三~一九九一)。ポーランド生まれのアメリカのユダヤ系ノーベル賞作家。
(10)バーナード・マラマッド(一九一四~八六)。アメリカのユダヤ系作家。
(11)イエジ・ポピエウシュコ(一九四七~八四)。秘密警察によって殺害されたポーランドのカトリック司祭。
(12)カロル・ユゼフ・ヴォイティワ(一九二〇~二〇〇五)。ポーランド出身のローマ教皇ヨハネ・パウロ二世。

げ、ズザナが通訳する……。西ドイツのシュピーゲル紙は去年、ベストセラーのリストを公表しましたが、そこで一位になったのはミハイル・ゴルバチョフ、僅差で二位になったのは私で……名誉ある一七位になったのはアーネスト・ヘミングウェイでした……。そして私たちはコーヒーを飲んで、冬の太陽が上り、雪が斜めに舞いました。卯月さん、私はあなたに告白しなければなりませんが、そこは私にはあまりにも寒かったので、ズザナは私に、プラハで「袖のあるトランクス」と言っている長いズボン下を買わなければなりませんでした……。まだ冬でしたが、もう小さな蕾が春を含んで膨らんでいました……。そして私たちは、本当にPを消すだけで、奇跡のようにポスト・モダン(Post-modern)が「東欧モダン(Ost-modern)」になることを喜んだんです……。それから私は、頭をつかんで叫びました——でも私たちは、更なる「東欧モダン(Ost-modern)」を忘れていました……アンディ・ウォーホルです……。卯月さん、銀髪のかつらをかぶった青白い男性のアンディ・ウォーホルは、メジラボルツェ出身の両親から生まれ、この町、この社会に鏡を差し出すためだけにやって来たんです。卯月さん、彼は芸術史と社会学と心理学を学び、イラストレーター、コマーシャルと劇場のグラフィック・アーティストとしてキャリアを始め、コミック・ストリップという巨大なカンバスを創り出し、一九七〇年代にアメリカのアイドルであるジャッキー・ケネディー、マリリン・モンロー、エルヴィス・プレスリーを巨大化しました……。それから、あの一二〇人の死者と墜落した航空機！　それから、引っ繰り返った車と五人の死者、上を向いた少女の小さな頭……。そして、巨大なトラックの柄の中の紳士靴の靴底……。卯月さん、美人に囲まれたアンディ・ウォーホルは、愛を信じなくても、守護天使を連れています。それは、アンディ氏の宮廷写真家であるクリストファー・マコスの写真(13)では美人に見えるマリサ・ベレンソンとローレン・ハットン(14)です(15)。それから、タキシードを着て蝶ネクタイを付けたロシア人バレエ・ダンサーのバリシニコフ氏(16)、彼は、ショーで一緒に写っているアンディの大天使ガブリエルです。青ざめて蒼白になったウォーホルは、一九六八年に悍婦ヴァレリー・ソラナス(17)によって、失恋から銃撃されました。彼女は多分、マグダラのマリアがキリストを好きだったように、彼のことがすごく好きだったんでしょう。それでアンディは、セックスは自分にとってあまりにも骨の折れるものだと言うことができたんです。アンディは最も高いものを最も低いものと結びつけ、安いポラロイド・カメラで、高級カメラで写すように写真を撮ることができました……。でも、何よりも彼はキリストの目をしていて、姉妹が彼のところにやって来たときには、メジラボルツェの聖歌を歌っていました。そもそも私は彼のためにやって来たんだし、彼の五キ

(13) アメリカの写真家（一九四八〜）。
(14) アメリカの女優（一九四七〜）。
(15) アメリカの女優（一九四三〜）。
(16) ミハイル・バリシニコフ（一九四八〜）。ソ連出身のバレエ・ダンサー。
(17) ヴァレリー・ジーン・ソラナス（一九三六〜八八）。アメリカのラディカル・フェミニスト。アンディ・ウォーホルの殺害未遂事件を起こした。

ロの重さのカタログを買ったんです。でも、私はそれを暗記することができたので、そのカタログをワシントンのメダ・ムラートコヴァーさんの所に置いてきました。私は彼女の家で酔っ払って枕を焦がしてしまっただけでなく、ベッドも血で汚してしまったからです……。

ニューヨークのキャッスルには世界のすべての芸術が簡略な形で入っていて、そこは芸術の起源を学ぶ者すべてにとっての折り本のような所ですが、私はそこで更に二つの絵を見て覚えました――白いユニコーンが小さな島に立って、せせらぐ小川に囲まれているというゴブラン織りなんですが、そのユニコーンは鬣《たてがみ》も肌も白く、エロスに満ちた目は美しくて悲しげでした……。なぜなら、そのユニコーンに話しかけることのできるのは処女だけ、聖母マリアのように射精なしに生むことのできる若い少女だけだからです……。そしてその若い女性はもう一つのゴブラン織りにいて、その女性だけが、楽園の真ん中に一人でいる美しいユニコーンと話す力を持つし、話すことができるんです……。それから私はもう一つの絵を覚えていますが、そこではユニコーンはもうその楕円形の楽園におらず、もう風景の中を走っていて、四方八方から猛《たけ》り狂った狩人たちに追われ、傷だらけで血にまみれ、目には驚愕と恐怖を浮かべています……。そのユニコーンは実はキリストなんですが、卯月さん、それは私にとって、ヴァレリー・ソラナスに三回撃たれたアンディ・ウォーホルです。だって彼女は、ライザ・ミネリ(18)その人以上に、彼を愛していたんですから。私が思うに、ヴァレリーは、彼のポップスターのデビー・ハリー(19)以上に、アンディ・ウォーホルを愛していたんです。そしてそれはもう、ちょっとしたものです……。もちろん、アンディを一番愛していたのは、かつてフォーク・アーティストだった彼のお母さんですし、同じように彼も母を愛していました……。卯月さん、ご存知のように、アンディ・ウォーホルはピッツバーグで生まれた聖人ですが、彼の両親はメジラボルツェ近くのミコヴァー村出身です。そこのどこかにルシン人たちが住んでいて、そこでは、信者にシルクスクリーン印刷で増やした聖画とコカコーラを配るようなイエス・キリストも、生まれることができたのかもしれません……。それが私のアンディ・ウォーホルであり、釈放された受刑者の顔をした男であり、銀髪のかつらをかぶった男なんです。彼はリッツよりも大きなダイヤモンドの心臓を持っていましたが、心不全で死に、アポロ八号のキャビンに入れられてサターン5ロケットの四千トンの推力で天国へと、ポップアーティストの天国へと運ばれ、そこで今日に至るまで君臨しているんです……。親愛なる卯月さん、私のこんな言い方は神秘化ですが、私は僭越ながら、アンディ・ウォーホルを列福するという贅沢をさせていただきます。それは、形而上学的な移動射的場の神秘であり、ゲーテがついに生涯をかけてそれを元に『ファウスト』を書き上げた人形劇の神秘なんです……。でも私は、魂では、主《しゅ》のお気に入りのディラン・トマスが座って死ぬまで酒を飲んでいた「ホワイト・ホース」の酒場に、ずっと座っています……。

(18) アメリカの女優・歌手(一九四六〜)。アンディ・ウォーホルとの関係がゴシップになった。
(19) アメリカの歌手・女優(一九四五〜)。アンディ・ウォーホルと共に活動した。

P・S・

親愛なる卯月さん、今、私はケルスコにいますが、霧が出ています。猫たちは濡れて、暖かい所に入れてくれと私にせがんでいます。でも、私は耐寒訓練をさせるのが良いと思っているので、猫たちは幼子イエスのように、小屋の中の干し草と藁の中に座っています。私はローマからの中継放送を見ているんですが、ちょうど教皇がサンピエトロ大聖堂で福者アネシュカを列聖したところです。[20] アネシュカは、空の鳥たちとも話をすることができた聖フランチェスコの精神で貧者たちの面倒をみてやり、プラハのナ・フランチシュク（フランチェスコ通り）に貧者たちのための修道院を創設した女性です。ヴァーツラフ広場で、人々が花と数百の蠟燭を置いている聖ヴァーツラフ像の、すぐ右側で金属になって立っているアネシュカです……。プラハのプシェミスル家の聖アネシュカです……。ポストモダン（Post-modern）は同時に、東欧モダン（Ost-modern）でもあるんです。

ケルスコ　一九八九年十一月十日

（20）プシェミスル家の聖アネシュカ（一二一一?～八二）。チェコ王プシェミスル・オタカル一世の娘。プラハのナ・フランチシュク（フランチェスコ通り）に修道院を造り、院長として活発に活動した。一九八九年にヨハネ・パウロ二世によって列聖された。

十一月の嵐

親愛なる卯月さん
今は十一月十七日の夜です。猫たちはもう互いに身を寄せ合って、肉球に息を吹きかけています。私は、白い柵の前の、暗くて星の見える夜の中に出ました。黒い雄猫のカシアスが私と一緒に出て、私はその子の手を取りました。向こうの北の空に大きな薔薇色の領域が現れましたが、それは、ここで今までに何度か見たことのあるオーロラで、輝く星々に飾られていました……。その緋色の天のしるしも良い前兆ではないということを、私は知っていました……。そして、プラハでは蠟燭を手にした静かなデモ行進が許可されたことを、知っていました。それは、アルベルトフの礼拝堂から出発して、一九三九年十月二十八日にプラハでドイツの占領者たちに射殺された学生ヤン・オプレタルの遺骸を入れた棺が運ばれたのと、同じ道を進む行進でした。ケルスコの上の空には、輝く星々を鏤《ちりば》めた薔薇色の緞帳が下りていましたが、雄猫のカシアスは怖がり、私はその子を腕に抱いて、白い垣根に沿って歩きました。私は、その繊細なオーロラは良い前兆ではないということ、それは不吉なしるしだということを知っていました……。五十年前に私は、プラハで一体どんなふうに暮らしていたでしょうか？　卯月さん、私はナ・フランチシュク通りの家に住んでいて、私もその十一月十五日にはデモに、ヤン・オプレタルの葬儀に、出かけました。けれども、パリ通りで法学部の友達に出会い、彼に誘われて一緒にツェレトナー通りの「ボウダ」の酒場に行き、そこでブドヴァル・ビールを飲みました。それで私たちは、その日にプラハで起こったことすべてに巻き込まれなかったんです……。それから私は、下宿していた家に寝に帰りましたが、そこは下が「ウ・セドミーク」という酒場になっていました。巷のニュースは悪いもので、滅入るような雰囲気でした。客の一人が手の甲に嗅ぎ煙草を撒いて、それを吹いたので、セドミークさんはくしゃみをせずにはいられませんでした。彼はかつらを被っていたので、それが効いて付け毛が禿げ頭から落ちましたが、彼のアシスタントのマジェンカはいつものようには笑いませんでしたし、客たちも笑わず、みんなが言葉を失ったかのようでした。セドミークさんだけがまたかつらを被って、こんな時に悪い冗談だ、とだけ言いました。私は寝に帰りました。私はオルガ・リソヴァーさんの家に下宿していたんですが、彼女も悲しげで、私たちのことを憐れんでいました。というのも、彼女の家には三人が下宿していて、私たち二人は法学部の学生で、もう一人は料理人だったんですが、彼は真夜中に帰って来るとベッドに倒れ込んで、ひどい鼾《いびき》をかいたからです。卯月さん、私は彼と一緒に寝ていましたが、あまりにひどい鼾なので、耳に柔らかいパンを詰め込みました……。翌日、私は大学に行こうとして午前十時過ぎに出ましたが、私の学部の階段を見たとき、何を目にしたことでしょうか――階段でドイツ帝国の兵士たちが学生たちを追いやって、銃床で背中を叩いていたんです。講堂と廊下から、更にほかの怯えた学生たちが走り出てきました。そして兵士たちは、建物に寄せた軍用車に、学生たちを次々と追い込んでいました。それから垂れ幕が上がって、兵士たちは、二台の満員の軍用車に跳び乗りました……。私は慄然として立っていました。もしも三十分早く来ていたなら、私もあの学友たちと同じ目に遭っていたことでしょう。車が動き出し、私の学友たちが「我が故郷はいずこ?」(1)を歌うのが聞こえました……。そして私はもう、どういうことなのか分かっていました。そして私が家に帰ると、同僚のスハーネクとそのコリーン出身の料理人――名前は忘れてしまいました――がもう荷物をまとめていて、私もまた荷物をまとめ、私たちは怯えながら、泣いている大家さんの女性に別れを告げました……。そして私たちが列車で親元へと出発する前に、そして駅に着くよりも前に、人々みんなから、恐怖と、その後に起きたことの予感が放射していました――大学は閉鎖され、十一月十七日に十二人の学生が処刑され、学生寮で逮捕された千二百人の学生がザクセンハウゼンの強制収容所に移送されたんです……。卯月さん、私は今年の十一月十七日にそのことを思いだし、黒猫のカシアスと一緒に、輝く星々を鏤《ちりば》めた薔薇色の空の下を歩きました。そしてその晩、蠟燭を手にしたプラハの行進は成功しな

(1) チェコ国歌。

いだろうということ、何かが起こるだろうということを、予感しました――つまりそれが分かっていて、怖れたんです。だって、午後にケルスコにやって来た人たちが、プラハのカレル広場の病院のそばで、朝のうちに、そこに駐車していた車が全部移動され、その代わりに内務省の重車輛がやって来るはずだ、と言っていたからです……。

卯月さん、私の「満足国」遠征のその先をあなたに書きたかったんですが、私は、まだ起こってはいなかったけれども空気の中にあった何かを見ないで済むようにプラハに残らなかったことで、自分を責めました。プラハはもうその週ずっと、五十年前と同じようにヒステリックになって動揺していました。五十年前、私も怖かったし、数千人の学生が強制収容所に連れ去られ、十二人の学生が銃殺されたんです……。その運命を私は偶然にも免れ、その後ヌィムブルクで公証人の所へ行って、その事務所で働きました……。今でも覚えていますが、友人のイルカ・イェジャーベクと一緒に「グラント」の酒場でビールを飲み、深酒して、夜に、もう人気《ひとけ》のなくなった広場を歩いているとき、私たちがボヘミア地方のドイツ人のようなチェコ語とドイツ語で喋り、間違ったドイツ語で騒々しくあざ笑うように話していると、ナ・クニージェツィー通りのホテルから、コートを着た二人の男が若い女と一緒に出てきて、そのうちの一人が私の喉元を摑んで、私に向かって「ハルト（やめろ）！」と喚き、私の喉を締め付けたんです。彼の恐ろしい目が見え、彼は、ほとんど地面を引きずるようにして、私を軍用車の方へと引っ立てました……。そして、私の喉を摑み続けながらドアを開けたとき、脇のク・ポシュチェ小路から、あの若い女が走り出て来て呼んだんです――ハンズィ、すぐにその若者を離しなさい、今すぐ、ハンズィ、あんたとつき合うの、やめるわよ……ハンズィ！　ハンズィ！　あんたとは、もう二度と出かけないわ！　そして、くるっと向きを変えて、ポシュトヴニー小路の中に走って行きました……。それで、ハンズィは私を離して、彼女を追いかけて行きました……。私はモステツカー通りへと走って行って、それから橋を渡り、ビヤホールの中へ駆け込みました。というのも、その若い女のおかげで、私はまたしても強制収容所を免れたからです。あの男はゲシュタポだったので、ドイツ語とドイツ帝国に対する侮辱の故に、きっと、私たちのヌィムブルク郡の愛国者たちが消えていったコリーンへ、私を連れて行ったことでしょう……。コリーンでは、ゲシュタポもチェコ語ができました、だって彼らは、ズデーテン・ドイツ人だったからです……。「私は天気病です（Ich bin wetterkrank）」。

　そう、卯月さん、私がなぜ「天気病（wetterkrank）」なのか、あなたは不思議に思うでしょう……。私は、しがない学生の頃、そのズデーテン地方に交換学生として行きました。それはまだヒトラーの時代ではなく、我が国の国境付近のドイツ人はまずまずで、交換学生として行くのが慣例だったんです……。私はドイツ語を身につけるために、ツヴィッカウに交換学生《ハンドル》として行き、そこでお針子のプリシュケさんの所に下宿しました。そして、そこのドイツ人たちと一緒に泳ぎに行きました。反対に、私たちのビール醸造所には、ツヴィッカウから二人の女の子がやって来もしました。ゲルダ・フィティーとローリ何とか――名前はもう忘れましたが……。そして、そのツヴィッカウの小さな町で、天気が悪くなると、よくドイツ人たちが自分について「私は天気病です（Ich bin wetterkrank）」

と言うのを耳にしていたんです……。そして彼らはビールを飲みに行き、更にグラスの蒸留酒を飲みました……。それで私には、世界苦があるときに「天気病（wetterkrank）」になって、ビールと蒸留酒を飲みに行くという習慣が残ったんです……。ただし、卯月さん、一九三六年に私たちはツヴィッカウを訪れましたが、その時はもうヒトラーの時代で、もうコンラート・ヘンライン[2]の時代でした……。そして、あの我が国のドイツ人たちは変わってしまっていて、もう友好的ではなく、もう傲慢になっていて、彼らにとってヒトラーは神であり、首都はもうプラハではなくてベルリンだということを私たちに思い知らせました……。私たちがそこへ行ったのはそれが最後になり、きっとご存知のように、それは破局に終わりました。ミュンヘン協定がやって来てズデーテン地方はドイツ帝国の領土となり、そして三月にはチェコスロヴァキアの残りにもドイツ帝国がやって来て、それからあの秋と十月二十八日、大学の閉鎖、ヤン・オプレタルの死、そしてすぐにあの十一月十七日の十二人の学生の銃殺……。私は公証人のところで仕事に就き、ハイドリヒ総督[3]の暗殺後に市民たち、愛国者たち、共産党員たちがどのように処刑されたかということの証人になりました。そして卯月さん、私はついにヌィムブルク近郊コストムラティ村の操車係になったんですが、私の駅のそばでパルチザンがレールを外し、ナチスの親衛隊を乗せた列車が通って私を人質として機関車に乗せたときも、また偶然に死を免れました。今でも、親衛隊のあのピストルの銃口を背中に感じます。その機関車にいた、ただ一人の指揮官が私の目を見て、彼だけが私のことを理解しました——彼は合図をして、列車は止まり、彼は顎で示し、私は機関車のステップを下り、歩いて自分の小さな駅に戻ったんです。もう春でしたが、私は自分の身に起きたことから「天気病（wetterkrank）」になりました……。そして今思い出しますが、その三ヶ月前に、パルチザンが私の駅の後ろで、弾薬を載せた列車を、無蓋の輸送列車を、爆破したんです。私はホームに立って見ていて、爆風を経験しました――その十五両の車両は、原爆の雲のようなものを出して吹き飛びました……。その後、私の事務室に武装親衛隊がやって来て、取り調べが行われ、電信機のそばの机の上に拳銃を置きましたが、そのドイツ人たちは私を射殺しませんでした。次の日もまた私を取り調べに来て、それから私を解放しました。私はいつものように運が良かったんですが、ただ、そのせいで「天気病（wetterkrank）」になりました……。そして今日は十一月十七日――プラハではもう、手に蠟燭を持った学生たちの行進が進み、五十年前、あの一九三九年十月二十八日に射殺されたヤン・オプレタルの遺体を運ぶ葬列が出発した、アルベルトフの病理学研究所へと向かいました。今日は十一月十七日――もう夜の七時で、私は黒猫のカシアス・クレイを、あの私の雄猫を、抱いて歩きます。白い柵、妻がまだ生きていたときに塗った白い板が光って私の行く道を示し、私は行ったり来たりします。ケルスコの上にはずっと、あのオーロラ

（2）ナチ化したズデーテン・ドイツ人の指導的政治家（一八九八～一九四五）。
（3）ラインハルト・ハイドリヒ（一九〇四～四二）。ナチス・ドイツの高官で、ボヘミア・モラヴィア保護領総督代理を務めているときに暗殺された。

が、薔薇色で優しく、それでも不吉な空の薄霧が出ていて、そこからきらめく星々が光っています。寒気が来ているからです……。私は、蠟燭を持った学生たちの行進のことを考えています。アルベルトフからヴィシェフラットのスラヴィーンのカレル・ヒネク・マーハ[4]の墓に向かうことになっていた、あの許可された行進のことを考えています……。けれども、あのオーロラが私に恐怖の念を呼び起こし、卯月さん、私は、それが少し違ったことになるのではないかと怖れるんです。というのも、カレル広場の複合建築群の脇には内務省の重車両が停まっていて、隣接する道路にはもう何台もの車が、囚人や最近のプラハでのデモの際に捕らえられた人々の移送用の檻のような車が、停まっているからです……。そしてオーロラの中には、薔薇色で繊細で不吉な空の霧の中には、星々が輝いています……。そして私は「天気病（wetterkrank）」で、黒猫のカシアスも私の手の中で震えています……。

親愛なる卯月さん、私は今思い出したんですが、若いフランツ・カフカは、背中の曲がった女中に連れられて、ツェレトナー通りから――後には「一分の家」から――出て旧市街広場を横切り、ティーン小路を通って、ドイツ人学校のあったマスナー通りへと通い、女中に手を引かれさえしていました……。私は、今はもう、なぜカフカが怖がっていたのか分かります――あの一八九二年にプラハで、特に旧市街で、チェコ人とドイツ人が争い喧嘩していたんです……。それで、オーストリア政府が戒厳令を布《し》いたんです……。そして一八九七年には、ドイツ人とチェコ人の間の喧嘩は、ユダヤ人にも及びました……。反ユダヤ主義が再び燃え上がり、それはユダヤ人にとって「十二月の嵐」でした……。卯月さん、ユダヤ人の中流階級は、テオドール・ヘルツル[5]が書いているように、民族主義的な傾向を避けるようにして旧市街を移動していたんです――まるで何かの秘密の非合法地下組織のように、まるですれ違う船と船のように……。そして、そのせいでユダヤ人たちは、そのせいでフランツ・カフカも、「天気病（wetterkrank）」になったんです……。そのすべてが、作家フランツ・カフカが『審判』を書くための悲しいインスピレーションとなる根幹をも、規定したんです……。そして、まだ私も含めて学校の生徒たちが単語を書いていたような小さなノート、八つ折り判のノートに、書き込みをしたんです……。そんな八つ折り判のノートに、カフカはこう書いたんです――「ある日、私たちの所へ見知らぬ一人の男がやって来て、父と一緒に部屋に閉じこもった……。私は母と一緒に台所にいた。それから父が出て来たが、青ざめて苛立ち、ひどく喉が渇いていた……。水を飲んでからまた、その見知らぬ男のいる部屋に戻って行った……。そして父が台所に戻って来ると、震えながら、あの男の人と一緒にどこか分からない所へ行かなければならないと言った。お父さん、僕も一緒に行くよ、と言うと、父は急いで着替えて言った――私だけで行かなければならない、あの見知らぬ男の人が連れて行ってくれるんだ。お父さんと一緒に行くよ、ともう一度言うと、父は言っ

（4）チェコの国民詩人（一八一〇～三六）。プラハのヴィシェフラット墓地にある偉人たちの合同霊廟「スラヴィーン」に葬られている。
（5）ハンガリー生まれのシオニスト（一八六〇～一九〇四）。

た――私だけでいて、私だけで行かなければならない……。それから二人は家を出て、階段を下り、もう猫背になった父が通りを遠ざかって行くのが見え、それから二人は広場の方へ曲がった……。」これは、八つ折り判のノートの書き込みを、私があなたに語り直したものです――私なりに語ったものです。だって、その八つ折り判のノートを、私はなくしてしまったからです……。実のところ、それは「八冊の八つ折り判のノート」という名前です……。これが、それだったんです。フランツ・カフカ博士は、自分から鬱と偏頭痛と不眠を追い払おうとして馬に乗りましたが、無駄でした。そしてフランツ・カフカ博士は、市民水浴場に小部屋を持って水泳の練習をしましたが、無駄でした。神経系を強めるために、そこに自分のボートを持っていましたが、無駄でした。小さな木の周りに鋤を入れるために、トロヤの果樹園芸学研究所に通いましたが、無駄でした。できるだけ、ヨーロッパの温泉と温泉治療に通いました。自分の周りにあったすべてのもののせいで、不幸だったからです。そして四回婚約しましたが、無駄でした――フェリツェ・バウエルと二回、ミレナ・イェセンスカーと一回、そして最後に死ぬまで彼に仕えたのはドラ・ディアマントでした。というのも、シェーンボルン宮殿で血を吐き始め、開放性結核は執筆には役立ったものの、次第に悪化し、多分『城』の執筆中に、キールリンクのサナトリウムに入って、そこで死んだんです……。卯月さん、お分かりのように、プラハで今起こっていることは、ここでは周期的に起こってきましたが、でも例外なく、常にタイムアウトになり、中断するんです。そして「L'ouragan de décembre」、十二月の嵐は、その一八九七年に、ちょうど今年の出来事が私たちを襲ったように、若きカフカを襲ったんです……。卯月さん、その十二月の嵐のすぐ後、翌年に、ポルナー近郊のブジェジナの森で、喉を切られた若い少女が発見され、嵐はそのポルナーでも続きました。反ユダヤ主義者たちは、それは儀式殺人だった、その少女アネシュカ・フルーゾヴァーの血が発見されなかった、ユダヤ人の仕業だと断言しました。(6) そして、そのポルナーの大きなゲットーを、ユダヤ人たちは離れなければならなくなったんです。ついにマサリク教授(7)その人が控訴審で、それは儀式殺人ではなくてただの殺人だということを証明したんですが……。しかし、ポルナーのゲットーは、今に至るまで空っぽです……。親愛なる卯月さん、私は散歩をして、まるで飛ぶ骸骨のように真っ白な柵に沿ってぶらつきます。そよ風が吹いて木の葉を追い立てるので、黒猫が私の前を走り、喜びに足を踏みならします。その私の黒猫のカシアス・クレイはそうして楽しんでいますが、私はその逆で、消えゆく薔薇色のオーロラ、美しくて不吉なオーロラを見て、不安になり、怖くなるんです。私はそのオーロラのせいで、「天気病（wetterkrank）」になっているからです。卯月さん、私は知っていますが、そちらの「満足国」であなた方にも自分たちの嵐があったし、今もありますね——十二月の嵐だけでなく、例えばデトロイトの嵐も……。私は、デ

(6) ユダヤ人は宗教的儀式のためにキリスト教徒の血を用いるという迷信があった。
(7) トマーシュ・ガリク・マサリク（一八五〇〜一九三七）。チェコスロヴァキアの哲学者・政治家。プラハ大学教授で、後のチェコスロヴァキア初代大統領。反ユダヤ主義と闘った。

トロイトで一番高いホテルから、町の中心部全体が焼き払われているのを見たとき、びっくりしました。それは恐らくプラハ旧市街くらいの大きさのエリアを焼き払った人々のデモと抗議のせいだったことを、そこを迂回する小さな白い電車が十分に示していました。考えてもみてください、それはプラハでも起きていたかもしれません。チェコ人は、過敏でヒステリックで乱暴だからです……。チェコ人は歌うのも好きです——我々はプラハを渡さない、渡すくらいなら破壊する……。私はデトロイトを見たとき、「Détruit」、「破壊された地区」と呼び直しました……。で、何が起こったか？ その「Détruit」の裕福な中心部は、周辺に邸宅やアパートが建てられて、その中心部はそのまま残されましたね。日に二度バスが通り、それは朝にそこの商業と銀行の中心地を結び、午後には人々を帰宅させます。そして、それらの巨大な超高層ビルは人気《ひとけ》がなくなり、武器を持った警備員だけが、空っぽのオフィスや執務室や銀行や巨大銀行を巡回するんです……。あの古い赤レンガで出来た町の中心部は焼き尽くされ、屋根のないむき出しの壁が立っていて、煤けた窓、落ちた階、雑草と藪の茂った空き地があります。そこにはかつて、遊歩道を備えた自慢げなデトロイトがあり、この自動車都市の交通量はニューヨークと同じくらいでした。ニューヨークでは今、色とりどりの服を着て、口にタバコをくわえた黒人の男女が、あちこちを足早に通り過ぎます……。卯月さん、私はそんなふうにあの町を思い出して、そのために「天気病（wetterkrank）」になっているんです……。オーロラは溶けるように消えてしまいましたが、私の頭上には、英国王家の人生と愛と非業の死をあれほど劇的に描くことのできたウィリアム・シェイクスピアを称えて、Wの字の星座が、カシオペア座と馭者座が、輝いています……。卯月さん、実のところ、私の記憶にある限り、我が国の大統領たちはみんな、シェイクスピアが描くにふさわしい運命を持っていました……。マサリク大統領の悲劇的な運命、もっと悲劇的なベネシュ[8]大統領の運命、倍も悲劇的なハーハ[9]大統領の人生、そして超悲劇的なクレメント・ゴットヴァルト[10]の運命……。ゴットヴァルトの運命が、一番悲劇的です。というのも、自分の意志に反して、自分の仲間たちを処刑させたからです……おお！ 卯月さん、私は今日は完全に「天気病（wetterkrank）」です――フラバルさん、胸に手を当ててください、アレクサンデル・ドゥプチェク自らが、あなたにクレメント・ゴットヴァルト賞を渡したのです。フラバルさん、あなたはこの国家賞の受賞者なのです。これは、あなたとあなたの奥様のためのものです。これは結局のところ、この共和国で最も素晴らしい勲章です。小さな赤い長方形、そこに金の若枝があります。フラバルさん、もちろん、あなたはそれを付けて歩いたりはしないでしょう。その勲章がチェコ史の悲劇的人物の名前を持つことを、あなたは恥じているのですから……。卯月さん、ここで私たちがどんな歴史の困難を

（8）エドヴァルト・ベネシュ（一八八四〜一九四八）。チェコスロヴァキア第二代大統領。
（9）エミル・ハーハ（一八七二〜一九四五）。ナチス・ドイツのチェコスロヴァキア侵略後のチェコスロヴァキア第三代大統領。
（10）チェコスロヴァキアの政治家（一八九六〜一九五三）。チェコスロヴァキア共産党初代書記長にして、共産党政権成立後初の大統領。

抱えているか、お分かりでしょう。それは、絶えず延期されている始まりであると同時に終わりでもあるんです……。親愛なる卯月さん、こうしてフランツ・カフカ氏には移住コンプレックスも役に立たず、全部で十七回引越をしました。自然への回帰も彼には役に立たず、彼は妹のオトラと一緒にシジェム(11)に土地を買い、その病気から逃れようとしましたが、その病気はウィーン近郊のサナトリウムにまで彼に付いてきました。こちらのこの町では、今日、十一月十七日は聖金曜日で、そしてその日の後はもういかなる聖土曜日も復活祭もありません。あの薔薇色や紫色のオーロラは、私の目と私の頭上から消え去ったとはいえ、ここで不吉なしるしのようにあるでしょう。ちょっとしたことで十分です――十九世紀サンフランシスコの火災は誰が起こしたんでしょうか?――牛小屋の中に燃える蠟燭を置いた農民の女性か、あるいはハエを追い払っていて燃える蠟燭を藁の中に倒した牛のせいで、ほとんど町中が燃えてしまったんでしょうか? モスクワで総主教ピーメンは私の問いに対して、重い口で、それでも答えました――そう、神の子というのは、良い者ばかりでなく、悪い者もです……。

　親愛なる卯月さん、私はこのケルスコにいて、森の向こうには月が出ましたが、満月の後の五日目くらいです。ひんやりしていて、あの月はショーウィンドーの大きなかけらのようで、ややオレンジ色です。私は柵のそばに立ち、黒猫のカシアスは、季節はずれの遅れた暖風が舞い上げる木の葉で遊んでいます。落ちた葉の下に、鋭い爪で小さな手を突っ込み、大きな葉の中に、その瑪瑙《めのう》のかけらを突き立てています。そして私はあなたのこと、あなたがアリアドネのように私を巻き取る、あなたの糸のことを考えているんです。私は自分の手紙を、あなたへの手紙を、急いで書かなければなりません。私たちのプラハでは何かが起きていて、私はそのことを知っているからです。私はあの焼き尽くされたデトロイトを歩き、あの火災現場の周りを歩きました。確かにそこでは本当に何かが起こったんです——そこで起こらなければならなかったこと、そして今プラハで起こりそうなことが……。分かっています、私はできれば、この自分の青春の最後を「ホワイト・ホース」で、黒人女性のウェイトレスと一緒に過ごしたいと、あなたに書きました。彼女たちは私に対してとても優しかった。あなたと同じような目をしていて、とても優しかったんです。あなたは六人の兄弟姉妹の一人だと私に言いましたが、彼女たちもきっとそうなんでしょう。あなたに書きましたが、ディラン・トマスのように、そちらのグレニッチ・ヴィレッジに座って、美しい名前を持つ三本足の馬に賭けたいです。ディラン・トマスのように、服を着ることもシャワーを浴びることも忘れたいです。空港に彼を迎えに行ったあのアルメニアの作家は、ディランは蒲団を敷いた寝床みたいだと言いました……。でも卯月さん、私はおめかしするのが好きで、セーターを替えるのが好きです。そして、アンディ・ウォーホルのように、そうしたいんです。彼は、いつでも自分が写真に撮られることを知っていて、いつもモデルのように立つことができました……。だから私も、いつでも自分が写真に撮られるかもしれないと知っていて、その自分の写真が半次元大きくなることを願います……。親愛なる卯月さん、私は

(11) チェコの村。

あなたに連続書簡を書きたいです。一通はイサカから、一通はデトロイトから、そして一通はシカゴからです。けれども、私が回った大学、コーンウォール、アーバナ、アナーバーの大学は今、今日の夜と隔たりによって、何だか頭の中でごっちゃになっています……。本当に私はアーバナの大学に感動しましたが、それはただ、四時間の旅の間中続いた土砂降りの雨の中を、シカゴから四時間かけてそこへ行ったということだけによってです。まるで私たちみんなが、ワイパーで拭き取れない泥の中を突き進んでいるかのように、四車線の高速道路は視界が五十メートルしかありませんでした。日中なのにライトを点けなければならず、それは黙示録的なドライブで、天使も竜も見守っていない旅でした。数千のタイヤがまき散らす、渦を巻くような土と混ざった、雨と泥の幕を、次々と開いていく旅でした。私は、これは自分の最後のドライブだという気がしました——特に、トラックが事故を起こし、トラックから落ちて障害を負った仔牛たちが道路の端に投げ出され、見分けがつかないほどに轢《ひ》かれ、そしてトラックはその雨の中で車輪を上にして引っ繰り返り、二頭の仔牛がそこに立って鳴いていたときには……。私たちはアーバナの大学町に向かって先へ先へと急ぎましたが、チェコ出身の運転手は、冷たい火についての、ヤン・パラフがそれで焼身自殺したほどの冷たい火についての、同じ話をずっと私に語ることによって、私を慰めようとしました——CIAがチェコスロヴァキアにこっそり持ち込んだ、完全な科学的奇跡である、冷たい火ですよ……。そしてあの狂人のパラフに、どうにかなったりしないから、痛みも感じないからと言って、その冷たい火で自分の身を焼くように説き伏せたんです。それでパラフは、自分の体にガソリンをかけて、冷たいマッチを擦り、ようやく炎の中で、ＣＩＡのスパイに騙されたんだということに気づいたんです。けれども、その火は全然冷やしなどしなくて、焼いたんです……。卯月さん、こんなふうに、その怒った運転手はむしろ自分自身に話し、そして私は、いつ私たちがあの仔牛たちのように落ちるか、いつ私たちの車が車輪を上にして引っ繰り返るか、私たちが奇跡的にあの二頭の怯えた仔牛のように立つのかと、おののいていました……。けれども、運転手はまたぞろ、ＣＩＡがプラハに持ち込んだ冷たい火について話すんです――冷たいマッチで火を点けられたガソリンの話です……。それから彼は、私に言いました――あなたはコミュニストたちが人々を馬鹿にしている国のご出身ですね。お分かりでしょうが、冷たい火なんてものを信じられるのはガチガチのコミュニストで、『赤い権利』紙の読者ですよ。あの機関紙は、焼身自殺についてこう書いたもんです――ＣＩＡがプラハに冷たい火を持ち込んで、それは示威運動になるだけで痛みを与えることはないと、科学的にパラフに断言したのだ、なんてね……。卯月さん、こうして私たちはアーバナの大学に向かって、ひっきりなしに撥ねかかる泥の中を突き進みました。運転手は私に、冷たい火と、パラフと、冷たいマッチと、ＣＩＡについて、『赤い権利』紙がそれについてどう書いて、テレビが何と言ったかについて、話し続けました……。私は、そのドライブにあまりにも怯えたので、その後、アーバナの大学で全く無表情に、『私は英国王に給仕した』の抜粋を朗読しました。それから、ズザナがまた英訳のテクストを朗読するのを聞いていました。その後で、質問がありました。その大学全体が、私たちが乗ってきた車のように土砂降りの雨の中に沈み、おまけにその雨は、まだ足りないと言わんばかりで、更に風が吹き付け、しだれ柳の小枝のように、雨と風が大学の窓を叩き、スラヴ学部を叩きました。そこの学部長はロシア人でしたが、彼はその後、私とズザナが質疑応答で小一時間汗をかくのを、楽しんでいました……。そしてここでもまた、ヴァーツラフ・ハヴェルの話が出たんです。そして、プラハの検閲に対して、罪なくして逮捕された者たちに対して、迫害に対して、タホフ[12]で駅に座っていただけで国境を越えることができるだろうとして逮捕されて十五年間を監獄で過ごしたカレル・ペツェク[13]に対して、私が責任をもって何と言うのか、と。それで私は、真摯でぐさりと突き刺さるような質問に対して答え、私は文学についての懇談会に来たのだということをはっきりさせようと努めました。けれども私は、文学は人生の反映だ、あなたは真実はたとえそのために人が何を支払うことになろうとも語られなければならないと少し前に言ったときに自縄自縛に陥ったのだ、と言われました……。それから終わりになり、その後で私は、そのチェコ学者、スラヴ学者、ロシア学者たちと一緒に座りました。秘書は亡命者のチェコ人女性で、彼女は、私がケルスコで何をしているのか聞き出そうとしました。野菜を育てていますす、と私が答えると、彼女は、私もですよ、ズッキーニの種を差し上げましょうか、何種類か持っているので、と言いました。そうして私たちは、野菜栽培の話をしながらビールを飲んだんです。それから私たちは帰りました。卯月さん、実のところ私は言い忘れましたが、シカゴから一緒に来たズザナは偏頭痛があって眠っていたんですが、彼女の父が軽い梗塞に襲われたという知らせを受け取り、それで彼女は気が沈んでいたんです。それから雨がやみ、私たちはまた四時間かけて戻り、運転手はまた冷たい火と冷たいマッチとＣＩＡの話でしつこく私を楽しませようとしました。いかにしてその冷たい火を持ち込み、『赤い権利』紙が書いていたように、ヤン・パラフにどうにかなったりしないと信じ込ませたか……。卯月さん、私はそのズッキーニの種を「黄金の虎」の酒場に持っていって、フレイサさんと分け合いました。けれども、私の種は死んでしまいました。何でも、もう私の手の下で死んでいきます。ジャガイモも掘り出しましたが、小さくて、去年よりも少なかったんです……。けれども、フレイサさんは、毎週月曜日に、そのアメリカのズッキーニを私の所に持って来ました。そして十日前に、彼は、茹でたニンジンと酢とローリエに漬けたズッキーニの小瓶を私に持って来て、蓋には日付も書いてありました……。その小瓶が私の前のビールの横に置かれましたが、その時、一人の女性が入って来て、私を覚えていますか、と私に訊きます……。私は彼女に見覚えがなく、彼女の顔を思い出しませんでした……。すると、メガネをかけた彼女はもっと体を傾けて、髪をかきのけさえしました――私はアーバナから来ました、あなたにズッキーニを差し上げました、あの種です、根づきましたか？　私は彼女に、スライスした漬物のズッキーニの入った、その小瓶を差し出しました。すると彼女はメガネを額に上げ、それを見て言いました――そうだわ！　うまく行ったのね……じゃあ、もっと種をお送りしましょうか？　私は彼女に、そうですね、と言い、私の写

（12）チェコ西部、ドイツとの国境付近の町。
（13）チェコの反体制作家（一九二八～九七）。

真の中から気に入ったものを選ばせて、その写真と「黄金の虎」の酒場のコースターにもサインをしてあげました……。そして、どこにも空いた席がなかったので、向こうの窓の下に腰かけるように頼み、ここの席が空き次第、あなたを呼びに行きますよ、と言ったんです……。そして卯月さん、暫くしてから行ってみると、彼女はいなくなっていました。それで私たちは、彼女の名誉のために1コルナ・コインで蓋を開けて、アーバナから来たズッキーニを味わいました……。フレイサさんが彼女の住所を持っていたのが、まだしもです。私は彼女に手紙を書いて、ほかに席がなかったときに彼女を私の膝の上に座らせてあげなかったことを詫びようと思います……。

親愛なる卯月さん、作家で演劇の助手をしているヤン・ノヴァーク氏[14]が、私にシカゴの郊外を見せるために迎えに来ました。ひげを生やした若い亡命者で、大学を卒業して学士号を取得してから、更に博士課程に進み、それからはもう文学に専念し、もう英語で執筆を始めて、コンピューターの環境についての小説でピューリッツァー賞を受賞しました。卯月さん、私は今「天気病（wetterkrank）」だし、過去にも「天気病（wetterkrank）」だったし、将来も「天気病（wetterkrank）」でしょう。それで今、あなたに告白しますが、そのヤンが私を車でアーバナに連れて行ったんです。私は彼に、彼の小説『ストリップショーのシカゴ（Striptease Chicago）』の一節を、あの冷たい火と冷たいマッチについての頁を、話してもらいました……。私は、文学について、ミロス・フォアマンについて、ヤンと話をしました。ヤンはフォアマンの所で演出家をしていて、彼と一緒に最新作の映画のシナリオを書いているんです……。彼は、チェコ人たちが住んでいる郊外がどんな所か、一緒に見に行きましょう、と私を誘いました。それで私たちは酒場に行きましたが、日曜日の午後で、その地区はシセロという名前でした。たくさんの建物があり、アメリカの典型的な労働者地区でした。彼は私に、夜にはジャズを聴きに行きましょう、と言い、アメリカン・フットボールはどんなふうにプレーするのか話してくれました。そして、自分の家族について、二人の子供について、どんなふうに働いているかについて……。ヤンは、恐らくアメリカ人がみんなそうであるように、見事なドライバーで、彼もまた目配せで運転しました……。広い通りに面した庭付きの家々があり、そこここに四階建ての賃貸マンションがありましたが、家の角を曲がると、板に「LOUANGE V. & J.」という文字のある建物の前で停まりました。その酒場の前には、おんぼろ車が何台か停まっていて、概してシセロは私に陰鬱な印象を与えました——もちろん、私がズザナと一緒に泊まっていた億万長者たちの邸宅地区と、下意識的に比べてですが……。そこの「LOUANGE」という看板の下のレストランから年配の男が出て来たんですが、顔が血だらけで、上着の折り襟も血だらけで、額にはやはり血を吸った紙のナプキンが貼り付いていたんです……。中に入ると、そこにはカウンターがあり、その向こうに飲み物を入れた棚がありました。黒い革のスカートと赤いブラウスを身につけた、化粧が濃く、つけまつげで瞼の黒い、若い女が、椅子に座っていました。それから私たちは、腰かけました。血を流した男が座っていて、やはり革のスカートをはいたウェイトレスが、男から血の滴るナプキンをはがしていました。そ

(14) チェコ出身のアメリカの作家・脚本家（一九五三〜）。

して、頬と額と鼻の傷を心配そうに見て調べると、もう一枚のナプキンをそっと貼りました……。お父さん、一体どうしたの、と作家が尋ねました……。ノヴァーク氏が——私はその時気づいたんですが、その人は昨日、私のために開かれた夜会の場にいたんです——そのノヴァーク氏が言いました——私たちが帰るとき、交差点の赤信号で黒人が私の車のドアをこじ開けて、お母さんのバッグをもぎ取ろうとしたんだ……お母さんは渡すまいとして、私も屈しなかったら、そいつは私の鼻を殴ってバッグを奪ったんだ……けれども、中身が出て、車の中に落ちたんだよ——ノヴァーク氏は、顎で示しました……。そして今度はまた、彼の息子が、もう血の滲み込んだナプキンを剝がして、注意深く傷を調べて言いました——でもお父さん、まだ額が割れていて、これは新しい傷だよ……。そして、もう一枚のナプキンを貼り付けました……。その間に、ウェイトレスがオランダ・ビールの瓶を持って来ましたが、そこには私たちと、その付けまつげをして赤いブラウスを着た婦人しかいませんでした……。お父さんは手を振りましたが、彼の代わりに、この「LOUANGE」の支配人であるヴェラさんが話し始めました——ここにもう一人の客がいて、まだチェコにいた頃の何かのサッカーの試合をめぐって喧嘩を始めたのよ。その時コーナーキックだったかアウトだったか……スパルタ対スラーヴィエの試合でね……。喧嘩して、そのもう一人がノヴァークさんに拳骨で一発かまして、お父さんが倒れたの……。ウェイトレスがノヴァーク氏にもビールの瓶を持ってきて、それから私たちはラッパ飲みしました。作家のノヴァーク氏は尋ねました——それは誰だったんだい？　すると支配人が言いました——半年前にチェコからやって来たビツァンとかいう人で、チェコのホレショヴィツェでよく喧嘩していたそうよ……。そして卯月さん、私たちは、シカゴ大学の学士にして博士で、『ストリップショーのシカゴ』を書いて既に有名な作家になっているヤン・ノヴァークのお父さんの額と鼻のナプキンを取り替えました。そして私たちはビールを飲んで、文学について語り合ったんです。その哀れなお父さんは私の読者で、私に会えたことをとても喜んでいました。ヴェラさんとウェイトレスと、更に日曜日の午後にバーのカウンターの所に座っていた、髪を染めた女性までもが、サインを求めて私のところに本を持って来ました。その後、店には誰もやって来なくて、私たちはシセロのビールを飲みながら、短編小説や長編小説を書くのがどんなに簡単かということについて、お喋りをしました……。それから、作家は私に囁きました――父はもうぼろぼろで、立て続けにタバコを吸うし、糖尿病なんです……。卯月さん、こうして私は、シセロがシカゴのどんな端っこなのか、そしてここの住民たちが日曜日の午後をどんなふうに過ごしているのかを知ったんです……。

それで私は、ケルスコに立って、蒼い夜空を見ていました。月が出て、私は星々の冠を戴き、隣の庭の上の方の森には今、馭者座が輝いています……。今度は勇気を出して家に戻り、テレビを、あの私たちのテレビ番組を、「最新ニュース」を、つけました。そして、待って、ついに見たんです……。そこでは、ヴァスィル・モホリタ(15)その人に導かれた学生たちが行進をし、五十年前にヤン・オプレタ

(15) チェコの政治家で元共産党員(一九五二〜)。一九八九年には社会主義青年同盟中央委員会議長を務めていた。

ルの遺体が運び出された検死室から蠟燭の道を通って、厳かに進んでいました。けれども、蠟燭を手にしたその行進は遥かスラヴィーンにまで進み、そこで詩人カレル・ヒネク・マーハのモニュメントのそばにヴァスィル・モホリタその人が、何人かの学生たちと一緒に蠟燭を置いたんです……。テレビ局はそれを撮り、それから、学生たちの許可された行進が戻るのも記録しました。けれども、そのおとなしい学生たちの方へ、もっと大きな行進が向かってきました。それは、コメンテーターの言葉では、学生ではあるけれどもたちの悪い連中の行進でした。それからその二つの流れが混ざり、そのたちの悪い連中がおとなしい者たちを説き伏せて、みんなが一緒になってプラヴェツカー通りを通ってどこか中心街へ向かったんです……。卯月さん、私はそれを聴き、見て、快く思い、自分にこう言いました――ついに初めて、あのおとなしい者たちだけでなく、あのたちの悪い連中の映像も見たぞ、と。コメンテーターは興奮せずに話し、声を高くせず、説教めいたことを言いませんでした……。それから私は、ついに地区国民委員会の許可のもとにプラハで何かが起こっているという感じを抱きながら、寝に行きました……。けれども翌朝、プラハから、目を丸くした友人が訪ねて来ました。彼は、プラヴェツカー通りを通って国民劇場まで延びた行進のところに四時間もいて、巨大な行進の人数を五万人まで自分で数えたというんです。多分、道路の通過能力が一平方メートル当たり四人として、その五万人という数を推測したんでしょう……。彼は、日が暮れてから、スミーホフのワインセラーの辺りで、ナーロドニー大通りが若者たちで一杯になっているのを見ましたが、彼らは目を大きく開けてスローガンを叫んでいました。それから八時頃に、スパーレナー通りから、白いヘルメットを被った内務省の武装隊が攻撃してきましたが、学生たちは地面に座って対峙しました。デモ隊の学生たちと地面に座った若者たちは、燃える蠟燭と花を差し出して、歌をうたいました……。それから長い沈黙の時間が訪れて、それからあの衝突と混乱と悲鳴と呼び声と嘆きと怒声が起こりました……。そして、このことを私に告げにやって来た私の友人は、顔面真っ青で、まばたきもせずに、こんなことは経験したことがない、と言いました。それから彼は武装隊によって他の人たちから引き離されて、下の「ウ・メドヴィークー」の酒場の方へと押しやられ、何人かのジャーナリストが倒されました……。それから一時間後に、地面に座って武装隊に蠟燭と花を差し出した若者たちの衝突が起こった場所に戻ってみると、レドゥタの建物のそばにも、アスファルトの道と舗道にも、スカーフや帽子が落ちているのが見えたんだ——そう彼は言って、濡れた頬を手の平で拭いました。そこには、婦人物のパンティーさえ落ちているのが見えた……。アーケードから、泣いている年配の男性が出てきて、片方の手に黒い靴を持ち、もう片方の手に黄色い靴を持っていた……。そして、国民劇場から歌声と叫び声と怒声が聞こえてきた……。その友人は、自分が見たことは決して忘れないだろう、こういう物や出来事はもうたくさんだ、と言いました……。それから彼は、そこのアーケードの中や法律相談所の辺りにいた勇敢な人々や、ミクラントスカー通りとヴォルシルスカー通りからやって来た若者たちの集団が、幾つかの売店の下の歩道の舗装の上で、打たれた人たちのまだ温かい血で濡れたあちこちの場所に蠟燭を置くのを見たんです……。

そして卯月さん、私はその瞬間、あのフランツ・カフカの少年時代の「十二月の嵐（L'ouragan de

décembre)」のこと、あの民族的な争いと警察との衝突のこと、ウィーンの政府がプラハに非常事態を宣言したあの反ユダヤ主義的事件のことを考えました。私の友人が自分の見たことを私に伝えたその土曜日の午後、私はあの焼き払われたデトロイトのこと、あの工業都市の中心部のことも考えました。そこでは、黒人の警官たちが、デモをする人々が自分たちの好きなようにすることを防がなかったし、防ぐことができなかったんです。そして結局のところ民衆は、そう民衆は、自分たちの前に立ちはだかるすべてのものをついに一掃する決定的な力ですが、たとえそれが数十万人の無防備な若者たちや、初めてのダンスのレッスンの時のようにプラハの通りを行くことに胸を高ぶらせた、まばたきしない少女たちであろうとも、学生たち、労働者たち、大学生たち、労働者センターの実習生たちであろうとも、啜り泣きや泣き声を一旦やめた中高年の人々がどこか別の所へ行こうとしたのだとしても、彼らは若者たちと一緒に進んだんです……。そう、そう、そう、それはカール・サンドバーグの民衆です……。そして彼らは、私が一月と十月に見たデモの時と同じように、若者たちと一緒に進んだんです……。そして今、私はここケルスコに座り、昨日のテレビ・ニュースを見て、国民委員会の許可を受けた葬列を——霊安室からスラヴィーンまでプラハを横切ってカレル・ヒネク・マーハの墓に許可された蠟燭を置きに行く葬列を——ヴァスィル・モホリタが率いているのを見て、時々鼻をかんでいます……。

卯月さん、私はあなたに、私の旅について書くはずでしたが、プラハからやって来た人たちの言ったことすべてによって物凄く心を乱されたので、すみませんが、その私の大学を巡る旅については別の時に書くことにします。私は今、自分の魂では、ここで日曜日に再び歩み出して再びヴァーツラフ広場や隣接した通りに集まった若い命の大学にいます……。私は、その若者たちをもう自分の目で見ましたが、もう劇場も映画館もやっておらず、もう十分でした。もしもそんなふうにジョン・リード[16]がまだこの世にいてこの町を見ることができたなら、彼はきっと、プラハだけでなく中央ヨーロッパを震撼させた、更なる『八日間』を書いたことでしょう……。というのも、そのプラハの午後、その五万人と共に、イタリアの新聞の紳士淑女に伴われてドゥプチェク氏も現れたからです。卯月さん、ドゥプチェク氏は争わずに連れてこられ、三時間後にまた解放されました。若者たちが、二十年前とは別の若者たちが、自分たちの行動によってドゥプチェク氏に信頼を表明する時まで生き延びたことで、彼は幸福だったからです……。そして卯月さん、その晩、私は、あなたも私と一緒に行った「緑の実験室」と「ブルチャールカ」の酒場に行きました。そしてそこにペプチャ・チェチルもやって来て、彼が私のためにヘリコンを演奏することを店長が許してくれたと言いました――ハシェクと当時のオーストリア社会がうたっていた、一曲の短い歌だけを……。私は、いつものように耳を傾けました……。ペプチャは、私が好きだけれどもびっくりする歌をうたってくれました――「ロシア人どもに爆弾が落ちた……」。すると客たちは拍手し、残念ながら店長は一曲しか許してくれません

(16) ロシア革命についてのルポルタージュ『世界を揺るがした十日間』を刊行した、アメリカのジャーナリスト(一八八七～一九二〇)。

でしたが、それで十分でした――「ロシア人どもに爆弾が落ちた……」。それは日曜日の午後で、日曜日の晩でした！　だから私はあなたに、どのみちシカゴのことを書かなければなりませんが、そこのアート・インスティチュートに巨大な絵がかかっていて、それは「ロシア人どもに爆弾が落ちた……」よりも強烈なんです。その絵は、「グランド・ジャット島の日曜日の午後」という名前で、大きさは二、五メートル×三、五メートルあります……。でも、それでスーラ氏[17]のその絵についてあなたに書くのではなくて、彼は三十歳ちょっとで死んだということ、そして彼の心臓はリッツ・ダイヤモンドよりも大きかったということについて書くんです。だって彼は、自分に、そして自分だけにではなくてすべての若者に、プラハにまで、ダイヤモンドに溝をつけることができるのはダイヤモンド自身だけだと言ったような人だったからです……。

親愛なる卯月さん、私は、計画していたように、あなたにイサカについて書くはずでしたが、プラハでのこの月曜日は私自身よりも強いんです……。私は再び、猫たちに餌をやりにケルスコに行きましたが、今はもうほとんどどの猫も私を歓迎します。だって猫たちは、私がバスを降りて、私の家の白い縞模様の門と柵に近づくときに、何か食べるものを持って来てくれると思って、私を待っているからです。猫たちは隙間から出て、喜んで私を迎えに飛んで来て、あの赤毛の縞猫までもが宙返りをして、早足でやって来て、その子たちの後からは、あの私のカシアス・クレイも体を揺らしながらやって来ます。クレイは、私がこの子だけを手に乗せること、私だけがこの子の匂いを嗅いでそのもじゃもじゃの毛にほっぺたを埋めることを、知っているんです。そして私はクレイに、私のそばにいてくれるように、私に何かが起こらないように、私がタイプライターからカタカタと手紙に書き付けることすべてをサンフランシスコにいるあなたに書けるように、頼みます。カシアスだけが――私はそれをカシアスに囁くんですが――実は私はあなたが好きであること、私たちがデトロイトからシカゴに行ったときに私はあなたのために「それにはフィルムが入っているのか？」とズザナに怒鳴りもしたことを、知っています。ズザナは、カメラの準備ができていました……。急行は、「カラマズー（Kalamazoo）」と書いた板のある駅に停まりました。そして、ズザナのカメラは、その私の「カラマズー」を、カール・サンドバーグのあの美しい詩を、捉えたんです。それは、「カラマズー」におけるフラバル氏とカール・サンドバーグ氏との驚くべき出会いでした……。そしてその詩は、「カラマズーの罪」という題名でした。私は一体いつ、それを読んだんでしょうか？　四十年前か、いや三十年前か……。そしてそこに、こんな詩行があります――「カラマズー」で、恋人たちが郵便局の窓口に行って、自分たちの名前を言い、手紙のことを訊きます。そしてもう一度訊くんです――「本当に、私宛てのものはありませんか？　すみませんが、もう一度見てください、きっと私宛ての手紙があるはずですから」……。そしてあなたは、そのことを知りません――私はあなたに手紙を送らないので、私はそれについて、私の小さな黒人であるカシアス・クレイと、あらかじめ話します。それから、あなたに宛てられたもの、実際にはもう他の人たちにも宛てられたものを、友

(17) ジョルジュ・スーラ（一八五九～九一）。フランスの画家。

人たちと一緒に書き写します。読む者がみんな、その私の手紙で、私の書き付けで、手を汚すように……。お話ししたように、ケルスコに来ると、もう猫たちがみんな私を迎えに来て、宙返りをし、そして私はその猫たちのおかげで「天気病（wetterkrank）」になります。あなたのおかげでも「天気病（wetterkrank）」になるし、あなたに書きたいことを書くときに、ペルラさんに――あの私の Pearl of Assurance に――囁いていたように、あなたの耳に囁きたいようなことだけを書いてしまうということでも「天気病（wetterkrank）」になります……。そして今はもう、またプラハに戻ります。月曜日で、もう向こうには、それがあり、私はもう鼻をかみます。もうそれが見えます、あのプラハの美しさ、あのきれいな少女たち、あの若者たち、あの学生たちが見えるんです。彼らは、運命が彼らの脇を通り過ぎることなく、彼らと共に彼らによって進むこと、そして私たちの社会のダイヤモンドに溝を付けることのできるのは彼らだけであることに対して、誇りと威厳をもって進むんです――旧市街広場を対角線に進み、「王の道」を通って流れて行くダイヤモンドたちのように……。私はまっすぐ彼らの方へ行き、私が泣いているのを、涙を溜めているのを見られないように、地面を見ます。私が目をやる所にはどこでも、彼らはどこに行くのだろうか、なぜそちらに行くのだろうかと目を凝らしている、瞬きしない目が見えるからです。彼らは知識ではなく、跳躍によってそこへ行くからです。今プラハで、彼らはあらゆる知識、この世のあらゆる技術や大学を、自らの存在によって跳び越えてしまうでしょう。そして、かつてハプスブルク家のルドルフ二世が住んでいたときのように今は陰鬱なプラハ城さえも、跳び越えてしまうでしょう。私はツェレトナー通りのカレル大学哲学部の秘書室の前で立ち止まり、そこに「カレル大学哲学部ストライキ」と書いてあるのを読みます。そこには新聞記事の切り抜きが貼ってあり、若者たちと共に歩むすべての者、歩道に立ち止まらないすべての者に向けて書かれた、断固として燃えるような呼びかけがあります……。そして卯月さん、私は、自分が今日にしているものを見る時まで生き長らえたことが嬉しいです。ホレショヴィツェの古い屠畜場で開かれた、現代の若いアンガージュマン芸術の展覧会で、ミュシャ（ムハ）氏と一緒に泣いたときのように……。私たちは、もう期待していなかったことを見る時まで生き長らえたこと、それが内部にあること、そのダイヤモンドの傷、その輝きがまだ存在して輝いていて、それがすぐに見えることで、泣きました……。卯月さん、きれいな服を着た若者たち、メイキャップした少女たちが、私の方にやって来ます……。すべては、まるでお祭りに、自分の友人の結婚式に、行くときのようです。その若い女性たちは結婚式そのものでさえあり、彼女たちは心地良い人間的な無限に嫁いだんです。彼女たちによって本質が始まり、彼女たちによって今ようやく存在の指示がやって来たんです。そして、以前はプラハをぶらついていただけの人たちが、今や、アレクサンデル・ドゥプチェクがプールで板から跳んだ時代のように、威厳に満ちているのが見えます。年配の女性たちは、宝石やイヤリングを外して、今日の午後やはりプラハをデモする人々と一緒に姿を現した、当時は若かったその男の祭壇に捧げました……。スパルタやスラーヴィエやボヘムカ(18)のサッカー場で騒動を起こす

(18) いずれもチェコのサッカー・チーム。

若者たちも、愛する少女を娶る自分の結婚式の時のように真剣に進みます……。そして、すべて旧市街広場を斜めや横やジグザグに通って、行進はヴァーツラフ広場へと向かいます。その広場では、聖ヴァーツラフの騎馬像の馬の蹄の下に、もう昼間から若者たちが座り、警官たちは今や、プラハ一区の地区警察から許可を得ているかのように、直接シュチェパーン同志から、警官たちが厳かな復活祭の月曜日を鞭打ちなしに見守るべしという指令を得ているかのように、振る舞っているんです……。そして私は、行き慣れた所に行きます。だって卯月さん、ご存知のように、私には誰もいなくて、独りだからです。それで私は、通りやケルスコで暮らしていて、ソコルニーキには寝に行くだけです……。分かっています――私には子供たちがいます、ちょうど出会っただけの数の子供たちがいます。私の子供たちというのは、もう通りや歩道を歩き進む者たちみんなもそうなんです。彼らは、私が彼らのことを考えていること、けれども私は少し自分に注意しなければならないことを、知っています。私はもう年寄りで、その感動のすべてで心臓が破裂してしまいそうだからです。私の心臓は、アンディ・ウォーホルのリッツのように大きな心臓ほど大きくはないにしても……。でも、彼の心臓は破裂してしまった！　平凡な胆嚢の手術なのに、バン！　それでむしろ私は、「黄金の虎」の酒場に座ってビールを飲み、プラハを震撼させたその八日間に出た自分の『三つの小説』にサインをします……。友人のモティーレクが私と一緒に座りますが、彼は微笑むことができ、小綺麗に服を着ることができ、地下鉄を造り、黙ることができます。けれども、彼は今、私に知らせます――フラバルさん、ここにシャツをはだけた女の子が来て、大学のストライキ委員会の任務でこの「黄金の虎」に来たと言い、あなたは彼らと一緒に、討論が行われる劇場に行かなければならない、と言ってましたよ……。友人のモティーレクが、私にこう言ったんです。彼は自分をスティーブ・マックイーンに投影して、訳知り顔に微笑みました。それから私たちは黙り、ただなんとなくお互いを見ていました。その後、やはり地下鉄を造っている私の読者のヤルダがやって来て、広場はもう聖ヴァーツラフ像の蹄の所まで人で一杯だ、と言いました……。私たちはビールを飲みましたが、私は身震いしました。というのも、卯月さんに手紙を書くこと、それは良いとして、若い人たちに何を書くべきか、私は四世代も年上だというのに……それから私のスラヴ的な涙もろさ……。卯月さん、分かっています、ドストエフスキー氏の主人公たちも泣くのが好きで、胆汁性コレラですが、それは大酒から来るものですね……。実は私も、ドストエフスキー氏自身と同じように、胆汁性コレラなんです……。それでそれが起こり、私の友人が言っていた少女が、テーブルと椅子の間の主要通路を通って近づいて来ました……。モティーレクというのは、「モティーレク（小蝶）」という名前の映画の主人公の名前を取って、友人たちが付けた呼び名です……。そのモティーレクは、小さな蝶のタトゥーの入った耳たぶを、指で摑みました。そして、そのラ・マルセイエーズの少女は、本当にシャツをはだけてジーンズを履いた格好でやって来て、片方の手には五百ミリ・リットルのジョッキを持ち、もう片方の手にはタバコを持って、腰かけて言いました――フラバルさん、ストライキ委員会の名において言いますが、私と一緒に来てください、討論会をやりましょう、断らないですよね、一緒に行きましょう……。私は言います――はい、いいですよ、でもお嬢さん、私は心筋梗塞で寝ていたんですよ……

ほら、私はそこへ行って倒れるかも、ね……分かる？　それから更に二人の大学生がやって来ました、モティーレクみたいに大きな男たちです……。私は言います――ほら、ここに卯月さんに宛てた、私の最新の二通の手紙があるんだよ、「ホワイト・ホース」と「グレイハウンド・ストーリー」だ……。ご覧よ、ラ・マルセイエーズさん！　そこに、起こったことを全部書いたんだ、そこには、君たちが経験したプラハの出来事だけでなく、ラブ・ストーリーもある……。髪をほどいた少女は、こういう時によくあるように、本当に断固とした調子で芝居がかっていましたが……私のテクストを見ると……微笑み、喜んで、飲み干したジョッキを私の手紙の上に置き、そして卯月さん、こう言ったんです――それを書き写してもいいですか？　私は言います――いいよ……。すると、その大学のストライキ委員会のメンバーは去って行きました、芝居がかった調子で去って行きました……。私は座っていて、寂しかったです。そして、スペインのオリーブを持って来て、食べ始めました。シーブさんが、袋入りの臓物ソーセージとブラッドソーセージを私のところに持って来て、私に囁きました――これは家に帰ってからね、一人で！　そして、ベークライトの皿に入った煮こごり料理を、私に差し出しました……。そしてヴァーツラフさんが、練り粉で作ったロールパンの入った袋を持って来ました……。それで、私たちはゆっくりと食べました。モティーレクさんは、時計を見て言いました――わあ、僕はもう子豚を食べに行かなくちゃ……。そうして私たちは座っていて、人々は私に話しかけましたが、私は耳に入りませんでした。私は、あの大学のストライキ委員会のせいでダウンしていたんです……。それから更に、アンデルレさんと妻のミラダさんがやって来ました……。二人は私に微笑みかけ、ミラダは私の手の甲を撫でて、私の勘定書きを見て言いました――ボフミルさん、そんなに飲んではいけませんよ……。そしてアンデルレさんは、私がもう知っていたことすべてについて、私に教えました……。彼は神経質になっていて、腕時計を見て、テレビのニュースを見逃さないように家に帰らなければ、と言いました……。それで私は、私やアンデルレの友人たちと一緒に店を出たんです……。外は騒がしく、ざわめきが近づいて来て、巨大な行進がプラハ城の方から橋を渡って戻って来ました……。白いヘルメットを被った武装警官たちは、彼らから離れませんでした……。そうして、水かさの増した川がそうであるように、流れとは逆に、それに逆らって、巨大な行進が戻って来ました。私は、まだ「図書館脇」の酒場の友人たちの所に行かなきゃ、そこで私を待っている男がいるんで、と言い訳をしました。彼は何か励ましを言ってくれるんで、私はいつも彼にだいぶ借りがあるんです、彼自身が一番多くの励ましを必要としているかもしれないけど……。けれども、彼はそこにいませんでした。私が酒飲みたちの隘路を通って進むと、彼らはそこここで私の青いリュックに泡を付けました。卯月さん、そのリュックは、あなたの故郷の町ネブラスカ州リンカーンで、チェコ文化研究者のシュチェパーンカが私に買ってくれたものです……。それで私は、その濡れた青いリュックを背負い、モスクワで買ったクロテンの毛皮帽子を被って外に出ました。その帽子は私に似合っているんですが、アンディ・ウォーホルその人が、雪山でそういう帽子を被っていたんです……。私が冬にモスクワで国営百貨《グム》店のデパートに入ると、ほら、そこに立っていたロシア人が、私が憧れていたクロテンの毛皮帽子を頭に被っています。私が、幾らですか、と尋ねると、彼は人波の中でそれを私に被せましたが、落ちました……。私はもう一度、幾らですか、と尋ねました。すると彼は三百五十を示したので、私は三百ルーブルを取り出しました……。すると彼は肩をすくめて、私の頭からその帽子を取りました……。それで私が、更に五十ドイツ・マルクを出して……それを見せると、彼は玄人のようにそのお札を調べてから受け取り、クロテンの毛皮の帽子を私の頭に戻しました。そして、彼と一緒にいた女性が、すぐにカバンから全く同じような帽子を取り出しました。アンディ・ウォーホルのように見えた、その芝居がかった精悍なロシア人はそれを被り、背中で国営百貨店《グム》の角に寄りかかりました。人々は流れ、彼は手を組んで、膝の所で長靴を曲げて立っていました。彼は、暫くするとまた私のような人間がやって来ると、分かっていたんです……。そういうわけで、私はそのロシアの毛皮帽子を被って、酒場の前に立っていました。そこには、ヴァーツラフ広場にいた人たちみんなが流れていて、叫び声を上げ、プラカードを持っていました。私は彼らを見ていて、鞭もないのに、どんな復活祭の月曜日のメーデーなのかと、驚きました……。これほどたくさんの、瞬きしない美しい人々を、私は見たことがありませんでした。若者たちのこれほどの真剣さを、ここでまだ見たことがありませんでした……。それから私は彼らと一緒に進み、私の出身の法学部の所までやって来ました。そこではチェフ橋の上に並んだ白いヘルメットが光っていましたが、それは、橋の通行が禁じられていることを告げていました……。私は、五十年前に軍隊と親衛隊が法学部の中から私の仲間たちを追い出しているのを見た場所に立っていました。それは午前のことで、大学の私の友人たちが、銃の床尾で打たれて、緑色のシートを被せた軍用トラックの中に跳び込まなければなりませんでした。そして私は、ビールコヴァ通りの角の所に立っていて、私が現に目にしたものを見たのでした――トラックの横が閉じて、どこかザクセンハウゼンの方へと動き出すのを……。そして、その私の仲間たちが歌をうたうのが聞こえました――「我が故郷はいずこ？」……。そうして私は、立って見ていたんです――そこの芝生の上に、ジーンズをはいた若者たちが膝を曲げてしゃがみ、私が一度も気づいたことのない記念碑のそばで蠟燭に火を点けるのを……。ジーンズやジャンパーやマフラーやジャケットを身につけた、三人の若者たちがそこにしゃがみ、蠟燭の火のすぐ上で、手の平や頭を温めているかのようでした……。私の乗る十七番の路面電車が来るのが聞こえたので、卯月さん、私は少し走って、十七番の電車に乗って帰りました……。卯月さん、私はそれが気がかりで、翌朝十七番に乗って戻りました。芝生に入ってみると、そこには小さな大理石板があり、そこにこう書いているのを、指でなぞって読まなければなりませんでした――「一九四五年五月、自由のためにここで斃れた無名の闘士の記念に」。

P・S・

親愛なる卯月さん、私はたくさんの合い言葉やスローガンを、見たり聞いたりしました……。生活のために午前はデパートで働き、午後はロシア語を教えているあなたの大学に、カリフォルニアのスタンフォード大学に、その月曜日に私が覚えた唯一の合い言葉を送ります――

「今日はプラハ全体が、明日は国全体が」

一九八九年十一月二十一日

親愛なる卯月さん

十二月になり、こちらは厳寒で、ケルスコも厳寒です。厳寒はモスクワから来るものではありませんが、ムリナーシュ氏(1)が書いたものが『ムラダー・フロンタ』紙に連載されています。でも、私はケルスコの森に通っていますが、私の猫たちはもう私を迎えには来ず、小門が軋むのを聞きつけると、すぐに自分たちの隠れ家から厳寒の中に出て来て、小さな足を上げ、寒そうにします。カシアスだけは機嫌が良くて、宙返りはしないものの早足で寄ってきて、小さな頭を回しますが、その間もほかの猫たちはその厳寒に固まっています。それで私は自分の緑色のリュックを下ろして、猫たちに持って

(1) ズデニェク・ムリナーシュ(一九三〇~九七)。チェコの政治家。『夜寒』の著者。

来たものを開け、それからミルクを温め、それからカシアスを手の平に乗せて頬を押しつけると、カシアスは良い香りがします。卯月さん、カシアスはその厳寒でふわっと広がってきらめいています。私が目を閉じると、カシアスは他の猫たちの代わりに私に体を押しつけて、冷たい鼻面を私の耳に埋め、そうしてニャーニャー私に何かを言います。それは私の友人たちが言うことと同じで、そんなに飲まないでね、死なないでね、と言うんです。一体誰が猫たちに餌を上げるでしょうか、一体誰がまだ何かを読者のために書くでしょうか？　そうなんです、私は我が国で起きていることのせいで野生化して、ビールをガブ飲みし、あの不幸なロシアやフィンランドのウォッカ、アブソルート・ウォッカ、グリーンランドのウォッカさえ飲みます。それはただ、既に起きたことと、更にはこれからまだ起きるかもしれないことを、忘れるためです。でも、もうそれは起きないでしょう……。

　卯月さん、私はもう二度死にました。一度は、友人たちが私のために専門の工房で金属とエナメルのオリジナルの板を作ってくれたときで、そこには赤い板に白字で「ボフミル・フラバル広場」と書いてありました……。そしてその板をズムル氏の家に打ち付けたんです。それは、私がリベニ区の「永遠の土手《ナ・フラージ》」の酒場で、有名になったらブラトルスカー通りとナ・フラージ通りのこの小さな三角形の場所に広場が欲しいよ、と言っていた所なんです……。でも、白い文字の付いた金属製の赤い板がそこにあったのは、一週間だけでした——警察がそれを撤去したんです……。若者たちがわけを訊くと、ロゼンベルゴヴィーフ通りの長官は、広場に名前を付けてもらう権利を持つのは死者だけだと言ったんです……。それで私は一週間死者でしたが、結局、記念版の撤去によって死者から復活したんです……。卯月さん、今度はカラフィアート氏が、「ボフミル・フラバル友の会」を設立すると、もうだいぶ前に決めました……。そして彼は、願い、書き、頼み、そしてまた強く願いました……。が、もう「市民フォーラム」ができた今になって、カラフィアート氏は、私自身がその協会を願う場合にのみ、恐らく私が死んだことを条件として何かができるだろうという通知を受けたんです……。それで、その協会も死後に作ることができるということで、私はその日、十二月初めの火曜日に、その葬儀通知のためにダウンしました……。

卯月さん、こうして、「満足国」の旅についてあなたに書く代わりに、国内のこと、文学より強いもの、このヨーロッパの心臓部だけでなく中央ヨーロッパ全体における新時代の始まりとなるであろうことについて、あなたに書いているわけです。ハンガリー人のアーコス・プスカース氏が書いたこと、「ヨーロッパ史の公開清算」は、もう当てはまりません。中欧というのは気象学者だけが分かる概念だという、クロウトヴォル氏(2)の書いたことは、もう当てはまらなくなるでしょう……。卯月さん、もうミラン・クンデラ氏は、中欧を西欧から分離し隔離したヤルタ会談、あの一九四五年の鞭打ちによって中欧が襲われた不幸を、「フランス・エッセイ」において嘆く必要もないんです。今ここでは、ある過程が進行中で、学生たちはそれを「ビロード革命」と言い、あちこちの壁にそう書いています……。ハンガリー人がそれを始め、ポーランド人がそれを始め、私たち以前に東ドイツ人

(2) ヨゼフ・クロウトヴォル(一九四二〜)。チェコの美学者・批評家・詩人。

がそれに取りかかって壁を壊したんです……。そしてここには、もう変わりつつある中欧、そしてここには、ワレサ（ヴァウェンサ）とその「連帯」、そしてここには、「私は古いオーストリア・ハンガリーのミックスだ（Ich bin eine alt österreichisch-ungarische Mischung.）」と言ったエデン・フォン・ホルバート[3]の復活した一文の内容があります……。そしてプラハと他の町々が今、花と燃える蠟燭を持った人々の、手の生きた鎖によって結ばれているんです。あちこちの広場での数千人、数十万人の集会、自分たちの騎馬像を見張ってもう三週間目になる若者たち、学生たち、彼らと共に新しい社会、存在と生の新しいあり方を形成している者たち……。けれども、その十一月十七日に警察によって――白いヘルメットを被っているか赤いベレー帽を被っているかはどうでもいい――ひどく打たれたので、そのせいで重い傷を負っただけでなく、空襲や強制収容所でのあの瞬間を経験した者が覚えているような心理的なショックも受けた学生たち……卯月さん、それでも彼らは屈しなかったんです！　プラハは今や、一つの巨大な蜜蜂の巣箱のようです。通りや地下道のどの壁も張り紙の掲示板となり、そのどの張り紙もほとんど独創的なものです。学生たちは、一時間毎に状況が変化するのに応じて、新しいスローガン、新しい呼びかけや宣言を考え出し、更には、ヴラヂミール・ボウドニークがあの一九五〇年代に自分の「爆発主義（explosionalism）」の宣言を貼り付けたのと同じように、学生たちは政治的および人道的状況をよく考えて、壁に自分の短いエッセイを貼り付けているんです……。そうしてこのヨーロッパの心臓部において、新しい文学、新しい種類の造形芸術、新しいコミックス、新しいアンガージュマン・ポップアートが生まれているんです……。劇場は閉鎖されているものの、やはり開いていて、そこでミーティングが行われ、新しい歌がうたわれ、内的亡命あるいは本当の亡命をしなければならなかった人々が舞台に現れます……。そして彼らは、十一月で厳寒だとはいえ、その新しいプラハの春に加わるんです……。

卯月さん、私はあなたの「満足国」のことを思い出します。でも今は、私がズザナと一緒に行ったすべての町のことや、私たちが『私は英国王に給仕した』を朗読してから議論したすべての大学のことを、あなたに語る時間はありません……。今は、そのすべての上に、今まさにプラハで起こっていることが君臨し、ヒエロニムス・ボスやピーテル・ブリューゲルの場面が君臨しています。けれどもまた、フス派の軍隊が町々を征服し、「Capere quis capiat」という古代ローマのスローガンに従って誰もが征服したものを取ったときの、あの大プロコプ（ポロコプ・ヴェリキー）[4]の逆の国外遠征も君臨しています……。けれども卯月さん、ある町があり、それはナウムブルクという名前でした。その町はすべての子供と若者に美しい服を着せ、彼らを花で飾りました。そしてフス派が遠征軍の隊形で町の門の前に立つと、門が開いて、冷酷な兵士たちに向かって、聖体の祝日のような行列が出て来たんです。そしてあの時、子供たちが警察に向かって進んで来ました……。それから市長が遠征軍を町に

（3）オーストリア・ハンガリー出身の作家（一九〇一～三八）。
（4）フス派の聖職者・政治家・将軍（一三八〇頃～一四三四）で、急進派であるターボル派の指導者。「禿のプロコプ（プロコプ・ホリー）」とも。

呼び入れ、身代金について合意したんです……。この私たちのヨーロッパの心臓部で、まさにこの月に同じことが起こりました――若者たちが通りや広場に出て来ましたが、学生たちと彼らのスポークスマンは花と燃える蠟燭しか持っていませんでした。そして、行き当たりばったりのものではなく、彼らがその中にいてそれによって暮らし、もう何年か若い人々の中で進行していたけれども今月この瞬間になってから実現した現実に属するものしか、持っていませんでした。その中でそれによって自らを若返らせることのできる状況に自らを置くことのできる民族だけが存在の権利を持っている、と言ったヘーゲルは、正しいからです……。そしてヘルダーにとっても、あらゆる物事の尺度はディオニュソスであり、楽しさを「人間になった楽しさ（Mensch gewordene Fröhlichkeit）」にする若者だったんです……。そうです、卯月さん、自らを若返らせ周期的に再生することのできる民族だけが、非凡なんです……、卯月さん、この民族は若いです――だって、自らを若返らせ、花と燃える蠟燭だけを持って遠征軍に向かって出て行くことが、二十年前にでき、今再びできるからです。そして、プラハがやったことを国中もやるんです……。「今日はプラハ全体が、明日は国全体が……」。卯月さん、役所がカラフィアート氏に、ボフミル・フラバルはまだ死んでいないのでフラバル協会のことは待つようにと勧めたのは火曜日でしたが、その晩、再び行進がやって来て、再び学生たちが、まるでヒマラヤの登山パーティーか何かに出かけようとするかのように、いろいろな色の服とリュックを身につけて、今度は旧市街広場から出て来て、互いに密着して手を取り合い、人間の鎖を作りました。かつてマリア柱が立っていて、フランツ・カフカとマックス・ブロート博士が会っていた場所には、もう共和国のクリスマスツリーが光っていました……。そして、行進の先頭はもう「王の道」に入りましたが、それは今日、王以上の道です。行進する人々の上には、トウヒの枝で飾られたアーチに載った蠟燭の花飾りが伸び、聖土曜日に警笛を鳴らして平和のために倒れた者たちのために二分間の黙禱をするのが習わしだったように、あらゆる方角からタクシーや車の警笛が、学生たちの人間の鎖に同意するようなクラクションの響きを伴わせます……。卯月さん、それは歓喜であり、叫びであり、輝く目であり、それは、この国のすべてが半次元ではなくて丸一次元大きくなるための、男女の巡礼者たちの行進であり、自発的な行進でした。それについては、自分に火が点けられ考えを促される者、自分の中に心を持つだけでなく、ヨーロッパの心臓部と言われるのには訳があるこの町にも心を持つ者はみんな、想いを凝らさなければならないものでした……。それから行進はナ・プシーコピェ通りとナーロドニー大通りへと曲がり、そこの旧市街広場では、人々が次々と手を上げて人間の鎖に加わりました。それから行進はまたゆっくりと、カルロヴァ通りを通って、始まった場所へと戻って行き、人間の幸福の輪が作られました。というのも、学生や若者たちは、私たちの生活と政治的生活にも若返りをもたらす、つまり一次元大きくする権利を持っているからです。そして車が警笛を鳴らし、クラクションが叫び、幸福の輪に入っていなかった人々は泣き、啜り上げ、言うのでした――こんなことはありえない、全くありえない、ならず者やのんき者として出会っていた若者たち、彼らが突然、奇跡的に別人になるなんて――彼らが与えられたものによって、若さが彼らに対案を与えたことによって、真剣になった人間に……。彼らはその対案について、以前はただ小声で話し、本当の生きた現実を――その本質を――常套句で代えるのを聞いていたんですが、その本質はそうして、大きな抒情詩を込められた、歴史的で劇的なものになったんです……。

卯月さん、この国民は若返ることができるということを信じてもいなかった人々が、これを見るまで生き延びられなかったというのは、何と残念なことでしょうか！　私たちの友人で、ナチスの強制収容所に六年間いたにもかかわらず、パラフの棺の上で語ったせいで大学から追放されたヤロスラフ・クラヂヴァ(5)がこれを見るまで生き延びなかったというのは、残念なことです。彼がこの償いを受けるまで生き延びなかったというのは、残念なことです！　若い詩人のロベルト・ネズヴァルがこの最近のグラスノスチの数年まで生き延びられなかったのは、残念なことです！　この巨人は十六歳にして、今時書かれているような詩を書き、今日語られているように自分の高校で語ることができたんです。ヴィーチェスラフ・ネズヴァルの息子であったこのロベルトは、父親が「スターリン賛」を書いた代わりのように、少年として若者として、今日もうモスクワでもそうなったように、あの不幸な一九六八年の介入はひどい誤りであり、ひどい不正であると、声高に語っていたんです……。そうして、若い彼は、自分が生きている社会の矛盾を克服することができず、教師たちが母親のオリンカ・ユンゴヴァーに彼を説得するように空しく促し、彼が学校で大っぴらに言っていることは言うべきことではなく、退学になる怖れがあると言ったときに、ロベルト・ネズヴァルは……窓から飛び降りて自殺したんです。彼が固く信じていたことを目にするまで生き延びなかったのは、残念なことです。なぜなら、彼が言っていたことはもう当時真実であったし、今も真実だからです……。ロベルトの後には、母親のオリンカ・ユンゴヴァーの家に数百編の詩と大きな写真だけが残されました。アンディ・ウォーホルが作ったような、一つの壁全体に渡る、四メートル×二、五メートルの写真が……。大きな胸部を持ち、足を開いた若者は、斜めに髪を梳いてネクタイをして、結婚式の時のように足を開いて……スイスの雄牛のようでした。それが、窓から飛び降りたんです！　今、彼の不幸な死の記念日に当たる冬の月には毎年、彼の母親はカーテンを引いて、二日間手の平に頭を置き、息子を想って悲しんでいます。ようやく今年になって現実となったことを、もうずっと前に書いたり声高に言ったりした人間にして詩人の息子を……。ヴィーチェスラフ・ネズヴァルに電話をしたコンスタンチン・ビーブルも生き延びなかったのは、残念なことです……。彼らが私の背中で息をしているのが聞こえる――と、ネズヴァルは『我が生涯から』の中で書きました。彼らが私の背中で息をしている――と、コンスタンチン・ビーブルは言って、窓から飛び降りました。ああ！

親愛なる卯月さん、そうして私は今、「満足国」を巡る私の旅を続けるという義務を自分に課しました。私たちがイサカに着いた時、ギビアン氏が私たちを待っていました。ジョイス氏版のオデュッセウスのように見える人でした。ギビアン氏はイサカに住んでいて、そこでチェコ文学の教授をしています。そして卯月さん、彼が最初に訊いたことは――すみません、ズザナさん、あの卯月さんと

(5) チェコの文芸史家（一九一九〜八七）。カレル大学教授。カレル大学哲学部長を務めていた一九六九年一月二十五日にカレル大学構内で行われたヤン・パラフの葬儀でスピーチを行い、一九七〇年に辞職した。

いうのは誰ですか、もう昨日も、そして今日も私に電話してきたんです、フラバルさんは着きましたかって……。ズザナはもう叫ぶことはせず、ただ手をもみしだいて、今にも私の胃に噛みついてやりたいと言わんばかりに、私を見ました。それから私たちはコーネル大学のキャンパスに行きました。私は敬意を表されて、学長の賓客用の大学宿舎に泊まりました。私はすぐに気づいたんですが、ギビアン氏の車はドアが開いていて、鍵は差したままでした。そして私は、その大学町と、ほとんどイサカの町一杯に広がっているキャンパスに驚きました。その町の空気はきれいで湿り気があり、ギビアン氏の車で彼の家に行く途中、町の真ん中にある滝のそばを通りました。それは、バター・ミルク・フォールズ、チェコ語にすればスメタナ（クリーム）の滝という、美しい名前の滝でした。川は森の中と岩の間を下って優しく湖へと流れ込み、そこでは夏に人間たちも水浴びをします。そのスメタナの滝は香り、クリームだけでなくミルクの匂いもし、下りながら、ほどけた女性の髪のように、巨大なルサルカかローレライのように、流れていました。まるで、その滝は、裕福な夢見るアメリカ人女性のためにアンディ・ウォーホルその人が作ったかのようで、その水の落下はウォーホルのクリーム色のかつらの色もしていました……。そのスメタナの滝はカーブが現れるだいぶ前から音が聞こえていましたが、卯月さん、そんなクリームとミルクの滝は夢の中でしかお目にかかれないもので、その心地良いざわめきと水の打ちつける音はまた遠ざかっていきました。ギビアン氏の車は霧に覆われて湿ってきたので、濡れた道が見えるように、静かにワイパーを動かさなければなりませんでした……。それからもうきれいな道、それからもうそこは早春で、草原と新芽が青々としていて、森はカナダのホッケー選手たちが胸に付けているようなカエデの葉で、カエデの幹には切り込みが入っていて、ベークライトのバケツの中には見えない甘い樹液が流れ込んでいます……。そして林や森は葉を落としてあって、アザラシの肌のようにすべすべのカエデの幹だけが見えるのは、素敵です。草原と畑と森がリズミカルに過ぎていくのは、素敵です。その森では、幹の中ほどに、黄色、赤、青、白など、カラフルなベークライトのバケツがぶらさがっています……。それからまた、きれいな村、きれいな町、木造家屋と、庭と、手入れされた芝生と白いガレージ……そして白い柵、あの白い柵、あの白い柵です！　夜に酔って家に帰ったときに、白い柵だけに導かれるのは、なんと気持ちの良いことでしょう――隣家の白い柵、それから私の白い柵、あの白い木片と白い棒……。針葉樹で作った柵、白く塗られた水平の長い木片、その向こうでは、剛毛において力強くてスメタナの滝の色をした鬣《たてがみ》を目にかかるほど持つ、シェトランド・ポニーたちが草をはんでいます……。卯月さん、私はその滝に魅了され、時間がある限り、好んで霧と音に近づいて行きました。その音は、霧の中に入れば入るほど大きくなり、それから曲がり角でドーン！　そこの緑の中に滝があり、湿った所から霧のような細かい水滴が滴り落ちています……。そしてそこには小さな湖があり、そこからまた水面が下に流れ落ちています……。そして川は、ギビアン氏が私たちに示したあの三つの湖にまで、先へ先へと続いているんです。最初の湖の上の斜面にギビアン氏の別荘があって、そこでは最初のサクラソウが咲き、湖面と青い山脈が眺められます。山脈はゆっくりと下がり、再びどこかカナダの方にまで起き上がっています……。そして卯月さん、私たちがギビアン氏の森の別荘に初めてやって来たとき、その別荘は開いていて、ギビアン氏は車に鍵もかけず、夜にその家にさえ鍵をかけませんでした。彼が言うには、イサカでは盗みはないからです……。ある日、私たちは車で自然の中に出かけ、森の上に仕事場を持っているギビアン氏の息子の所に寄りました。屋根裏部屋と貯蔵室と牛舎があるけれども、今はもう牛のいない、二十頭の牛の飼育場を改築したものです。牛がかじった飼い葉桶や、上下への階段、そして、カラフルなベークライトのバケツの付いたカエデの森と畑の景色……。私たちがそこに着いたとき、どこにも誰もいなくて、ただ一匹の雄猫がそこで全部の高価な機械を見張っていました。それらの機械や器具は数千ドルしたものですが、ドアは開いたままなんです……。恐らく息子は、イサカまで行ったんでしょう……。その飼育場は、互いに上や中に嵌められた、六つのチェコの納屋のように見えました。かつてチェコのヘプ地方やロケト地方にあった巨大な建物と木の台のような、骨組みの中に造られたキッチンと寝室……。そして、どこにも誰もおらず、ギビアン氏が言うには十万ドルするというそれらの器具類を、ただ雄猫が見張っているだけでした。卯月さん、それだけではありません、イサカでは盗みがなく、人々は仕事のことを考えるんです。そのイサカは、私がいた頃のポトクルコノシー地方のように、気持ちの良い所です……。

卯月さん、その晩、私たちはギビアン氏の所で本を読み、コーネル大学での講演の準備をしました。ギビアン氏は本を持って来て、その中の一節を私に読んでくれたんですが、それは英語で書かれた本でした。あなたにテクストの抜粋を、私なりに語り直しますね——私、俳優ヤン・トシースカ(6)は、どのようにして合衆国に行き着いたかについて、語りましょう……。母国で私は俳優であり、上位二十人のうちに入ると言われていました……。けれども、私の友達がヴァーツラフ・ハヴェルで、私たちは子供時代から友達づきあいをしていました——竹馬の友という奴です……。そして、あの一九六八年の後の時代がやって来ました……。すると、奴らが私の所にやって来て、私がそうしたいなら舞台に立っても良い、国民劇場にだって出て良いと言うのです……。そうして秘密警察が私を尋問しました——あんたがトルトノフ近郊のヴルチツェ村のハヴェルの所に行ったのは、どういうわけだね？　私は言いました——彼は友達なんです！　そしてまた一難——それで、あんたの奥さんと子供たちは、どうしているかね……。そしてまた——あんたがトルトノフ近郊のヴルチツェ村に行くのは、どういうわけだね？　私は言います——だって彼は友達なんです！　すると奴らは、あんたは俳優だろう、そういう訪問は望ましくないな……。けれども私は言います——でも彼は友達なんです……。すると、秘密警察の連中はまた——それで、あんたの奥さんは無事かね？　それから、あんたの娘たちも無事かね？　娘さんたちはいつか大学に入りたいと思うだろうが、あんたときたらヴァーツラフ・ハヴェルの所に通っている……。けれども、私は言います——でも皆さん、私はもうあなた方に一昨年言いました——彼は友達なんです、幼なじみのヴァーツラフ・ハヴェルなんです……。それから数年間静かでしたが、私はもうプラハで舞台に立つことは許されず、そのためにブラチスラヴァまで行くようになりました……。そして、その後また——それで、あんたの奥さ

（6）チェコ出身のアメリカの俳優（一九三六～二〇一七）。

んと子供たちは？　無事かね？　ほら、トシースカさん、じゃあ月曜日に申し出てくれ、あんたは演じても良いという私たちの許可を持っている。あんたは舞台に立つだろうよ、国民劇場で。でも……。でも何ですか――と私は言います。すると秘密警察は――でも、あんたがトルトノフ近郊のヴルチツェ村の友達の所へ行くのなら、我々は時々質問させてもらうよ、大したことじゃない、そこへ誰が行くのか、そこで何の話をしているのか、といったことだ……。私は言います――それじゃあ、私は国民劇場の舞台には立ちません、できないからです、ヴァーツラフ・ハヴェルは幼なじみの友達だからです……。ギビアン氏がこのように抜粋を翻訳していると、ズザナはこう言って、スカートを膝の上にまくりました――くそくらえ！……そして、ギビアン氏は続けました――そうして私はある時、シベリオヴァ通りで雪を掃いていて、箒を投げ出して言いました……くそっ、こんなことはもうたくさんだ。そしてその時以来、私は思案するようになりました……。それからこうなったのです、私たちはキプロスに行き、その日のうちに家族と共にアテネへと去りました……。もう私に対する逮捕状が出るところでしたが、ギリシャ軍の将校は私に飛行機の席を提供してくれ、それで私はアテネにほぼ半年間、証明書なしに、どうということなく暮らしていました……。

卯月さん、私と妻のピプシはそこに居合わせて、私たちはトシースカさんと彼の家族と一緒に飛行機に乗って行ったんです。トシースカさんは出国を許されるまで何だかんだあった挙げ句、ついに第四課長のミュレル氏がこう言ったんです――ではトシースカさん、キプロスに行ってください。けれども私は、あなた方がそこにとどまるのを見ていますよ……。このように私は、ギビアン氏が読んだ告白の文書を補足しました……。そして皆さん――と私は言いました――私はジシコフの図書館長に出会ったんですが、彼女は両手をぱちんと打ち合わせて言ったんです――フラバルさん、私はアテネでトシースカさんに出会ったんです、彼は私に、どこに住んでいるか見せてくれましたが、地下室には血の付いた毛布が置いてありました……。そこでトシースカ家の人たちは、合衆国への入国を待っていたんです……。卯月さん、お分かりになるでしょう、自分の祖国にいて友達のことを密告することがどんな苦しみであるか、なんと恐ろしいことであるかが……。だからトシースカさんは、ロサンゼルスにいるんです。彼はチェコでは王様でした、どこへ行こうと人々が挨拶してきたもんです。ナンバーワンの俳優だったからです。それで、裏切るよりはむしろアメリカで俳優になっています。稼いではいるし、好かれていますが、彼が祖国で演じていた最高の役、それはアメリカではもう得られません……。それも、友達を、ヴァーツラフ・ハヴェル氏を、裏切らなかったためです……。私は、ここアメリカで、トシースカさんの告白を翻訳してもらわなければなりません。あの十一月十七日の夜のことも考えている私は、もしもトシースカさんが望むなら、いつか祖国に戻って、中断した所から続けることもできるだろうと思っています……。もしもあの「ビロード革命」が成功するなら、そしてそれは成功するでしょう……。翌日、私たちはコーネル大学で懇話会と朗読会を持ち、再び私たちは、あの不幸な『私は英国王に給仕した』からの抜粋をチェコ語で読み、その後で英語で読みました……。けれども私は、「魔笛」の町で起きていることで頭が一杯でした。そして、亡命者たちの証言の本から聞き知ったことから、私の前にトシースカさんが英雄のように、ビートニクのようにどん底にいたとしても上を向いている王様のように、聳《そび》え立ったんです……。ただ、ビートニクたちが自由な選択によってどん底にいたのに対して、トシースカさんはどん底にいるように宣告されたんだし、私たちの内面によって宣告されたんです。チェコの新聞が書いたように、英雄だったのは子供の目をした異端者だったかのように……。ケルアック氏は、他の者たちの一世代全体が経験したよりも、もっと多くのことを生涯に経験しました。何度か投獄され、アルコール依存症で、戦時中、護送船団と共にムルマンスクにまで二度航海し、キャンパスの学生たちへの否定的な影響の故にコロンビア大学から追い出されました。そして、ホモセックスの相手を殺した友達を密告しなかったために彼が入っていた牢獄から解放されるように、彼のために百ドルの保釈金を払った女性と結婚しました。彼には、ウィリアム・テルを演じているときに自分の妻を撃ち殺してしまったバローズという名前の友人がいましたが、バローズはケルアックとギンズバーグ(7)と一緒に、カフカやシェイクスピアやドストエフスキーを何時間も引用することができました……。卯月さん、私にとって世界で最も美しい短篇は、ケルアックの「火災監視員」です……。でも、なぜ私はこんな話をするんでしょうか……。なぜなら、私の目的は、ビートニクたち、主にケルアックがよく座っていたカフェ・ヴェスヴィオに、あなたと一緒に座ることだからです……。でも、なぜ私はこんな話をするんでしょうか？　なぜなら、ジャック・ケルアックは自己実現をして、いかれた放浪者であり、「裸の無限の頭」を持つ天使だったのに対して、演劇の王子であり王様であったヤン・トシースカは、自分の意志に反して、ハリウッドの劇場や映画やコマーシャルで演じ、彼に生活の糧を与えるような役を演じているからです。けれども、ヤン・トシースカはもっとずっと多くのものを持っていて、プラハにとどまりはしたけれども我が国の状況の故に酒を飲み、飲み過ぎて死んだヴォスカ氏[8]が始めたものを、継続することができたんです。トシースカは彼の後継者であり、二人の先生は英国の俳優の王様ローレンス・オリヴィエでした。オリヴィエは自分について、自分の主な役はハムレットではなくて道化で、道化の中に自分の全体があるのだと言いました。同じようにヴォスカは、生きる理由がある限り全体であったし、同じようにヤン・トシースカは……。卯月さん、私はヴォスカ氏が大好きでしたし、トシースカ氏が大好きでした。私は彼らに詫びます――だって私は、少々曲がったことができて、それで、この国で生きていくことができたからです……。私は内務省に話をしに行くこと、いわゆる「泥」に行くことができて、その「泥」に耐えるだけの胃袋を持っていたんです――神経症のせいでブロフカの病院に滞在するという代償を払ってですが……。それでも最後にはサンフランシスコで、あそこのバー・ヴェスヴィオにあなたと一緒に座りました。あのバーは、ケルアックが一九六〇年に、ビッグ・サーのヘンリー・ミラー[9]の所に行く途中で、果てしない夜を過ごした場所です。ミラーは今に至るまで、『北回帰線』で何を書いたのかということについて答える義務があるんです。

(7) アレン・ギンズバーグ (一九二六〜九七)。アメリカの詩人。
(8) ヴァーツラフ・ヴォスカ (一九一八〜八二)。チェコの俳優。
(9) アメリカの作家 (一八九一〜一九八〇)。

です……「Ich bin Trompeter von Säckingen（私はゼッキンゲンのトランペット吹きです）」……。ここのバー・ヴェスヴィオにケルアックは座って、一時間毎にヘンリー・ミラーに、もう旅の途中だからと電話していたんです。けれども、一月後ついに立ち上がったとき、もう遅すぎました……。こうして二人の栄えある作家は、一度も会うことがなかったんです……。卯月さん、私たち二人も、バー・ヴェスヴィオで待っていました、何時間か……。そしてズザナが言いました──あなたも、あの卯月さんも、一緒にくそくらえ！　またどこでぐずぐずしているのかしら？　そしてあなたは来ましたが、遅すぎました……。ごめんなさい、フラバルさん、でも私、寝坊しちゃったんです──と、あなたは言いました。私には、それで十分でした……。サルヴァドール・ダリはジークムント・フロイトに会いに何年かウィーンに通いましたが、そこで一度も会うことはありませんでした……。ダリは自分の好きなフェルメールを見に行き、それでようやく、戦時中にロンドンでフロイトに会ったんです……。卯月さん、私たちもついに会いました。そのことについては、次に書きます……。

P・S・

卯月さん、ロサンゼルスで私が何に一番感動したか、分かりますか？　私はズザナと一緒に古風で素敵なレストランに入ったんですが、メインストリートからのオープンドア、あらゆるコニャックやウイスキーのボトルで一杯のガラス張りの壁、ガラスに入ったチーズやサラミで一杯の長いテーブル、壁際にはガラス張りのショーケース……。人々はクラッカーの上に好きなだけのチーズ、食べたいと思うだけのチーズを取っていました。そして、オランダとアイルランドの生ビール……。私たちは座りましたが、靴底はおが屑の中でした。それは、まだ客たちが銃を撃ち合った時代以来の伝統に則った、おが屑でした。おが屑だけ掃いてから、飲み続けたんです……。そして、後ろには薄暗がりの中にレストランがあり、そこにはもう内輪な感じの明かりがあって、私はズザナと座ってビールを飲み、足元には、オープンドアを通って通りから入って来る日の光がたっぷりと注いでいました。私たちの手の届く所には、ピーナッツで一杯の小さな木の樽があり、ピーナッツを食べたい者は誰でも、それを取って殻をむき、殻をおが屑の中に捨てていました。そして、いきなりオープンドアから鳩が飛び込んで来たかと思うと、ピーナッツをかっさらって、それをくわえたまま、また外に出て行きました……。そうして鳩たちはあちこち飛んでよぎりますが、その影は誰をも怒らせることはなく、むしろ逆で、その神の遣いである小さな鳩は、みんなを喜ばせていました。そしてその小さな鳩たちも、自分がエイジェー、A&Jという名前のその店の飾りであり装飾であることを、知っていたんです……。私たちは微笑んで口数少なく、目にするものだけで十分でした。他の客たちも、ビールを少しずつ飲み、あちこちでウイスキーのグラスが光っていました……。小さな木の樽からピーナッツをくわえ取る鳩たちの影……。勘定を済ませて外に出ようとすると、一度に三羽の鳩が飛び込んで来て、私の顔にぶつかり、私はよろめいて倒れました……。恐らくその鳩たちは、高度な信号系によって、私がプラハから、ヨーロッパの心臓部からやって来たことに、気づいたんでしょう――そこでは広場や通りの鳩たちが絶滅されつつあり、子供たちまでもが鳩を蹴り、鳩は悪性の病気をまき散らしていると新聞に書かれているんです……。私はその神の遣いたちに詫びましたが、彼らはもう私の上でピーナッツを持ち去っていました……。そうして卯月さん、黒人たちが「満足国」の飾りであるだけでなく、素晴らしいレストランのエイジェー、A＆Jに我が家のように飛び込んで来る、あの小さな鳩たちもそうなんです。卯月さん、私がプラハからあなたに手紙を書いているこの日々に、民族は自らを若返らせることができるなら生存の権利を持つということが決定されるだけでなく、結局のところそこではあの鳩たちも正当な権利を持つでしょう。鳩たちはかつて、旧市街広場やその他の広場の飾りであったし、再びそうなるでしょうし、その新生は雌鳩や子鳩にも当てはまるでしょう……。

一九八九年十二月八日金曜日、ケルスコにて。

親愛なる卯月さん

私はまた猫たちにミルクと肉を持って行くために、プラハ・フロレンツのバス・ターミナルからケルスコへ出かけました。気温は十一度で、見せかけの春先です。町外れを通り過ぎるときに、私の方にポスターが向かってきて、加速する中でアンディ・ウォーホルの横顔を目にします。四枚のポスターが並んでいて、アンディの展覧会がメジラボルツェで十一月と十二月にあると告げています……。それから、ショーウィンドーとポスター・ボードの正面からヴァーツラフ・ハヴェルが私に微笑みかけてきますが、彼はただ何となくセーターを着て胸に記章を付けています。けれども、もうこちらのショーウィンドーの向こうにも写真があり、大統領候補としてのヴァーツラフ・ハヴェルは、シナモン色のスーツを着て、暗赤色のネクタイをつけ、明るい色の口髭を生やし、ちょうど同じような金色の眉と髪をしています……。そして卯月さん、まるで、エンパイア・ステート・ビルを、あの同じ摩天楼を二十四時間にわたって撮影することができたアンディ・ウォーホルがそれも撮影しているかのように、掲示が、その同じテーマの映像が、バスが速く走るのと同じ速さでプラハ郊外を走ります……。卯月さん、今、首都では、壁やショーウィンドーや地下鉄のトンネルや、至る所に、何があると思いますか？……ヴラヂミール・ボウドニークが爆発主義（explosionalism）宣言の中で、みんなが芸術を作るようになるのではなく、誰もが芸術家になれるのだと書いたように、同じテーマの掲示と絵があるんです……。あなたに言いますが、ヘルダーとヘーゲルとニーチェが若さについて述べた美しいことすべてが、プラハの空間にあります。以前は芸術家か哲学者が他の人々に代わって作っていたことを、今日では若者たち、学生たち、ある人々の集団が、作っているんです。彼らはこの一定の瞬間、この歴史的瞬間に団結して、自分たちだけでなく政治と思考をも変え、ロマン主義者たちが夢見ていた芸術とほとんど新しい宗教を作っているんです。けれども卯月さん、私はもうバスで村々を行きますが、そこでは共産党のショーウィンドーにヴァーツラフ・ハヴェルが貼られていて、今や私は彼をツィーサシュスカー・クヒニェ[1]でもプシェロフ[2]でも目にします——重要な公示用の掲示板だけでなく、ショーウィンドーやガラス張りのドアにもです。時々、買い物客がドアの取っ手を取ると、その手をヴァーツラフ・ハヴェルの顔に置くようになります……。セミツェ[3]でもそうです。そしてもう私はバスを降り、そしてもうカシアス・クレイが最初に私を出迎えに飛んで来るんです。あの私の黒い雄猫、私のマスコット——ジャック・ケルアックの「火災監視員」が連れていたような、くまのプーさんのような……。そして今、カシアスを腕に抱いていると、その気持ちの良い顔はヴァーツラフ・ハヴェルに良く似ているので、こんなことありえるのか、と思います。今日、すべてがありえるんです。だって卯月さん、まだあなたの大学にいるときに、他の大学と同じように、最初の質問はこうでした——それでハヴェルはどうですか？　私は、こう答えました——はい、ハヴェルは二つの神話を蘇らせました、ソクラテスの神話とプロメテウスの神話です。若者を堕落させ、神々から火を奪ったんです。そして、アメリカの親愛なる学生の皆さん、そのために監獄に入れられているんです……。しかし今日、彼は城の大統領府へ行く、大統領の候補者なんです……。なぜか？　なぜなら、彼は監獄にいたからです。なぜなら、彼は中心を裏切ることなく持ちこたえ、きれいな少女や男たち、時には子供たちからも成る人間集団の、候補者だからです。「心を上に向けよ（sursum corda）」と、心に火を点け、結合によって心の中心を見つけ、それによって知も見つけることができるということへの誇りと威厳を、若い人たちに取り戻した候補者だからです……。卯月さん、もしもあなたがあの数十万人のデモを見ることができたなら、あの幸福の涙と、これは結局どうなるのだろうという怖れの涙を見ることができたなら？　私たちは聖ミクラーシュの日(4)にはう

(1) プラハ近郊の村。
(2) モラヴィア地方の村。
(3) ボヘミア地方の村。
(4) 聖ミクラーシュはサンタクロースに相当するが、チェコでは十二月六日が祭日。

まく行きましたが、クリスマスにはどうなるでしょうか？　数十万の車と家の鍵や鐘の鳴る音、キリスト教会のあらゆる鐘がローマへ飛んで行くかのような大きな音、そして正午だけでなく一日、工場のサイレンが鳴り、教会の鐘と鈴が鳴りました。それはあのイースター・マンデーで、大工場とその労働者たちが加わった、陽気なストライキでした。そして日曜日には、国民劇場の新しい監督であるイヴォ・ジーデク氏(5)が、聖ヴァーツラフの騎馬像の蹄のもとで、自然と「我が故郷はいずこ？」を歌いだして……数十万人が彼と一緒に……。そして卯月さん、もう国会も頭が変になり、重要な審議の最中に中断して議場全体が、頑張るだけでなく生き延びる力を自分たちに与えるために、「我が故郷はいずこ？」を歌ったんです。十一月十七日にナーロドニー大通りで起こったこと、あの残虐行為は繰り返されてはならないと、みんなが言います――政治家たちだけでなく、あの恐怖に参加した人たちも、テレビ番組「探針」でそれを見た人たちも……。あの放送では、目が見たものだけでなく耳が聞いたものにも、鳥肌が立ちました……。そして今、卯月さん、私はあなたに、あなたの所へ、あなたの方へ行く私の旅について書きたかったんですが、しかしすべてを、我が国で起きたこと、現に起きていること、そして将来起きるであろうことの視角から書きたかったんです。アメリカの大学での私の講演や、あそこで私が言ったこと、私がもう書いたことのすべて、あのすべては幼児用のガラガラです。私たちが今経験していることこそが第一の現実であり、「第一楽章（premier mouvement）」であり、「第一の（a la prima）」ことであり、ジャクソン・ポロック氏(6)のアクション・ペインティングなんです。それは、プラハ一区くらいの大きさの、あのデトロイトの消失した中心部でした……。あれは多分お祓いがされたんでしょう、どの壁も、どの石も、焼き尽くされたどの通りも、私に恐怖を呼び起こします——この世界では一体どんなことが起こりうるか……。けれども卯月さん、キンツル博士がシカゴで一番高い建物の屋上の、展望台もあるレストランに私を連れて行き、海のように水平線で空と融合する美しく青いミシガン湖を私に見せ、向こうの下の方を指し示して言ったんです——ほら向こう、あれは「プレイボーイ」と書いてある超高層ビルです……。あそこの屋上には飛行場もあって、そこへ社主が仕事に飛んで来たり飛んで帰ったりするんです……。でもフラバルさん、ここでちょっとした事件があったんです、あなたがそれを見なかったのは残念なことです。彼のあの雌猫たち、世界中において『プレイボーイ』の中で全裸か半裸で見られるあの六十人のガールたち、ナンバーワンの女の子たちが、ストライキを起こしたんです……。それは大したストライキでしたよ！　あのメインストリートは、車が走るのをやめて……そこを、ウサギの尻尾の飾りを付けたモデルたちが行進したんです。六十人が十列になって、そしてあの標識とメガフォンを持って、メインストリートを行進したんです。男性の見物人の半分がその後何時間か歩けなくなるほど、派手に振舞ったんです……。より高い給与を求めるストライキ、ウサギの尻尾でできたイチジクの葉だけで飾った裸のモデルたちのストライキが、そんなふうにシカゴを騒々しく通ったんです……。フラバル

（5）チェコのオペラ歌手（一九二六〜二〇〇三）。
（6）アメリカの画家（一九一二〜五六）。

さん、私はあのストライキのせいで、時々眠っていて叫び声を上げるので、妻が私を揺さぶってこう言い聞かせるんです――あのストライキのことは考えちゃ駄目よ……。卯月さん、それはプラハでもありましたが、チェコ流に、歴史的瞬間においてあったんです。プラハにおいて、それはヨーロッパの心臓部の運命であり、中欧一般の運命でした。卯月さん、あなたが一年以上前にプラハに来たとき、あなたは無邪気に尋ねましたね――ハナ・マンドリコワがサンフランシスコに来て、あなたが彼女を見にテニス・トーナメントに行ったとき、彼女はミスって、地団駄踏んで罵倒しました――くそっ……。そして卯月さん、あなたはあの時、尋ねました――これは、誰でもミスったときに言うことですか？　マリスコさんが言いました――この国じゃ普通に言いますよ。すると、あなたは尋ねました――では、大統領も言いますか？　私はあなたに言いました――ええ、大統領だって言いますよ。毎日、くそって言うんです。でも、復活祭のメッセージでは言っちゃいけません。そんなことをしたら、ヴァーツラフ・ハヴェル氏その人も怒るでしょう……。卯月さん、想像してみてください、学生たちとまともな人々の願いが叶えられて、ヴァーツラフ・ハヴェルは城に行き、大統領になるでしょう……。卯月さん、私は思い出すんですが、私の机の上に写真があります――私たちが「黄金の虎」の酒場に座っていて、そこにヴァイオリニストのルイスさんが一緒にいて、私たちの前にはラヂスラフ・クリーマの本が開いてあります、その本の表紙も写真に写るように……。そしてそこには、美しくて悲しい引用があります――「勝利は殴打からのみ成る」……。ああ！

卯月さん、あなたは、アザラシの柔らかい革を取る猟師たちがどのように振る舞うか、知っていますか？　彼らは樫の木の棒を持って、船でアザラシの群れがいる所に行きます。そして一定の時間、猟師たちは若いアザラシだけを叩き殺すんです。若いアザラシの革だけが高価だからです。お母さんたちは我が子を守ろうとして自分の後ろに隠しますが、猟師たちはお母さんたちを蹴ってどけ、若いのだけを叩き殺すんです……。そして卯月さん、あのナーロドニー大通りでも同じでした……。私には分かりますが、あの赤いベレー帽、白いヘアバンドを付けた者たち、彼らは殺したくはなかったんです。そしてそうするときは、精神的にだけ殺そうとしたんです。それでも、あの子供たちを連れ去りました——あの学生たち、そして年齢的にはもう年配だけれども精神的に若い者たち……。あの棒、卯月さん、あのむき出しの棒！　その上、卯月さん、私はその場にいて……。数年前に、ここでこういう出来事がありました——夜、雄のボス猪に連れられて列を成した猪の群れが、村の向こうの庭で夜を過ごそうとしたんです……。翌朝、トラクター運転手が目を覚まし、その庭が休んでいる猪で一杯なのを見ると、友達を起こし、猟師も起こし、トラクターで庭を塞いだので、動物たちはもうどこへも逃げられなくなりました……。それから人間たちは銃を取り出して、長いこと銃撃し、動物たちはあちこち逃げ惑って、ついには、庭の草の中と花咲くリンゴの木の下に、四十匹の猪とそのボスが血まみれになって横たわっていました……。そして公正な裁判があり、正当な猟師の義務をひどく逸脱したその猟師たちは、そのシーズン中、銃を撃ってはいけないことになりました……。そして人々は、銃を撃った連中とは口を利かず、そうするときは目をそらしました。だって、普通の人たちでも、無防備な動物に対する野蛮さと暴力を憎むからです……。卯月さん、それでも、木曜日の

「探針」の放送で、ある市民が意見を述べたんですが、その人は、学生たちは、花咲く庭のあの猪たちと同じ目に遭うべきだったと言ったんです。何という！

けれども、親愛なる卯月さん、私たちがシカゴでキンツル家に泊まっていたときのことを、あなたに語らなければなりません！　彼らは富裕層の周辺に住んでいて、彼らもまた亡命者でしたが、どんな亡命者だったか！　キンツル夫妻は医師だというだけでなく、キンツル氏は薬の発明者だというだけでなく、彼の妻はシカゴのすぐ郊外に小さな病院を持っていて、キャデラックで仕事に通っていました。そして、ポケットにはいつも小さな無線電話を入れていて、自分の農園に行く途中で引き返して、すぐに病院に戻らなければなりませんでした。そして卯月さん、その病院といったら！　そこで私のことも診てくれました、キンツル夫人が診てくれたんです。何を診てくれたのかはあなたに言いませんが、私の心臓を診てくれたその婦人は、小さなアイロンのようなものを私の背中で動かして、モニターを見て、私の心臓がどうなのかを追いました……。そこには音もあり、私の心臓が暫くポトマックの滝のようにざわめき、それからまたイサカのバター・ミルクの滝のようにざわめきました……。その際、彼女は薄暗がりの中で私に告白を、苦い懺悔をする余裕があったんです――あのねえ、私もプラハ出身なんです。シナゴーグのそばに住んでいたんです。「ウ・オットゥー」のレストランの脇にある、像の前の家に……。私の父はエレクトロニクスの専門家で、僅かな人しか理解できない事でナンバーワンでした……。そしてそれが間違いだったんです、コミュニストではなかったので、あの一九四八年の後で十二年間ヤーヒモフにいました[7]……。それで、あの国のあの体制が、ヨーロッパにいるような気高いコミュニストではなくて悪辣な人たちが、ヤーヒモフで父の人生を台無しにして、私の子供時代を毒したんです……。それで私はここにいて、あなたの心臓を見ているんです……。それでここですよ、あなたはすでに一度、心筋梗塞になったことがありますね……。そして二度目のが、もうあなたの心臓の脆いドアを叩いていますよ……。今、私はここにいて、子供の時に私に起きたようなことが自分の子供たちに起きないように、努めているんです……。私には父がいましたが、その顔を、十二年後にはほとんど見分けられませんでした……。卯月さん、率直に言って、今、私はアメリカの大学で私の国の文学と私の文学について語らなければならないんですが……その「満足国」で、そういった自分の運命、既にゴットヴァルト氏が始めた敵意についての悲しい話を語る人に、私は毎日出会いました……。「森が伐られると木切れが飛び散る」と言いますが、目的達成には犠牲が付きものというわけです……。それから卯月さん、あなたもまた、あのアメリカの学生たちの一人ですね。もしもあのデトロイトがなかったら、何が合衆国を今あるものにしたのかを、あなたたちはもう忘れてしまっていることでしょう……。私はソーントン・ワイルダー(8)の南北戦争時代の劇を思い出します……。その頃、黒人と彼らの生存権の擁護者であった尊敬すべき北部人

(7) ボヘミア地方の町ヤーヒモフにはウラン鉱山があり、一九四八年二月の共産党による政権奪取後、体制に従わない人々が被曝の危険を伴うウラン採掘に従事させられた。
(8) アメリカの劇作家(一八九七〜一九七五)。

は、勝利すると、川と小川の間に四万人の南部人を閉じ込めました……。その劇はそのことについてのもので、イジー・コラーシュは、ホイットマンやリー・マスターズ(9)だけでなく、カール・サンドバーグやテネシー・ウィリアムズをも生んだ国においてそれがどういうことなのか、私たちが分かるように、ズデニェク・ウルバーネク(10)にその劇を翻訳するように指示しました——私たちが、『地獄のオルフェウス』を読むようにです……。そしてソーントン・ワイルダーは、自分の劇全体を、捕虜収容所の長官が、四万人の南部人が川と小川の間の谷で徐々に死んでいくことを意識しているかどうか、彼の中に人間的な声が響いたかどうか、ということに集中したんです。彼が過ちを犯したということ、犯罪を行ったということ、卯月さん、やってはならないこと、まともな人間ならそれがどういうことか誰でも知っていること、私が学んだ刑法の基礎であることを、やったということを、彼に伝えるような声が……。「Ponitur, quia peccatum est」——罪を犯したが故に罰せられる——イマヌエル・カントによれば、それがオーストリアの刑法でした……。しかしその長官は、もう南部人が殲滅されたにもかかわらず、その殲滅キャンプの長官は、ほとんど私的な会話において自分の罪についても……「そう」……と語るべきだったのに、そう答えませんでした。プラハでも、あの十一月十七日の夜、遠征隊に学生たちを攻撃するように命令した者は、最高の代表者たちや、学生たちや、社会の前で、テレビの前で、答えなかったんです。それで、あの美男で傲慢で自信たっぷりで、アメリカの俳優ヒューストンに似ていなくもない「人」もまた、命令だけを実行し、しかも良く実行しました。だって、学生たちはヴァーツラフ広場に行き着けなかったからです。こうして彼の任務は遂行され、彼は自分に罪がないわけではないと感じたけれども、自分が雇われている上部構造によって彼に与えられた命令を実行したことで幸福で、自信に満ちていました……。でも卯月さん、私は啓蒙活動家で、教えるのが好きで、また私の知人たちは私のことを嘲笑的に「文学氏」と言います。私たちはキンツル家に泊まっていましたが、ズザナは彼らにとても好かれたので、彼女が頷くだけで養子にしてもらえ、死ぬまで彼らの家に住むことができ、彼女がそうしたいのならミシガン大学に講義をしに通うか、アーバナか、アナーバーに通うかしたでしょう。ズザナは、マスターしていた諸言語と、更にチェコ文学だけでなく世界文学の知識によっても、彼らを感嘆させたからです。そして主として、ズザナは美術にも通じていました……。この夫婦はコラーシュ氏が好きで、彼の友人であり、好んで彼の所にも行き、彼に羽毛で作られたインディアンのジャケットもプレゼントしました……。コラーシュは、そのジャケットを着ていると羽毛の揺り籠の中にいるような感じがすると、彼らに書きました。彼らは、彼の本や、グラフィック・アート作品や、コラージュやロラージュを持っていました。イジー・コラーシュは、私たちを結び付けたおまじないでした。それは卯月さん、あなたがちぎれた糸を毎日結び、その糸で私をサンフランシスコへと巻き付けていたのと同様です……。キンツル夫人は毎日、電話を取っては、手の平で受話器を覆って叫びました——あの気のふれた卯月さんが、ま

(9) エドガー・リー・マスターズ(一八六八～一九五〇)。アメリカの詩人。
(10) チェコの作家・翻訳家(一九一七～二〇〇八)。

た電話をかけてきたわ！　そしてズザナがその電話を取り、そこでぶつぶつ言い、私は彼女の隣でぼんやりと立つか座るかしていましたが、日焼けしていたのにひどく青ざめていました……。ズザナはその電話に向かって叫びました――でも、くそくらえ、明日私たちはあなたの町のリンカーンに向けて出発しますよ、そのあなたのネブラスカにね……。はい、誰が？　あなたのお母さんが私たちを待つんですって？　ほかに誰が……。何ですって、あなたには五人の姉妹がいるんですか……誰が？　そのうち一番若い人もフラバルさんに会いたがっているんですって？　そうですか、はい……ありがとうございます……。そして電話を置いてからでも、ズザナは私に言いました――あなたたち二人とも、くそくらえ。こんなこと、ありえないわ。ゲーテは、あのウルリケ・フォン・レヴェツォウ(11)には敵《かな》いっこない……。私はぼんやりと座っていて、おののきました――間もなくリンカーン、それから私はズザナと一緒にロサンゼルスへ行き、それからついにサンフランシスコへ……。卯月さん、キンツル夫人はズザナのことがとても好きなので、午後ずっとでも自分の洋服箪笥を開けていて――それはまるで衣料品店のようでした、ただしディオールの――ズザナが自分に似合うドレスを選ぶと、キンツル夫人はそれをズザナに上げるのでした……。それで、一夜にして若い人間と心と脳の鎖の集合になったならず者や脳天気者たちが、今プラハを歩いているのと同じように歩いていたズザナは、最新流行の服を着ているものの、背中にリュックを背負って最新のブルダ・スタイル(12)に則ったほかの服を持っているんです……。キンツル夫人がズザナにドレスを着せてやると、ズザナは鏡の中の自分を見て手を打つのでした――なんて似合っているんでしょう、どれだけベッドの上と洋服箪笥の中にドレスの続きがあるんでしょう、と……。そのすべては、キンツル氏が婦人物のドレスとイヴニング・ドレスのマニアであるためなんです。それで彼は毎月、自分の妻に強いて、一緒にファッション・ブティックに行き、夫人ではなくて彼が夫人にドレスを長いこと試着させて、それで、夫人ではなくてキンツル氏の気に入ったドレスが今、家に一杯あるんです。キンツル夫妻の邸宅はシカゴの町外れにあって、そこへは毎晩、小動物が、アライグマが、やって来ます。そしてキンツル夫妻は、アライグマの一家全員に餌をやらなければなりません。私たち自身が目にし耳にしたように、この小動物たちは夕ご飯がもらえないと、中庭にあるバケツをいつまでも叩くので、ついには夫妻がパジャマを着たまま出て行って、その一家全員に食べさせてやるんです……。私たちは、ガラス張りのドアを通して、アライグマの子供たちも小石でガラスを叩くのを見ました。一方、お父さんとお母さんは、存分に食べさせてもらうまでは、壁やコンクリートの床でバケツを叩くんです……。卯月さん、そして私たちは二度、キンツル家の農園に行きました……。もう着くだろうと思うでしょうが、その農園まではプラハからプルゼニ(13)の向こうくらいまでの道のりなんです……。キンツル氏の一つの農園には借り手がいて、そこには牛と仔牛がいて、土を耕したり、春の種まきのために均したり

(11) 七十二歳になったゲーテが恋した、当時十七歳の少女。
(12) ドイツで創刊されたファション雑誌。
(13) プラハから約九十二キロの距離にあるボヘミア地方の町。ドイツ語名ピルゼン。

していますが……。そして、キンツル氏の二つの農園は空いていて、キンツル氏が言うには、プラハのアーティストか誰かが関心があるなら、その農園に住んで仕事をすることができるんです……。卯月さん、それは中央ボヘミア地方のような所で、そこには大樫、樺の木、広葉樹、草原、丘があり、絶えず新たな眺めが開けます。そこのキンツル氏の別荘の下、白黒の仔牛たちのいる農園の上には、小川が流れ、そこでビーバーたちが自分たちの堰を作っています。そしてキンツル氏は、そのビーバーたちの作品を取り除かなければならないと言われると、身震いするんです……。キンツル氏のその邸宅は丘の上にあって日当たりがいいんですが、そこでは廃物や何かのかけらに躓《つまず》きます。それは、そこにかつてインディアンたちが住んでいて、居住地と聖所があったからです……。不幸なインディアンたちは、我が国における一九四八年の後の自営業者たちのように、ここで倒れたんです……。キンツル氏は、コリーン近郊のクシェチホシュ村の丘の上でオーストリア軍の指揮官が、どのようにしてどこからオーストリアの部隊がプラハを攻撃すべきかを指し示すかのように、私にその地方を示します……。けれども、キンツル氏は私に、丘のどこに柵や垣根ができるかを示します。素晴らしい肉を持つバッファローをまた飼いたいのだけれども、雄牛たちが嫉妬深いと、自分たちの邪魔になるものをすべて突き倒すので、注意しなければならないと言うんです……。卯月さん、私たちはそんなふうにキンツル家に泊まっていました。それほど昔のことではなく、彼らがまだ故国のチェコにいるときに、キンツル夫人が医長になるか平の医師であるべきかを巡って争いがあり、結局共産党員が勝って、夫人は亡命したんです——最初はハイデルベルクへ……それから「満足国」へ……。ここでは、夢のようにきれいな小病院の医長で、自分の教育を活かすために彼女の助けとなるものがすべて揃っています……。彼女は結局のところ、その教育をチェコで受けたんですが、気の毒に、医学においても階級政治のせいで、彼女とほとんど同じ理由で亡命した友人たちと一緒に、今ここに行き着いているんです……。そして、あのアライグマたちとビーバーたち、未来のバイソンたち――そのすべてが「満足国」の市民の市民権に属しています。「満足国」の市民となった彼らは税金を払い、主として仕事ができ、真の科学の何たるかを知っています……。そしてアメリカ社会は、彼らにその表現手段を提供しています……。ああ、卯月さん、私は啓蒙活動家です！　でも、私に何ができるでしょうか？　そして、彼らはどんなふうに見えるでしょうか？　キンツル夫人は、キャデラックに、いつも最新流行の服です……。そしてキンツル氏は？　ネクタイなしで、清潔な白いワイシャツと、たなびく青いコートを着て、帽子をかぶらず、多分日産のジープに乗っています……。キンツル氏はまるで、ちょうどバーから、あるいは研究室から出て来たように見え、人類にとって重要な、したがって彼にとっても重要なことを見つけたというように、絶えず微笑を浮かべています。彼は博愛家だからです……。青いミシガン湖の岸辺の散歩道で、彼はギリシャ彫刻が付くはずの柱が建っている場所を私に見せましたが、そのギリシャ彫刻ももう買ってあるんです。だって、アメリカのお金持ちは、愛国者であり博愛家でなければならないからです……。そして卯月さん、裕福なアメリカ人には、何か美しいものがあります……。キンツル氏は私を行きつけの床屋に連れて行ってくれて、私はそこで髪を切ってもらったんですが、私は、髪がたくさんあるように見えるように切ってくださいと頼みました……。それから私は支払をして、その床屋を味わいましたが、それはもう十九世紀の時代のようではありませんでした。私は外に出て、外からもその床屋を眺めました。私はリング・ラードナー(14)と、サローヤン(15)の短篇と、チャップリンの床屋の映画を思い出しました……。そしてキンツル氏が来て、私が払った金額に驚きました……。彼はこの床屋で十％引きなのに、私が十二ドル払ったことにびっくりして、彼は口が利けませんでした……。二日後に私はズザナと一緒にネブラスカへと飛び立ちましたが、最後の瞬間にもまだキンツル氏は呟いていました――でも私は十％引きだったのに！　これが、裕福なアメリカ人なんです……そして卯月さん、そうあるべきなんです……。分かりますか？　私はまた啓蒙活動家になってしまいましたね。これは、私がかつて九ヶ月間共産党にいたせいで、もう私の中に残ったんです……。聖体のかけらの中にキリストの全体あり……どうしようがあるでしょうか？

親愛なる卯月さん、あなたが私をプラハから「満足国」まで徐々に、しかし確実に巻き取る糸は、実のところ非常にしばしば電話線で代えられました。それで、あなたが生まれたネブラスカ州のリンカーンに私とズザナが飛行機で着いたとき、ズザナは大学や映画学部長と電話で話していたのにもかかわらず、飛行場で私たちを待っている者は誰もいませんでした。私たちは、キンツル氏の家族からのお土産の包みや幾つかのカバンの分だけ豊かになって、飛行場にいました。ズザナが尋ねると……ええっ！　職員は私たちに、リンカーンの大学の学部長が私たちを待っていたのだけれど、彼が待っていたのは一時間前にシカゴから着いた飛行機だった、と言いました。それでまた一時間後に、口髭を生やしてベージュ色のカウボーイ・ハットを被ったハンサムな男性が、自分の息子と一緒に車でやって来て、私たちにこう説明したんです――卯月さんが、エイプリル・ギフォードという女性が、空港で電話して訊いたところ、シカゴの方でフライトナンバーを言ったのですが、それは朝の便で、あなた方はもっと遅い便で来られたのです……。あの女性はもう二度電話してきて、フラバルさんはもうリンカーンに到着したかどうか尋ねました……。手短に言えば、卯月さん、あなたはまた誠意をもって取り計らったんですが、ズザナはがらんとしたホールを歩いて叫びました――あなたと、あなたのあの卯月さんなんか、くそくらえ……。そうして私たちはホテルに行き、その映画学部長は落ち着いて微笑んでいました。私たちは、町の上に巨大な像、エイブラハム・リンカーンの像の聳《そび》えるリンカーンの町を、車で通って行きました。この町はこぎれいで、広々とした空間は芝生で青く、花で飾られていて、ワシントンに似ていました……。黄色い水仙、灌木や春の飾りの木々の開いた花……。けれども私は、ここに来て初めて気づいたんですが、私たちが通って来たアメリカ全体で、ずっと強い風が吹いているんです……。口髭の男性は私たちに、ネブラスカは特に風が強いのだと言いました。最初の移民たち、その最初の波が、自分たちの小さな町ウェルベルンを建設し始めたとき、初めのうち、その開拓者たちの中には、昼も夜もひゅうひゅういう風の圧力、その強い風圧に

(14) アメリカの作家・ジャーナリスト（一八八五～一九三二）。
(15) ウィリアム・サローヤン（一九〇八～八一）。アメリカの作家。

耐えられずに拳銃自殺した者たちもいたそうです……。それからもう私たちは豪華な館に着きましたが、微笑みを浮かべた美人の若い女性が私たちを迎えに出て来て、私たちの凄い荷物を部屋に運ぶのを手伝ってくれました……。その館の内部全体は木でできていて、どこもビーダーマイヤー様式でした。そして家具だけでなく、部屋だけでなく、バスルームだけでなく、至る所に女性の手と女性の趣味が感じられました——ある後援者が、この館を州に寄贈したんです……。そして至る所に花があり、私の寝室ではもうベッドが整えられていて、枕には花が置いてありました……。料理人でもあったその受付係の若い女性は絶えず笑っていて、その笑いは男性の笑いでしたが、その服や顔は少女のようでした。私のスイートルームのドアにはアール・ヌーヴォー様式の楕円形のエナメルの板が付いていて、そこには花飾りの着いた装飾文字で「退職博士」と書き込んでありました。卯月さん、そうして私たちはそこに泊まりましたが、外は気持ちの良い初春でした。それは小さな町でしたが、八万人の観客が入るスタジアムがありました。そこではアメリカン・フットボールが君臨していますが、それ以外は、他の町と同様に、そこで大教会を目にしました。それはまるでサイロの巨大な十の塔、農場の家畜用飼料の貯蔵庫から造られたかのようでした。いかに建築家たちが、大教会の建築プランに、どの農場にもあるもの、あの飼料用の銀色の塔を持ち込むことができるかということに、私は驚嘆しました……。その映画学部長は、私たちを町のドライブに連れて行っただけでなく、自分の友人であるロイターの編集者も同乗させ、私たちをこれまた中央ボヘミア地方に似た地方へ案内しました。道中、ズザナはその編集者と一緒に後ろに座り、私の人生や仕事や書き方など、彼が彼女に尋ねたことについて説明していました。彼は、談話会で私がよく訊かれていたこと、いつも質問を浴びせられていたことを訊いていましたが、同じ質問の繰り返しは私にとっていかに不愉快なことか……。その私の接待者にして運転手は、ただ微笑んでいました。私たちが飲食するためにドライブインに寄った時、私の接待者が飲まないことに気づきました……。ズザナが彼に尋ねると……彼は大笑いして言いました――息子ができてから飲まないんですよ、昔は友達とよくウイスキーを飲んでいて、一日一人一瓶空けていたこともありますが、私が飲むのをやめてから友人たちも飲むのをやめて、私たちの蒸留酒の小さな居酒屋は破産を申告したんです……。そうして私たちは、ネブラスカのチェコ人街であるウェルベルンに寄りました……。小さな町ですが、看板の文字にはチェコの名と姓があって、感動的でした。私たちはアウジェドニツカー夫人が運営している博物館に寄りました。彼女は大柄な女性で、レースや絨毯、小さなハートやボヘミア地方とモラヴィア地方の民衆的な絵の付いた飾りを売る、大きくて広い店を持っていました。そして、アウジェドニツカー夫人は、小さな織機に向かって座り、ちょうど小さな絨毯を織っていましたが……途中でやめて、私たちを博物館の中へ招きました。それは感動的で、私たちは部屋から部屋へと歩いて回りましたが、至る所に、所与のテーマでチェコ移民の生活を表現したもの、彼らの農園だけでなく商店の表現手段があったんです。そこには、十九世紀と二十世紀初頭のキッチンや部屋の家具や人形を置いた展示室がありました。そして私が一番感動したのは、チャップリン時代の床屋と美容院でした。蠟人形が座り、髪には、最初期のパーマの器具が付けられていて、それはラウシェンバーグにふさわしいようなアサンブラージュでした……。それから、鍛冶屋のあらゆる表現手段、そしてかつて機能を持っていたけれども今日ではむしろ現代美術の作品に似ている、すべてのものがありました……。私たちは感動してこの博物館を巡りました。そしてアウジェドニツカー夫人の工房に戻ると、来館者ノートに署名しました……。そしてもう日が暮れてきたので、ネブラスカのチェコ人連盟の部屋に行くためにそこを出ると、アウジェドニツカー夫人が叫び声を上げました。そこでは本当に風が、激しく健やかな風が、吹いていたからです――かつて、最初の開拓者たちの中に拳銃自殺する者を出すことができたほどの風が……。それから私たちは、ヴァイオリンとアコーディオンとサクソフォンのチェコ音楽に迎えられました。自分の仕事場を閉めたり、家畜に餌をやった後で農場からやって来たりした年配のチェコ人たちが、集まっていました……。私はズザナと一緒に座り、私がビールを所望すると、持って来てくれたんですが、でも私にしか出さず、懇話会の他の訪問者たちは水を飲んでいました。ガラスの水差しから新鮮な水をついだコップ……。私は、この会の訪問者たちが、私の若い頃に目にしていたような手や姿をしているのを見ました。かつてのヌィムブルクの鍛冶屋や農民や自営業者たちのような手や姿で、仕事ですり切れたような人間の手です……。そしてみんなが真面目で、クネドリーキとキャベツを添えた鵞鳥の焼肉を、儀式張って食べました。私はビールを飲み、参加者たちは、ここの習慣であるように、水を飲みました……。それから彼らは私に、私の故郷の町のこと、今チェコはどうなっているか、そしてハヴェルとチェコの政治的な出来事のすべてについて訊きました……。質問する人がみんな立ち上がって、自分の名前をフルネームで告げるのは、とても良いことでした……。音楽が演奏され、参加者たちはダンスに招かれました。私はもう足が麻痺してきて、座っていました。それは多分、私がもう痛風になっていて、ずっとビールを飲んでいたからです……。マツォハ峡谷[16]の底を調査したあのアプソロン教授[17]の息子で、ワシントン地区の医師アプソロン氏を、メダ・ムラートコヴァーさんが私に勧めてくれて、私は彼に診てもらったんですが、彼は私にこう言いました――心臓は大丈夫です、でも飲んではいけません……。その時、私は言いました――でもビールなら大丈夫ですよね？　けれども、アプソロン医師は私に強く言いました――ビールを飲むことはできますが、昏睡状態で絶命しますよ！　それからそのアプソロン医師はズザナとお喋りをしましたが、彼はボジェナ・ニェムツォヴァーの愛好者にして研究者でした。ズザナもニェムツォヴァーの作品と生涯を研究していたので、アプソロン医師はチェコ語で書いた三冊の本を持って来ました――執筆して出版することが、彼の趣味だったんです……。でも卯月さん、私はあのウェルベルンでは踊りませんでした。だって、もうチェコで私は踊っていなかったからで、あの暴飲のせいで足が動かなくなったからです。私の過失です（Mea culpa）！　それで私はただ座っていて、年配のチェコ人たちがチェコ語を話しはするけれども、うまく表現できないと英語で話すことに注意を向けていました。同じように、若い人たちは「こんばんは」とか「ケシの実入りの菓子パン」とか上手に言うことはできましたが、

（16）モラヴィア地方の峡谷。
（17）カレル・ヴィーチェスラフ・アプソロン（一八七七～一九六〇）。チェコの考古学者。

自分たちどうしではもう英語で話していました……。同じように、私が数年前にベーケーシュチャバ(18)の高校に招かれて行ったとき、小さな村ではまだスロヴァキア語を話していて、村でもそう、高校でもそうでしたが、そのベーケーシュチャバの家族に呼ばれて行くと、もうスロヴァキア語はつかえて、私に女性の歌をうたってくれましたが、もう間違いがありました……。そして若い人たちは、互いにもうハンガリー語で話していました……。党の代表は、こんなふうに進むなら、あの十五万人のスロヴァキア人は、二世代後にはもうハンガリー人になっているだろう、と言いました……。

卯月さん、それで私は悲しかったんですが、それでもあのウェルベルンの年配者たちがまとまっていること、お祭りの時の衣装やケーキ作りを頑固に維持しているだけでなく、彼らの祖国が私も住んでいる所にずっとあることに、感激しました。ただし、私は少し冷淡であるのに対して、ネブラスカのあのチェコ人たちの関係はずっと宗教的なままです——あの最近の世代を除いて……。卯月さん、そうして私たちは映画学部で「断髪式」の映画を上映しました。そこには、ウェルベルンのほとんど全員がやって来ただけでなく、ここリンカーンのチェコ人とチェコ語チェコ文学の学生たちも来ていました。私を紹介したのは、プラハ出身のシュチェパーンカでした。彼女は翌日、同一価格販売店で、あの彼らのスーパーマーケットで、「Jansport」という文字の付いた緑色のリュックを私に買ってくれました……。そしてここで、卯月さん、私たちが終えたとき、彼らが私に何を訊いたのかは、もう余分なことです。だって、サンフランシスコの大学で私たちは懇談会全体を録音し、その上ヤン・ニェメツが撮影もしていたんですから。それで、ここのリンカーンで会を終えてから一人の婦人がやって来たとき、私はびっくりしました――私は、あなたが自転車に乗って私を迎えに来たものと思ったんです。けれども、彼女は私に自己紹介をし、私は聞こえたことを、あなたのお母さんと見て理解しました。ズザナは私に、あなたの一番下の妹も来たけれども、恥ずかしがって向こうの上の方に立っている、と通訳してくれました……。そして私は、少しだけ年上のお姉さんのようなあなたのお母さんが、本当にあなたで、全体的な姿も顔も服もあなたそっくりなこと、すべてがあなたであることを見てとりました。そして彼女は、そのことが分かっていました。というのも、私は彼女の目を見て、きっと彼女はあなたから、私たちがプラハでいかにお互いに好きだったか、あなたも今いかに私のことが好きかを、聞いていたと思ったからです……。そして私は、そのリンカーンで戸惑い、どもり、赤くなり、恥ずかしくなりました……。私は混乱し、私に花束をくれた彼女の手にキスしました……。ズザナは悲しげで、私にそっと訊きました――卯月さんって、こんなふうな人なの？　私は頷いて、頭の中であなたの顔や人格の思い出を測ろうとして、目を閉じました。その人格は、「満足国」のいろいろな町と大学を貫く見えない糸で、太平洋の町まで私を引き寄せようと、マニアックに決心したんです。そこの大学であなたは研究し、朝はデパートに行き、午後はロシア語を教えているんです。それに加えて、あなたは迷子の黒い子犬を自分の家に連れて来ました。それは、あなたがケルスコの樺の木の下でチェコ英辞典の入ったリュックに頭を乗せて寝ていたときにあなたのお腹に

---

(18)　ハンガリーの町。

横たわっていた雄猫を称えて、ペピチカと呼んでいる雌犬です……。

卯月さん、あなたはもう一年以上プラハに来ていませんが、その間にすべては見分けがつかないほど変わりました。例えば、「黄金の虎」の酒場では、私が友人のヨゼフ・イーラ(19)と一緒に大きな鹿の角の下に座っているときに、誰がやって来たと思いますか？　アレクセイ・クサーク(20)その人です。彼はモスクワからやって来て、ちょうど展覧会をやっていたソビエトの芸術家たちのカタログを引き出しました。彼は、自分が目撃したものに、そしてそれらの作品によってドイツでどんな展覧会をするかに、有頂天になっていました。それから、彼、アレクセイ・クサークは、西ドイツでもチェコ芸術のために何かしたい、ただそのためだけにやって来たのだと、大喜びで私たちに伝えました。そして、自分の私的な経費で、私と一緒に懇談会と講演ツアーをやりたい、イーラのためにも展覧会をやりたい、と言うんです……。彼は有頂天でしたが、私たちは大きな角の下で真面目になり、悲しくなりました……。それで私たちは言いました――おい、おまえ、じゃあ、おまえはチェコ芸術のために何かしたいって言うんだな……。おまえが亡命していた年月の間、ここでとんでもない目に遭っていた俺たちは、ここで展覧会を開くために、どれだけの妥協と辛さと屈辱を味わわなければならなかったことか、俺、ボフミル・フラバルは、自分の本を出すために、内務省の役人たちと話しにどれだけ通わなければならなかったことか……。そして、俺たち二人とももう評判と地位を持っている今になって、ゴルバチョフ氏がペレストロイカと主にグラスノスチによって俺たちを回復させ正当化してくれたときになって、おまえは俺たちのために何かをしようとやって来たのか……。おい、行っちまえ、行っちまえ、俺たちからそんなことは期待するんじゃない、自分のことだけ心配していろ。もしも何かしたいっていうんなら、ここには、まだ誰にも知られていないたくさんの画家がいるし、ここには、本はあるけれども西側では誰にも知られていないたくさんの作家がいるんだ。もしもチェコ芸術のために何かしたいというんなら、彼らをこそ、そこで有名にしろ！　それでアレクセイ・クサークは去りましたが、私はズーアカンプ出版社[21]だけで十二冊の本を出していて、ヨーロッパで出ている私の他の本は言うまでもないにもかかわらず、彼は私と一緒に何かをしなければならない、機に乗じなければならない、と確信していたんです……。そして数ヶ月が過ぎ、私はどこかに、自分は「status quo（現状）」派で、上部構造に同意するが、しかし自分の「modus vivendi（生き方・一時的妥協）」は譲らない、と書きました。すると、私の友人たちが私に食ってかかり、その中には友達のヨゼフ・イーラもいました。彼は一年前に、オスナブリュック[22]のプフラウシュ・ギャラリーからの手紙を持って来たんですが、そのギャラリーがヨゼフ・イーラと同時にイジー・コラーシュの展覧会をやりたいのだが、私に開会式をやって欲しいというのでした……。私はそれに同意しましたが、私の友

(19) チェコの画家（一九二九〜二〇〇五）。
(20) プラハ出身の美術史家・翻訳家・編集者（一九二九〜二〇一七）。
(21) ドイツの有名な出版社。
(22) ドイツの都市。

達のヨゼフは暫くして、そのギャラリー宛ての手紙を持ってやって来ました。その手紙の中で、亡命者のコラーシュと一緒に作品を展示することはできない、なぜなら、自分が座っている枝を自分で切ることになるからだ、プラハで生涯の展覧会をやることになっているのでオスナブリュックの展覧会には参加しない、と書いていました……。いいよ、ということで、私は序文を書いて、展覧会は彼抜きで行われました。イーラには自分の「status quo（現状）」への権利があり、生涯の記念展覧会を開催する上部構造を認める権利がありますa……。更に私たち、「プラハのイマジネーション（Pražská imaginace）」[23]は、友人の教授、故ヤロスラフ・クラヂヴァ博士の死亡記事を一緒に書いたとき、上部構造を認めさえしました。私たちは、ヤン・パラフの棺の上でクラヂヴァ博士が行ったあのスピーチを最後に載せたんですが……その死亡記事に線画を描いたヨゼフ・イーラは、そこにはパラフの棺の上でのスピーチを載せてはいけない、というのも、自分は展覧会をすることになっていて、それに差し障りが出る可能性があるからだ、と私たちに伝えてきました……。それで、愚か者の私たちは、そこにヤロスラフ・クラヂヴァのそのスピーチは載せないことにしました。何人かの勇気のある人たちが、その死亡記事を自分たちだけのために出しました……。それは、あの勇敢な人たちでした……。それから、あの「幾つかのセンテンス」がやって来ましたが、私はそれに署名しませんでした。だって私は、良き母のように、私の一番大切な本である『あまりにも騒がしい孤独』の出版を心配して、恐怖に身がすくんだからです……。そして突然、ヨゼフ・イーラが「黄金の虎」の酒場で、私のいないときに歩き回り、「あの裏切り者はどこだ？」と叫んだんです……。そしてズザナに、あいつが「幾つかのセンテンス」に署名しないなんて、どういう教育をしているんだ、と罵り、騒ぎを起こし、大声を上げたり脅したりしたんです……。それで私たちは袂を分かち、剣を抜いて敵対し始めたんです――「status quo（現状）」と「modus vivendi（生き方・一時的妥協）」の間の違いだけのせいで……。そして卯月さん、「市民フォーラム」が、あの学生たちが、首都だけでなく国じゅうの若者たちが、すべてが、いかに変わったかということの見本があります。自らを若返らせることのできる民族だけが歴史的存在の権利を持っているというヘーゲルの正しい命題を、彼らがいかに証明したか……。そして主として、卯月さん、彼らは、毒された井戸を暴き、新鮮な泉を開くことができました……。それで、ヨゼフ・イーラが私に手紙を書いてきたんですが、彼の仔馬が驚いて、新しくてまだ湿っているカンバスの乗った彼のカートをひっくり返し、そのせいでイーラは足首の骨を折り、ひどい打撲傷になって入院している、と言うんです。そしてその手紙の中で、再び剣を収めて友人になろう、と書いています――もう以前のようにではないとしても、私たちが経験したことすべてが、「市民フォーラム」が実現しようと努めていることすべての発射台となるように……。というのも、ちょうど今「自由ヨーロッパ」放送を聴いていたら、ヴァーツラフ・ハヴェルが出て来て、もしも大統領に選ばれたなら、本当の自由選挙が行われるまでの間だけの大統領になるだろう、そして真実と愛と

(23) 元は地下出版社、一九八九年以後は独立出版社で、一九八五年から二〇〇五年まで存在し、特にフラバルの作品を出版した。

友情の大統領になるだろう、コミュニストをも守るだろう、と言っていたからだ……。そして卯月さん、私は再び、啓蒙活動家になっています……。私は「status quo（現状）」の擁護に、いつもソクラテスを挙げます――彼のあのアイロニー、あの技を……。私は、違う意見を持っている人間と語るとき、初め彼に同意しますが、ついには、話しているうちに次第に彼に、真実は初めとは少し違う所にあると、確信させるようにします……。卯月さん、私はソクラテスの崇拝者で、亡命するよりは祖国の法に従う方が良い、つまり「status quo（現状）」は必要悪だと思っています……。そして、更にもう一人の政治家が、私にとって自分の「modus vivendi（生き方・一時的妥協）」を保つための模範です。それは、あのローマの将軍ファビウス・クンクタートルで、彼は、ハンニバルがアルプスを越えてイタリアに侵入したとき、象たちとハンニバルの軍隊を前にして退却し、ずっと退いていき、ついに時が至ると攻撃に出て、ハンニバルに勝利したんです……。ヨゼフ・イーラは自分の手紙の最後に、私がもうあなたに書いたことを引用しています。それは、私がモスクワに行って、ユネスコの他のメンバーと一緒にピーメン総主教を訪ねたときのことです。私が総主教に、イマヌエルたちはみんな神の子なのか、悪い者たちもそうなのか、と尋ねると、ピーメンは思案してから言いました――悪い者たちも、神の子です、イマヌエルです……。卯月さん、アンディ・ウォーホルは、一九六八年六月のある日、あの婦人にピストルで襲われました……。彼は彼女に呼びかけました――駄目だ、ヴァレリエ、そんなことをするな。けれども彼女は、彼に向かって怒鳴りました――嘘つき、あんたの言うことは全部嘘よ。そして、ピストルを持って彼を追いかけ、何度か撃ったんです……。そしてアンディが倒れると、友人のビリーが彼の方に身を傾け、そのそばに横たわりました。致命傷を負ったアンディは、友人にこう頼みました――笑わないでくれ、ああ、お願いだ、僕は笑えない……。そして卯月さん、彼が何とか持ちこたえると、かつてないほど青ざめてはいたものの、こう言いました――この襲撃全体が恐ろしいことだ、僕は傷跡だらけだ。君たちは、僕がディオールの美しいドレスだと考えられるかな……。結局のところ、それは美しい傷跡にすぎず、それなりに独特に美しく見える……。卯月さん、それは彼の美学全体に対応しています――Alles ist hübsch……すべてのものは美しい……beautiful……。その少女は、ヴァレリー・ソラナスという名前でした……。裁判で彼女は、自分は動物実験、生体解剖が行われる実験室に勤めていたと言いました。それで裁判官たちは、彼女が精神障害者で、精神病院に入るのがふさわしいと判断しました。卯月さん、結局のところ、ブローニングで撃とうが、激しい言葉で撃とうが、同じことなんです。この二人、イーラ氏とフラバル氏は、ちょっとばかりやけに不協和音人間で、まともな人間は時々彼らを避けた方がいい……。ふう！　ちょうど私は、新聞にこんなことが書いてあるのを読みました……。私が乱暴者だとしても、私は心を動かされたでしょう。「私は昨日、フルドロジェズィ区警察緊急部隊の隊員たちと学生たちを、円卓に呼びました……。そして二時間の議論の後で、両方の側が手を差し出して握手をしました。この会合のモットーは、十一月十七日にナーロドニー大通りで命の怖れを抱いた女子学生の言葉でした。彼女はこう言ったのです――白いヘルメットをかぶって私たちに対峙していた男たちの目の中には、私たちの目の中と同じ恐怖がありました……。以上、フランチシェク・ルージチカ……。」

　そして卯月さん、私とズザナがボーイング機に乗る時がやって来て、私たちはロサンゼルスへと飛びましたが、そこにはイヴァン・パッセル監督に招かれたんです。それは素晴らしい空の旅で、私は窓から景色を眺めていました。上空からの畑や農園の眺めは、ずっとパウル・クレーの絵や版画を見ているという印象でした。あの大きな円を形作っているのは回転散水機だということを理解するまでに、かなり時間がかかりました。その交替する長方形・正方形と円を見て、それから私たちが横切った三つの山々、あの三つのアルプス、そして多分三つのヒマラヤを見るのは、素晴らしいことでした……。そしてついに再び農園と町と村や、もう大きな森のある、緩やかな景色……。ズザナにはリハルト・ヴァイネルの日があり、彼についての研究を『チュルヒャー・ツァイトゥング』紙に書きました……。そして彼女には啓蒙活動家の日があり、ヴァイネルはチョコ・キャンディ工場主の息子で、会社を継ぐことになっていたけれども、文学好きで、一九一三年にフランスへ去り、両親にこんな手紙を書いた、と私に言いました——こんなに退屈で味気ない地方のこんなに排外主義的な町で、僕が何をするっていうんだ……。そして一年後に、またこんな手紙を家に書きました——お母様、このパリで僕が熱望するのは、あのとても美しい町、あの美しい川、あの美しい言葉、僕の美しい友人たち以外の何物でもありません。お父様、もう家に、プラハに行きたいです……。それからズザナは、私がまだ知らなかった彼の短篇の内容を話してくれました……。ああ、卯月さん、私はそれをまだ知りませんでした……。それは、少年たちに片目を潰されたカラスの話でした——カラスは、自分の子供たちと一緒に巣に座っているときに、見える方の目で突然見えたのでした、周囲のすべてのものがいかに醜くて灰色で悲しいかを。一方、見えない方の目で、すべての色とりどりで美しく愛《いと》しくさえあるものが見えるのでした……。そして、教会の塔から滑り落ちると、子供たちをその運命に任せて、見えない目で見たその世界の方へ飛んで行ったのです。そうして飛んで飛んで、けれどもずっと、見える方の目で見えたものしか、悲しい景色と荒涼とした土地しか、見えないのですが、けれども見えない方の目では、とても美しい景色ととても美しい村とあらゆる美しいものが見えるので、そのめしいた方の目に突き動かされ、飛んで飛んで、自分が羽毛を失い始めていることにも気づかず、物凄く痩せてしまい、ついには翼が利かなくなり、少年たちが撃ち潰した目で見たその美しいものの方へずっと飛んで行ったのでした……。ついに、落ちて行きながら、見えない方の目が見たものの美しさに満たされて、落ちたのでした……。ズザナは私にこういう話をして、私の啓蒙活動家になりました。私は、アメリカの美しい景色を見下ろしながら、両目で、カラスが少年たちに潰された片目で見ていたように見ていました……。それからズザナは、『真実をめぐる劇』について話してくれました――父と息子は飛ぶオランダ人で、二人は空中ブランコで飛んで、ついに父はサーカスの丸屋根の内部に足でぶらさがり、両手を突き出していました。彼の息子は宙返りをして、丸屋根の内部で飛んでいる指のペアの両方が動き、息子は父の指に触れて、それを摑むのでした。そうして、サーカスの頂点を為すそのシーンのたびに、毎回、息子は、自分の父の指が待っていることを知って

---

(24) チェコ出身の映画監督（一九三三〜二〇二〇）。

いて、父とその手を信頼していました。そしていつも、観客が拍手をし、息子が微笑んで終わるのでした——父の手が自分を待っているということに微笑んで……。しかしもしも、いつの日か、その彼らの手が出会わなかったら、どうなるのでしょうか?……ああ!

そして卯月さん、ミロス・フォアマン氏の助手のペラー氏が私たちを待っていて、イヴァン・パッセルが予約したホテルに私たちを連れて行ってくれました。そのホテルはレーヴ、デュ・レーヴ・ホテル、夢見るホテル、夢のホテルという名前でした。そして、屋上には青タイル張りのプールがあり、私たちの眼下には、ハリウッドと椰子の木、美しい建物、大小の邸宅、椰子の木に縁取られた大通りがあり、もう暖かい気候でした……。それでその後、私たちは、友人たち、女医のペラー夫人と一緒に、車で出かけました。ズザナは毎日、プールで泳いでいました。イヴァン・パッセルは、私たちを車で町巡りに連れて行ってくれ、彼がシェイクスピアを演じていた、とても小さな劇場、ミニ劇場を訪れました。そこでは、一度も演じられたことがなかったヘア・ウィリアムのミニ演劇が演じられていました……。私たちはビーチに行き、そこで私は大洋、太平洋と、小さな店やレストランが並ぶ五十キロメートルのビーチを見ました。そこのビーチで、盲目の黒人がロックを演奏する白いピアノを見ましたが、彼は拍子に合わせて足を踏み鳴らし、人々は通り過ぎたり聴いたりしていました。演奏を終えると、人々は拳でピアノの蓋を叩き、黒人はお辞儀し、うやうやしくお辞儀し、お金をもらって、更に演奏するのでした……。ここで私たちは、ヤン・トシースカの妻であるカルラ夫人(25)と知り合いになりました。彼女も女優で、ここの最高級ホテルで働いています。そのホテルには、美しい庭の中に置かれた八十のスイートルームがあり、すべてのスイートルームにプールが付いていて、至る所に花があり、あの太平洋の植物相がありますよ……。カルラ夫人はある時、私たちを仕事場に連れて行きましたが、黒いスカート、ビロードの赤い燕尾服、白いデシンのブラウス、黒い蝶ネクタイを身に付けていました……。そして客の受付をして、彼らをその自分のセクションに案内していました。それから彼女は私たちも座らせ、私たちはイヴァン・パッセルと一緒に座りました。彼は私と会ったのを喜んでいて……ずっと「フラバルさん」、「フラバルさん」とばかり言っていました。私たちはもうずっと前からお互いのことが好きだったんです、あの一九六八年よりも前からです……。それから私たちは、また大洋に行って浜辺を歩きましたが、風が、強風が吹いていて、泳げませんでした。それで私たちは散歩して大洋の匂いを嗅ぎ、数十万人というビーチの訪問客たちの流れに運ばれて、酒場とレストランに入りました。どこでも酒場の匂いがして、どこでも通り風があり、どこでも女の子たちの髪がはためいていました。ウェイトレスが飲み物と食べ物を持って、調理場からレストランに入ったり出たりしていました。こちらでは風の陰に、向こうではテラスに、人々が座り、ビーチは小さな店で縁取りされ、そこではコーンやサラミをあぶり、人間の手が動き、丸パンの間にケチャップやレバーケーゼが入れられていました……。そして、オランダとアイルランドのビール、また、さっぱりさせるのに飲むだけなら良いアメリカのバドワイザーが注がれていました……。そし

---

(25) カルラ・ハミドヴァー（一九四三〜）。チェコ出身の女優。

て、あらゆる人種と肌の色の人々が自己顕示しようとして、一人はヴァイオリンを、別の一人はギターをひき、また別の一人はただ何となく一人で踊るだけで、どこでも生命がひらめき、人々は楽しむことができました……。我が国の人々は鳩のように灰色で、明け方のように灰色で、嵐のように灰色です……。私は、美しい人々だなあと言い、彼らはどこへ行くのかと考え込みます……。何かそんなふうに、カール・サンドバーグは書きました。それは、彼が『煙と鋼鉄』を書いていたときでした。そして今、私は、アメリカの人々はオウムのように色とりどりで、パレ・デ・ナシオンの小旗のように色とりどりだということを見ました。けれども、サンドバーグのように考え込んで、自分に言うんです――美しい人々だ、でもどこへ行くのか？ そしてそもそも、世界中の美しい人々は、どこへ向かっているのか？……それに私は、アメリカが好きでない人間は人類全体が好きでないと言ったディラン・トマスを思い出しました……。そうして、私とズザナは友人たちの所を巡り、我が国民は故郷で何をしているのかについて、長々と話をしました。ズザナはもう午前中からレーヴ・ホテルの屋上で泳ぎ、そして午後もまた、できる時はペラー氏の庭のプールで何時間か泳ぎました……。そして私たちは、オランダ・ビールを飲みました。最後の晩、ヤン・トシースカの妻のカルラ・ハミドヴァーが、私たちをどこか町の外へ連れて行きました――あたかもプラハからサーザヴァの辺りまで、あるいはどこかズブラスラフの向こうにまで行くような距離です。彼らはそこに自分たちの別荘、バンガローを持っていました。ヤン・トシースカは、劇団と一緒に日本に行っていました。私たちはテラスに座りましたが、そこではもうレモンの木が花咲いていて、夜にはそこの欄干の下の方で、鹿たちが、お母さん鹿と二頭の子鹿が、ねぐらで寄り添いました。斜面から下の方はサボテンだけで、それはヤン・トシースカが育てているものでした。サボテンを育てるのが、彼の趣味だったんです……。それからカルラは私たちに、ここで恐ろしいことを経験したと話しました――夜、建物に男が侵入して、人を殺してその体を残忍に冒瀆し、捕まるまで二十人を殺害したというんです。その男は、裁判ではハンサムで礼儀正しい男性に見えました……。それからカルラは、二人の娘を紹介しました。彼ら一家が「満足国」に滞在し始めた頃、ヤンは狡賢い祖国、コミュニストたちに激怒していたので、家では英語だけを話していました……。娘たちが成人した今になって、ようやく彼女たちは自分から家でチェコ語を話し始めて、内務省の悪辣なコミュニストたちに責任のない母語を思い出しています……。

そして卯月さん、それからズザナはまたあなたに電話をして、私たちがピクニック急行で――急行列車と、その後更にバスで――海岸沿いにサンフランシスコへ行くこと、そしてあなたに迎えに来てほしい、と伝えましたね……。そうして卯月さん、私たちはあなたに会いに出発したんです。道中は、映画にしかありえないようなものでした。急行列車の屋根はガラス張りで、そこから主に大洋が見えました。そこの数千種類の花、その太平洋の植物相は、目を楽しませるものでした。私たちは座りながら走り、走り、大洋の波が海岸のその絨毯に当たって水しぶきを上げ、線路の方まで来る波もありました。そうして、ここではすべてのものが、海と太陽によって良く養われているんです……。それから私たちは砂地帯に入り、山に入り、鹿革の手袋のようにしなやかな形をした緑の山脈地帯に入りました。ズザナは、ここからスタインベックが住んでいた地方が始まるんです、と言いました……。そして私たちは、黙って見ていました。私たちはお腹を空かせることもなく、確かオレゴンという名前の大都市に着いたときには、もう日が暮れていました。そしてまた、周辺部が解体し、かつて栄えていた工場の目張りされた窓を見るのは、恐ろしいことでした……。そして、放棄された古い店だけでなく、走行によってぼろぼろになった車両の列と、上から電気ランプの光を浴びたトラックの車体……。そしてその駅——私たちは降りて、急行は先へと走って行きました。私たちはそこに到着しましたが、どこを通ってどこへ行けばよいのか分からず、あまりにも多くのカバンと包みを持っているので、ほとんど全部持っても、まだかなり残っていました……。それから、向こうのどこかでサンフランシスコ行きのバスが出ることが分かりました……。もう夜遅くなってからそのバスを見つけたとき、バスには運転手がいませんでした。幸い、トランペットと太鼓を持ったサーカス団が私たちと一緒にいて、すぐにでもサーカスで演技ができそうな服を着ていました。ピエロももう化粧をしていて、赤い鼻をしてそこに立っていましたが、バスは来ない、来ない……が、ついにやって来て、私たちは乗り、走りに走りました。じきに私たちは、サンフランシスコの駅に着きました。サーカス団員たちは降り、もうマイクロバスが彼らを待っていて、去りました。そして、私たちだけがそこに残ったんです。長い駅、長いスロープ……ただ光と、輝く大都市が、向こうのどこか骨組みの空間の中にあります……。私たちは通り風の中に立ち、どこにも誰もおらず、こんなに多くのカバンと包み、あのサーカス団員たちよりも遥かに多くのものを持っていました……。それから、制服を着た黒人女性がやって来て、また姿を消しました。私も彼女の後を追って姿を消しましたが、彼女は誰もいない長い廊下を進み、明かりのついた小屋の中に消えました。そこには待合室があり、寝る所のない三人の黒人が永遠に横たわっていました……。私は怖くなりましたが、帰り道を覚えていたのがまだしもでした。ズザナは沈んでいて、もう私と卯月さんにくそをくらわす元気もありませんでした。今度は彼女が待合室を見に行き、彼女もまた、その三人だけの旅客、しかしベンチに投げ出されたように横たわって眠っている旅客に、びっくりしたのでした……。それからズザナは戻って来て、ついに私たちは集められる限りのものを全部持って、向こうの下の方へ下りました。どこにも誰もおらず、明かりのついた小屋の中に黒人女性がいるだけでした。その女性はとても太っていたので、まるで、その小屋を暖かいコートみたいに着ているかのようでした……。そして彼女は、ドイツ語ができました。というのも、彼女の言うには、軍隊と一緒にドイツにいたからです。それから機械のスイッチを入れて、がらんとした駅に彼女の声が響きました……。彼女は呼びました——エイプリル・ギフォードさん、エイプリル・ギフォードさん……。そして私は、その小屋の小窓のところに立って、黒人女性の唇を見ると、輝く唾に覆われていました。それから私が振り向くと、そこに見たのは誰だったか？　卯月さん、私はあなたを見ました。あなたはそこにぼんやりと立っていて、ただ言いました——フラバルさん、私、寝過ごしちゃいました……。私たちは口づけをして微笑みましたが、あなたは膠《にかわ》のような唇をしていて、私はあまりにも驚いたので、あなたが何を身に付けているのかにさえ、気づきませんでした……。それからズザナは、あなたと握手をしてキスをし、ぎこちなく微笑みました。あなたは私たちの荷物を運ぶのを手伝い、私たちはその廊下を通ってよちよちと上に向かい、それから小さな橋を渡って通りに出ると、そこにあなたの車がありました……。車の中には、あなたが見つけた黒い子犬がいて、その子は、私が座るや否や私に爪を突き立て、私の膝の上に座って、ほとんど猫のような爪を私の腿に突き立てていました……。それから私たちは、明かりの点いた大都市を行き、それから入江に架かる橋を渡って、どこか郊外へ行きました。それから、高速道路と、ヴァーツラフ広場のようにずっと明かりで照らされている大通りを通って……スタンフォードまで……。そこで、もう名前を忘れてしまったホテルの前に停まりました。それから、学生たちで一杯のレストランに行き、ウェイトレスがやって来て、私たちはハイネッケンの商標のオランダ・ビールを飲みました。私たちは黙っていて、あなたは済まなそうに微笑んでいました……。ズザナは、私たちが長い旅の間に友人たちからもらった贈り物や包みで埋まった、後部座席に座っていました……。そして後部のトランクは、私たちのスーツケースやカバンで一杯でした……。卯月さん、それでも私は、もうあなたの隣に座っていること、私たちが再び一緒にいること、あなたが私を引き寄せた糸がここで終わったことが、嬉しかったんです。私はまた、あなたが乗り古した小さな車を上手に運転できることに気づきました。そして、これは本当に驚くべき出会いであることを見出したんです……。

　卯月さん、あれから時と日が過ぎました——まるで、あなたが結婚式のテーブルを持ち上げて、すべてが自由落下の法則によって床に落ちるときのように……。卯月さん、あなたはあの見つけた子犬を散歩させに行き、それからスーパーマーケットに仕事に行き、午後には若いアメリカ人にロシア語を教えに行きました。あなたが頼んだチェコ人の婦人が私たちを案内しに来て、私たちを連れてあなたのスタンフォード大学を案内し、あなたのスーパーマーケットに連れて行き、デパートに連れて行きました。そのデパートには、一階にきれいな婦人服の売り場がありましたが、二階には目を見張るような見本がありました。そこには流行のアーティストのブースがあり、四千ドルや二千ドルの婦人服がありました。一方、下の売り場には三百ドルや四百ドルの服がありましたが、制作者のある服とほとんど見分けがつきませんでした。向こうの二階では常に、オリジナル服の制作者の名前が書いてあったんです……。それから私たちは、あなたの友人たちと一緒に町へ、サンフランシスコへ行きましたが、この町には目を見張りました。そこでは本当にすべてが夢のよう、私のサンフランシスコの夢のようで、私にはそれが今でも飴色に見えます——アンディ・ウォーホルが、すべてのポートレートを理想化できたように……。その色彩によって現実をどこか古くて使われなくなった鉄の中に移したというのではなく、その塗り替えによって消費主義社会の人間に、自分自身の目に自分がどう見えるかという自分自身のイメージを与えたポートレートです……。それから私たちは、消防署のある丘に出かけましたが、それは、十九世紀にサンフランシスコの半分が焼失したときの消防団長の妻が建てさせたものです。あらゆる方向からの眺め、十九世紀の小さくてきれいな家々、子供のおもちゃのような大小の一戸建て……。そんなふうに、アール・ヌーヴォーと新古典主義様式が、イタリアとイギリスの建築家たちに、サンフランシスコの様式全体を植え付けたんです。アール・デコが好きで、そういう家に住んでいたアンディ・ウォーホルだって、創り出せたような家の様式……。卯月さん、私たちはあなたの友人たちと一緒に、ローマやイタリアの通りを散歩しました。そして人間の房に、路面電車のステップの所にぶら下がったり、前のガードだけでなく後ろのガードにまで掴まったりできる乗客たちに、驚きました。どこでもすべてが陽気さと笑いを伴い、主としてその路面電車、十九世紀の型の黄色い路面電車、それが相変わらず走っていて、それと同じ型の新しい路面電車によって補充されているんです……。私たちは、レオナルド・ダ・ヴィンチが考え出して建築家と技術者たちが建てた建物のある、海岸通りにも行きました。その建物の中には、人を惑わせるような仕方で周囲の世界を映す鏡がありました。そこで私は、エピスコープで、殺人者とその最後の時間と彼の処刑への道行きも見たんです……。そして私たちは、チェコ文学の夕べの準備をし、一方あなたは、大学でアメリカ人にロシア語を教えていました……。その夕べは、素晴らしいものでした――学生たち、若者たち、そして私の『あまりにも騒がしい孤独』の翻訳者であるミハエル・ハイム氏……。その午後は彼の所に行って、ヴォスコヴェツ氏[26]の奥さんに会って挨拶し、それからその晩は緊張して準備し、ニェメツ氏は自分の撮影機を準備しました。瓶ビールをラッパ飲みしましたが、それはメキシコのビール醸造所が作っているもので、マクシミリアン[27]の時代に、不幸な皇帝の息子であった彼と一緒に、チェコ人の醸造家たちもアメリカにやって来ていたのでした……。それから私たちはただ待ちました……そしてその時になりました。その時、卯月さん、あなたは婦人物のディナージャケット、フリル付きブラウスに蝶ネクタイを身に付けてやって来ました。そして、スタンフォード大学・チェコ学科のホールが静まると、あなたは私についての報告をそらで行い、一度も原稿を見ずに、落ち着いて、むしろ、あなたにとって有益でこの夕べにふさわしいことをすべて、報告するというよりも、ゆっくりと物語りました。この夕べのおかげで、私はアメリカの偉大な一部を巡ることになったんです……。そしてカメラが唸り、ヤン・ニェメツ氏はあなただけでなく、後で私と聴衆も撮影しました……。そして晩に何があったか、私はもう分かりませんが、そこでは習慣のように饗宴があり、私の抱いた印象について亡命者たちが質問し、そして、祖国で起こっているのは何なのか……。それから私たちは、ラッパ飲みしました……。そして卯月さん、またあなたの車に乗せてもらって、私たちのホテルに寝に行きました……。翌朝、目を覚ますと、私の部屋の中にズザナが飛び込んで来て叫び、泣きながら私の首の周りに倒れ込みました……。フラバルさん、お父さんが死んじゃった、私のパパが死んじゃった……。私がぼんやりと座っていると、ズザナが言いました――心臓が痛まないように薬を取りに行った薬局で、心臓発作を起こして死んじゃったんです……。

そして卯月さん、ドライブに行くためにあなたは私たちを迎えに来るはずで、私たちは待っていましたが、そこはもうスタンフォードのホテルではありませんでした。あなたは私たちを友人と一緒にサンフランシスコのイタリア地区へ、編集者のドゥハーチェク氏の所へ連れて行っていたんです

(26) イジー・ヴォスコヴェツ(一九〇五～八一)。チェコ出身の俳優・劇作家。
(27) フェルディナント・マクシミリアン(一八三二～六七)。オーストリア出身のメキシコ皇帝マクシミリアーノ一世。

よね……。あなたは私たちに、あなた自身が考えているようにサンフランシスコの案内をする、と約束していました。けれども、あなたはやっとお昼前になってから、あのあなたの微笑みを浮かべながらやって来ました。けれども、すみません、子犬のペピチカを連れて出かけなければならなかったんです……。そうして私たちは再び、通りや公園を通り、海のそばを通り、それからあなたは、私たちをあの巨大な橋に連れて行きました。そこの反対側で私たちは日向に出ましたが、すごく速い強風が吹いていたので、寒かったです。サンフランシスコの眺めはきれいでしたが、橋の終わりの所にスピンがあり、そこには、その視角からサンフランシスコがどう見えるか見たがっている人たちの車が停まっていました……。そしてあなたは、その強風の中で私に言いました、私の手に爪を立てて言いました——フラバルさん、あの土産物売りを見てください、あれはインディアンです……あれは美しいインディアンです……。私が見ると、そこには本当にインディアンがいました。自分の後ろにほろ付きの店があり、そのほろは大橋の終わりや始めにあるアメリカ国旗のようにはためいていました……。けれども、そのインディアンは小さな息子を手に乗せて、手の平を耳に押し付け、その強風で耳が聞こえなくならないように、風邪を引かないようにしていました……。そのお父さんは、本当に美しいインディアンでした。そして卯月さん、あなたは私に言いました——インディアンは勇敢ですし、勇敢でした。決して卑劣であったことはありません。スペイン人やポルトガル人の残忍さと野蛮さが、彼らを損なったんです……。だから、今いるインディアンは、美しい貧者なんです……。そしてそのあと、あなたはズザナと一緒に喪服を買いに行き、私はカフェ・ヴェスヴィオに座っていたんです。私は二階から向こうの通りを見ていましたが、そこには、この通りはジャック・ケルアック通りと名づけられるはずだという看板がありました――それに反対な者は、すぐ向かいの役所に申し出てください……。私は、かつてケルアックが座っていた所に座っていました。向こうの窓の下には書店があり、そこには、ケルアック、ギンズバーグ、ファーリンゲッティ(28)がここで出した、すべての本がありました……。私は、どん底にいながら、上へ、神の方へ目を向けることのできた男たちが座っていた所に、座っていたんです。そして私の上には、そのビートニクたちのパトロンだったジェイムズ・ジョイスの肖像画がありました……。それから私たちは……卯月さん、私はもうすべてが混乱しただけでなく、今でも混乱していますが、それがどんな問題でしょうか？　それからあなた方は買い物から帰って来て、あなたはまた大学へ行き、それから子犬を連れて……。私は、あなたの若い学生たち、そしてズザナと一緒に、カフェ・ヴェスヴィオに座っていました。ズザナは悲しそうでした。というのも、町の中で手遅れにならないうちに火事を知らせられるように塔を建てさせたサンフランシスコの消防士の未亡人と、スイスで消防団長をしていた自分のお父さんとの間に、関連を見ていたからです……。そして、あなたは十時過ぎになってからやって来て、また謝りました――フラバルさんは私が遅れると言って怒るでしょうけれど、寝過ごしちゃったんです……。それからまだ私

(28) ロレンス・ファーリンゲッティ（一九一九～二〇二一）。アメリカの詩人・画家。

たちはスコットランド・ビヤホールに行きましたが、そこはもう閉まるところだったので、それで卯月さん、あなたは私たちを、宿泊していたイタリア地区へ乗せて行きました。私はひどく疲れていたのでベッドに倒れ込み、あなたは分厚くて白い床の絨毯の上に横になりました。あなたは両手を頭の後ろに置き、初めて幸福そうでした……。私はベッドの上で死にかけていて、あなたは、カラクル羊の毛皮でできたような、床の白い絨毯の上に寝ていました……。明日私たちは飛行機でワシントンのムラートコヴァーさんの所へ去り、ズザナはヴィンタートゥールの消防団長だったお父さんの葬儀に間に合うように午後にはチューリッヒへ去ることになっていたので、ズザナは持っていく物を準備しているうちに、寝入ってしまいました……。そして私たちの脇には、あなたが見つけて捨て子の運命から救った子犬が、丸くなっていました……。卯月さん、私たちの旅、私たちの糸巻は、あなたの手の中で終わりました……。私は野蛮人です、私はあなたの手紙の一つにも返事をしませんでした。私は、送っていただいたあなたの地元とその他の合衆国の地方の研究の一つに対しても、お礼を言いませんでした。私はきっと、堕落した人間なんです。だって結局のところ、そして今分かりますが、私はあなたを愛していたし今も愛していますが、思い切ったことができないままだからです。だって、私はもう堕落していて……そして年老いた男だからです……。でも、その価値があったでしょうか？　ありましたとも、親愛なる卯月さん……あなたは天使です、アメリカ「満足国」に迷い込んだ天使です……。

P・S・

親愛なる卯月さん、あなたにニュースを伝えますが、オランダから来た若者たちが、プラハの学生たちに一万五千本のチューリップを持って来て……ポルトガルから来た若者たちが五万本の薔薇を持って来て……学生たちと一緒に、聖ヴァーツラフ像と聖アネシュカ像に花を供え、その美しいシンボルをあそこのナーロドニー大通りにも供えました。自分たちの夢を実現したかった学生たち、若者たちが目覚めた、あの通りです……。そしてヴァーツラフ・ハヴェル氏が学生たちにスピーチをして、その中でとりわけ、芸術だけでなく政治もまた、不可能なものの空間を創造することができるのだ、と言いました……。卯月さん、信じがたいことが現実になりました。そして、エリヤの男の子たちが、再び私に尋ねました――おじさん、あの卯月さんは、一体いつケルスコに来るの？

一九八九年十二月十五日金曜日、十六日土曜日、ケルスコにて。

訳者あとがき

本書は、『ボフミル・フラバル全集』第十三巻（*Sebrané spisy Bohumila Hrabala*, sv.13, Praha: Pražská imaginace, 1995）に収められた、ボフミル・フラバル（Bohumil Hrabal）（一九一四〜九七）晩年の短篇集『十一月の嵐』（Listopadový uragán）（一九八九年）の全訳である。全集の第十三巻には『十一月の嵐』のほか『伏流水（Ponorné říčky）』『薔薇の騎士（Růžový kavalír）』という全部で三つの短篇集が収められている。これらの短篇の大部分は、フラバル行きつけのプラハの酒場「黄金の虎」にフラバルを訪ねて来て知り合いになった若いアメリカ人女性チェコ文学研究者エイプリル・ギフォード（April Gifford）、ニックネーム「ドゥベンカ（Dubenka）」――本訳書では「卯月さん」と訳してある――への手紙という書簡体で書かれていて、そのために全集第十三巻には「ドゥベンカへの手紙（Dopisy Dubence）」という名前が付けられている。

「ドゥベンカ（卯月さん）」は、当時まだ社会主義国の作家だったフラバルによるアメリカの各大学への講演ツアーを計画して実現し、『十一月の嵐』ではそのアメリカ講演ツアーが一つの骨格を成している。同時に、『十一月の嵐』には自伝的要素が多く、まだオーストリア・ハンガリー（ハプスブルク帝国）時代に生まれた自らの生い立ち、一九三八年の「ミュンヘン協定」以後のナチスによるチェコスロヴァキア侵略・支配、一九六八年の「プラハの春」の改革運動とソ連を中心としたワルシャワ条約機構軍の軍事介入によるその挫折、そして本作品執筆当時に現在進行形で起こっていた一九八九年の一連の「東欧革命」の一環としてのチェコスロヴァキアの「ビロード革命」について、ルポルタージュ的記述も含めながら多くのことが語られており、貴重な証言ともなっている。

このように、『十一月の嵐』は、「時の統一」「場所の統一」「筋の統一」という古典劇の「三一致の法則」とは全く反対の原理に基づいて書かれており、更に、文脈を逸脱する自由な連想や回想、酒場のお喋り的な逸話、気儘な引用など、様々な異質な要素を混在させている。フラバルの以前からの「パーベニー（pábení）」と呼ばれる独特の民衆的な語り・お喋りに、更に「文学的コラージュ（literární koláž）」の側面が強まり、そこに、「プラハの春」の際に焼身自殺を遂げたヤン・パラフと重ね合わされた、夜空に燃え上がる白鳥のイメージや、フラバルの死んだ妻ピプシも鳩に姿を変えて飛んで行ったという、鳩たちの死に場となっている礼拝堂のドームの中に積み重なった数世紀分の鳩の死骸のイメージなど、シュールで鮮烈なイメージが加わり、そしてメランコリーとグロテスクとユーモアがない交ぜになった、フラバルならではの独創性が際立つ作品になっていると言えよう。このように混沌とした語りの流れの中に、不思議なことに、下から――民衆的な目から――見た、整序されず固定化しない人生と歴史の複雑な真相と、そこに生きた「優しい野蛮人」たるフラバルの姿が生き生きと浮かび上がってこないだろうか?

特に、本作品における死と笑いの結合には独特なものがある。フラバル晩年(七五歳)に書かれた本作品には、妻ピプシや恋人ペルラの死など様々な死が現れ、また自殺と自殺願望、特に(カフカやリルケも含めた)投身自殺のモチーフが、強迫観念のように繰り返し現れる。実は、フラバルは一九九七年に、死に瀕した妻ピプシもかつて入院していたブロフカの病院に入院していて、その窓から落下して死んだ。窓から鳥に餌をやっていて誤って落ちたのか、それとも自ら身を投げたのか、真相は分からないものの、本作品に投身自殺のモチーフが強迫観念のように繰り返し現れることに鑑みると、後者の可能性が高いように思われる。

「十一月の嵐」にも書かれているように、フラバルは一九六八年の「プラハの春」の改革の時期に「クレメント・ゴットヴァルト国家賞」を受賞して、いわば国家の「お墨付き」の作家になっていたが、「プラハの春」挫折後の「正常化」の時代になると、作品を出版できなくなった。しかし彼は、一九七五年に自己批判的と受け取れる声明を出し、その後、検閲で改竄されながらも作品を出版できるようになった。本書にも書かれているように、フラバルは自分が精魂込めて書いた、自分の存在証明とも言える作品を出版できなくなることが、耐え難かったのであろう。しかしながら、このようなフラバルの体制との妥協に怒ったチェコ・アンダーグラウンドの中心的詩人イヴァン・マルチン・イロウス(一九四四〜二〇一一)などが、プラハのヴルタヴァ川のカムパ島でフラバルの本の「公開焼却」を行った。このような反体制的な人々からのフラバルに対する批判・敵意は、恐らくフラバルの心に抜けない刺となって突き刺さったであろうと思われる。「魔笛」などに現れる、自分が存在することの後ろめたさは、この抜けない刺の痛みでもあったのであろう。
　本作品は、前述のように、「三一致の法則」とは全く反対の原理に基づき、文脈を自由に逸脱し（「卯月さん、話が脱線してすみません。私という存在はもう、道からの絶えざる逸脱にほかならないんです。」）、時間的にも前後・飛躍し、異質な要素を混在させ、「文学的コラージュ」の側面が強い作品だが、その文体は、ピリオドや段落分けが非常に少なく、文と文が自由に繋がり、文法的規則をも逸脱し、しばしば非常に見通し難いものとなっている。更に、辞書には載っていない俗語や造語、チェコ人にもよく分からない表現も出て来るため、訳出は非常に困難であった。原文の形に忠実に訳そうとすると日本語では理解不能な文章になりかねないため、整形してある程度分かりやすい日本語にしてある。不明な点は、東京外国語大学特任准教授のマルケータ・ブルナ＝ゲブハルトヴァーさんにご教示をいただいた。ただし、誤訳等があった場合はすべて訳者の責任である。また、松籟社の木村浩之さんにも、訳稿についていて助言をいただくなど、お世話になった。ここに記して、お二人に謝する。

二〇二二年九月
石川　達夫

付記：
　本短篇集のうち、最初の「魔笛（Kouzelná flétna）」と「沈める寺院（Potopená katedrála）」は、モーツァルトとドビュッシーの音楽作品と同名であるが、原語に忠実に訳すなら「魔法のフルート」と「沈んだ大聖堂」となる。

［訳者紹介］

石川　達夫（いしかわ・たつお）

1956年東京生まれ。東京大学文学部卒業。プラハ・カレル大学留学の後、東京大学大学院人文科学研究科博士課程単位取得退学。博士（文学）。

専修大学国際コミュニケーション学部教授・神戸大学名誉教授。

スラヴ文化論専攻。

著書に、『チェコ・ゴシックの輝き』（成文社）、『プラハのバロック』（みすず書房）、『チェコ民族再生運動』（岩波書店）、『マサリクとチェコの精神』（成文社、サントリー学芸賞および木村彰一賞）、『黄金のプラハ』（平凡社）、『プラハ歴史散策』（講談社）、『チェコ語日本語辞典』第1･2･3巻＋別巻1･2（編纂、成文社）など。

訳書に、チャペック『マサリクとの対話』、『チャペック小説選集』第1･2･6巻（『受難像』『苦悩に満ちた物語』『外典』）、マサリク『ロシアとヨーロッパ』全3巻（Ⅱ･Ⅲは共訳）（以上、成文社）、パトチカ『歴史哲学についての異端的論考』（みすず書房）、クロウトヴォル『中欧の詩学』（法政大学出版局）、フラバル『あまりにも騒がしい孤独』、シュクヴォレツキー『二つの伝説』（共訳）（以上、松籟社）などがある。

2016年イジー・ホスコヴェツ賞（チェコ心理学会）受賞。

〈フラバル・コレクション〉

十一月《じゅういちがつ》の嵐《あらし》

2022年12月20日　初版発行　　定価はカバーに表示しています

著　者　ボフミル・フラバル
訳　者　石川　達夫
発行者　相坂　一

発行所　松籟社（しょうらいしゃ）
〒612-0801　京都市伏見区深草正覚町1-34
電話　075-531-2878　振替　01040-3-13030
url　http://www.shoraisha.com/

印刷・製本　モリモト印刷株式会社
装丁　安藤紫野（こゆるぎデザイン）

Printed in Japan

 ISBN978-4-87984-431-6 C0397